邱华栋———著

云计算

Cloud
Computing

百花洲文艺出版社
BAIHUAZHOU LITERATURE AND ART PRESS

图书在版编目（CIP）数据

云计算 / 邱华栋著. -- 南昌：百花洲文艺出版社，

2024. 12. -- ISBN 978-7-5500-5002-0

Ⅰ. I247.7

中国国家版本馆CIP数据核字第2024SK3180号

云计算

YUNJISUAN

邱华栋　著

出 品 人	陈　波
策划编辑	陈　波　朱　强
责任编辑	罗　云　钟力津
美术编辑	方　方
装帧设计	纸　上/光亚平　万　炎
插　　画	雷子人
制　　作	何　丹
出版发行	百花洲文艺出版社
社　　址	南昌市红谷滩区世贸路898号博能中心一期A座20楼
邮　　编	330038
经　　销	全国新华书店
印　　刷	浙江海虹彩色印务有限公司
开　　本	889 mm × 1230 mm　1 / 32　　印张　9
版　　次	2024年12月第1版
印　　次	2024年12月第1次印刷
字　　数	200千字
书　　号	ISBN 978-7-5500-5002-0
定　　价	58.00元

赣版权登字　05-2024-202

邮购联系　0791-86895108
网　　址　http://www.bhzwy.com
图书若有印装错误，影响阅读，可与承印厂联系调换。

目 录

降 落 / 1

墨 脱 / 28

心 霾 / 60

溺 水 / 87

十 渡 / 114

大 叔 / 152

入 迷 / 177

蒸 锅 / 202

开 盘 / 234

闭 关 / 257

后 记 / 281

降　落

一

"飞机降落的时候，后轮落地的一刹那，会发出摩擦和撞击地面交织的声响，飞机后轮先着地，会迅速弹动并稳定下来；然后，前轮才与地面接触，整架飞机在轮子的支撑下保持平衡，安全降落到地面上，像扑向对手的雄鸡那样雄赳赳地在跑道上飞奔；然后，就停了下来，在一条斜的匝道上转弯，这样，主跑道就立即让给了那些即将降落或者马上要起飞的其他飞机。这架飞机开始平稳地驶向有廊桥的停机位，没有廊桥了，就会在引导车的引领下，前往露天停机坪。等到飞机完全停稳下来，地勤人员会迅速固定住飞机轮，然后发动机停转，客舱里的灯光会全部亮起来，这个时候，空姐会提示大家，航段结束，大家准备好整理物品，要下飞机了。"

方强在给他的女友薛媛讲自己驾驶飞机的情况。薛媛比他小十岁，因此叫他小哥哥。薛媛是独生女，所以多少有些黏人。方强是一名有八年驾龄的飞行员，作为机长，他驾驶飞机超过了

1

五千小时，经验已经很丰富了。

"可经常有性急的旅客，飞机还没有停稳，他们就站起来取行李，很讨厌，"薛媛说，"他们为什么那么性急？这时是不是很不安全啊？"

"是啊，人就是这么爱着急，干啥都着急，上飞机要抢，下飞机也要抢，不知道他们到底急什么。实际上，这是很坏的习惯。因为飞机在驶向廊桥或停机坪的时候，也是有一定危险的。我上次飞到巴黎戴高乐机场的时候，就听说有两架飞机发生了地面碰撞，结果没有系紧安全带的旅客，在飞机里都飞了起来，撞到了飞机舱顶上，有人掉了门牙，有人破了相。因为飞机体量大，一旦互相发生碰撞，即使在地面上，也是非常危险的，力道之大是一般人无法想象的。这也就是为什么我们的空姐，总是要制止那些在飞机没有完全停稳就站起来取行李的人，要他们坐下来，赶紧系上安全带，这都是为他们好。"说到了这里，方强忽然揽住她的腰，说，"我们是不是要考虑结婚了？"

薛媛就愣住了，她对这个问题还真的没有最后的把握。她和方强已经同居五年了，无论身体、声音、气息，彼此都是那么熟悉。但是现在，薛媛无法确定的一点是，她是不是应该嫁给方强了。方强体魄健康，飞行员的伙食营养充分，精神状态也总是最抖擞的，只要方强穿上制服，他就是那么英俊挺拔。她看着他，觉得他亲切、温柔，可就是无法确定自己是不是应该嫁给他了。

五年前，薛媛刚刚大学毕业，在一家公司做文员，一个偶然的机会，认识了方强。从此，他们就开始约会和恋爱了。那一次，是在一家商场里，薛媛买了一些东西，正要出门，忽然看见有一个橱窗里展示着很多飞机模型，各种各样的飞机模型都有，组成了整整一个大型机队。这些都是波音公司生产的民用航空飞机的模型，从老的波音707到最新的波音787都有，此外，还有一些概念飞机模型，比如，超声速飞机、公务机、双层宽体大飞机、大型货机、透明飞机、流线型空气动力飞机和配整机降落伞的飞机。薛媛不经常坐飞机，但她对这些模型有浓厚的兴趣，就驻足观瞧。

　　"美女你好！你对这些飞机模型有兴趣？我们可以送给你一个模型，现在是我们公司的宣传周活动。这些飞机，我都会开——当然，波音787才交付我们公司两架，还没有轮上我呢。"一个穿淡蓝色衬衣的小伙子出现在她身边，对她说。

　　"你是飞行员？"薛媛瞪大了眼睛。

　　"是的，我们的航空公司在做推介活动。你有什么疑问，我可以为你解答。"这个小伙子非常热情，他英姿勃发，身上还有一种淡雅的松香味儿。也许是阿玛尼，也许是范思哲。薛媛指了一下那些概念飞机模型："啊，这些飞机很奇怪啊，尤其是那个配整机降落伞的飞机，现在这些飞机都投入生产了吗？"

　　"呵呵。这些都是概念飞机。什么是概念飞机呢？就是还没有投入生产，但在设计研发阶段，是往某个方向发展的未来飞机，有的还仅仅是一个设计概念。比如，超声速飞机，过去欧洲有过协和式飞机，但失败了。可早晚还是会研发出来的。更快、更舒适、更安全，一定是飞机未来的发展方向。像这一架飞机，宽体的，比空客A380飞机还要大，能够容纳一千名旅客。不过，我猜波音公司可能永远也不会生产它了，因为并不是越大就越好。空客A380在使用过程中，也有一些问题，但货机就不一样了。你看，这架货机这么大，能装进去多少辆坦克，你能猜得出来吗？"

薛媛被这个飞行员那好听的声音所迷惑了，她的身体里本来有一种磁极，现在，她感觉就在这一刻，这种磁极忽然被眼前这个男人激活了，然后，她被这磁极所扰动，身体有一种震颤感，这种震颤感只有她自己才能感觉到。"那这架能够打开降落伞的飞机，是什么概念啊？"薛媛指着一架分成了两半的飞机模型问他。

"这架飞机模型，是把机舱和底座分开展示，你看，一个巨大的降落伞拖拉着飞机的客舱。这是飞机设计师的一个概念。现在，飞机虽然是地球上最安全的交通工具，可一旦遇到了机械故障，出了事就是大事故，机毁人亡是常常发生的。于是，飞机设计师就想，如果空中遇到险情，比如飞机的发动机完全失灵，那么，整个客舱的座舱弹射出去，然后降落伞打开，坐人的座舱会安全降落地面，旅客就安全了。这种设计理念就是飞机遇到危险，整个座舱可以脱离飞机，像那落地之前的宇宙飞船那样，打开降落伞，这样，里面的人就得救了。"

薛媛很赞叹。"嗯，这样的设计概念很不错，多了一个飞机乘客存活的安全保障，类似汽车安全带的作用。"她又指着那架透明飞机的模型，"你看，这里写着'透明飞机'，透明的飞机在空中飞行，没有遮挡，什么都看得见，谁敢坐这样的飞机啊？"

他笑了，摆了一下脑袋："这是在展示飞机制造材料的先进罢了。虽然飞机材料大部分做到了透明的，但飞机本身是非常安全稳定的。人类的制造能力已经快到这一步了，就是制造出某种全'玻璃钢'型的飞机。这样，人在飞机中，而飞机是透明的，这就像是和你坐在透明的高空缆车中的感受一样。"

"啊，我可不敢坐这样的飞机。我最害怕没有支撑、庇护、依靠和遮挡的那种感觉了。我就是害怕没有安全感。"薛媛说出了大部分女人的心声。

"女孩子啊，就是最关心安全感了，"他笑盈盈地递给了她一张自己的名片，"不过，这些概念飞机很多恐怕是要永远都停留在概念里了。就像你说的，大部分人是不愿意坐在透明飞机里的。那实在是缺乏安全感。若我们飞行员开得很兴奋，乘客估计是要崩溃的。你喜欢哪一款模型？我现在就送给你。"

薛媛看着他，笑了。她就这么和方强认识了。然后，他们就开始约会和恋爱了。

二

五年过去了。这五年的时间里，薛媛与方强的感情发展得不错，但是，她发现自己过去能够闻到方强身上的那种体香，可现在她闻不到了。

男人也有体香？是的，也有。方强身上的体香不是他的香水味儿，而是他身体自带的。这也许与他的父母亲经营檀木、花梨木、红木家具公司有一定关系。有一次，薛媛去他父母亲开的那家家具店的后院，看到在一个很大的仓库里，储存了不少原木，大大小小的，安静地躺在那里散发着各色香气。这些香气可能就浸润到方强的身体里了。

薛媛来自四川一座小县城，父母亲是当地的政府公务员。她从这座滨海城市的华侨大学毕业，后在公司里做文员，就留了下来。海岸对面就是台湾岛，因此，每天都能感受到海风的吹拂，她是那么高兴。在薛媛和方强同居的这五年里，他们互相已经熟悉到似乎有少许的厌倦感了，这是一种隐秘的、谁都不愿意面对和说出来的小感觉。

一直以来，身体是他们之间互相吸引的一个因素。他们的身体在那么多的日子里，一千多天里互相依偎，互相嵌入，彼此搭配。然后，薛媛就和她的"小哥哥"的身体，熟悉到了再熟悉不过的地步了。再激情万丈的爱都做过了，再磅礴澎湃的交流也有过了。现在，他们来到了男女关系的一马平川的平原地带，眼前是那么开阔，可是，越开阔，他们越不知道向哪个方向走了。

这就是他们现在的真实感觉。

薛媛想，这些年，方强每一次都能驾驶飞机安全地降落下来，但现在，他们要不要降落在婚姻里呢？这个时候是应该结婚了，还是应该分手了呢？她不知道。

她知道的，是从最近一年开始，她常常踏上远足的旅途，而且，是她一个人。他也支持她去旅行。她所在的公司工作繁忙，最后，她就辞去了工作。因为方强每年的薪水有一百多万，足够他们开销，她的父母亲也出钱给他们买了一套房子，希望他们结婚，早点生孩子。在五年的时间里，他们大部分时间都采取了避孕措施，有时候没有，可她从来都没有怀过孕，也不知道是为什么。而她也没有准备好要孩子。有人说，没有准备好要孩子，就不要结婚。结婚很大程度上就是为了繁衍后代。

他们什么都不缺，他开一辆轿车，她有一辆陆虎越野车，这使她能够驾驶车子前往她愿意去的任何地方。一开始是城市周边，然后，是长江腹地，最后，是北方的草原和西部高原，乃至边陲地区的那些高山大漠，她都去了。

奇怪的是，在路上，她又找到了与方强继续相爱的感觉。不一定要每天在一起才相爱，她每次出门，都发现自己更爱方强了，因为，每次出远门，一个人驾驶汽车，或者坐飞机出行，方强和她总是通过手机短信，现在还有了微信语音，在紧密地联系着。这样即使是在天涯海角，她也能够感觉到方强和她在这个茫茫世界上的关系是最亲密的。也就是说，距离他越远，就距离他越近。这种感觉太奇怪了。

这么多年来，他一次次地给她讲述他驾驶飞机的起飞、飞行和降落的过程中那些有趣或者乏味的感觉，降落，降落，起飞，起飞，飞行，飞行，降落，降落。大地那金属的儿子——飞机，最终，总是要降落在大地上。而飞机一旦平安降落，方强的短信或者语音就会发过来，不管她在这个国家的任何一个地方，她都能够很快知道他安全降落了，不光是他自己，而且，他让一架航班安全降落，在飞机上，还有一百乃至几百人都安全地从飞机舱里走出来，前往每个人生活的喜悦和冲突当中了。

她曾经问过他，为什么不找一个美丽的空姐做女朋友，因为他每天都和很多美丽的空姐在一起上班，早出晚归，飞两天，休息三天，或者飞三天，休息三天。各种空乘组的组合，每天都在发生，在航空公司里，每年都有新的空姐加入，一定有女人喜欢他，甚至愿意把自己交给他。

"因为，我就是爱你，亲爱的嫒嫒。空姐很好，但我和你现在的关系，已经是那种起飞之后十五分钟在巡航高度正常平飞的状态了，这是飞行的最好状态，也是最安全惬意的时刻。这，就是我和你现在的状态。让我们继续飞行吧，直到我们想降落到婚姻的跑道上去，我们就降落，好不好？告诉你吧，空姐们长期在高空飞行，会被大量地面照不到的辐射所影响，她们老了以后很容易得阿尔茨海默病。起码，记忆力减退，衰老加剧，这是没有人会告诉你的秘密，现在，我告诉你了。大部分的空姐都干不长，这在中国是一碗青春饭。空姐在高空服务旅客，是需要细心、耐心和毅力的。每天面对各种乘客，甚至偶尔面对危险，女人再有韧性，也不见得能长期干下去，干几年，最多干十多年，她们往往会转到地勤从事其他工作，甚至离开这个行当。你明白她们的辛苦了吧。"方强这么说。

薛媛就不再嫉妒和想象那些空姐和方强的关系了。五年的同居时间，使他们之间磨合得很好，连吵架都不会有。可是，他们的关系往哪个方向走，却是眼下两个人内心感到迷茫的。结婚，本来是那么容易的事，现在，却变得艰难了。要不要降落在婚姻的里面，现在他们还拿不定主意。

其实，主要是薛媛拿不定主意，她不知道自己是不是应该立即嫁给方强。人在一种惯性中，对已经获得的幸福感和安全感都会忽视和疲倦的，甚至会忘记自己已经是多么幸福，而一旦真的丢失了，到那个时候，后悔都晚了。这是她当时还不明白的事情。

要不要与方强一起降落在婚姻里？她不停地问着自己，可还没有答案，于是，她就更为焦虑了，也就更喜欢远足了。

说起来，是有一个因素的。前年，另外一个男人出现在她的生活里了。那一次，是她驾车在内蒙古呼伦贝尔大草原上沿着呼伦湖边缘的道路在行驶。大地展现出无比开阔的一面，草原遇到了旱季，牧草并不茂盛。在前方的视线里，一些车轮压出来的小道，纵横在一望无际的大草原上。早晨是寒凉、清新和湿润的，牧草上挂着露珠，而蚂蚱都还没有苏醒。到了中午，草原上热气蒸腾，暑气也随着上升，燥热难耐，汗流浃背，虫蝶飞蹦，太阳也是毒的。到了傍晚，大地被夕阳覆盖，是无比辉煌的。太阳的余晖让一切都金光闪闪，然后，是热血一样的天边，落日将沉，如同战士喷洒了热血，渐渐进入黯然的死亡里，大地逐渐暗淡下去，将血色带入真正的黑暗中。

就在那个时刻，她的车爆胎了，就在呼伦湖边的小道上。周围一个人都没有，大草原从中午到晚上都是这样。她也没有办法打救援电话，因为这里没有手机信号。只能在那里等待，毕竟，这是一条草原上的主车道。一直到落日完全沉入了天边，她感觉一点希望都没有了，打算钻进车子，在寒凉和孤独中度过这个夜晚。

忽然，远处有一辆汽车亮着大灯开了过来。她那黯淡下去的心情立刻好了，她下车挥动手臂，大声地喊着。那辆越野吉普车开到了她的附近，停了下来，走下来一个长发飘飘的大个子男人，胸前挂着一架照相机，带着很长的镜头。他走到了她跟前问："怎么了？"

"爆胎了。请你帮帮我。"

他很沉稳。"有备胎吗？备胎永远都很重要，对于出门的人来说。要有备无患。"他笑了一下。

"当然有备胎，就在车子里。"她觉得他像是一个摄影家。因为，他的相机非常专业，也很昂贵。她一看就知道。

他二话不说，就从自己的车上取来了修车的工具箱。然后走到了她的车子跟前，打开工具箱，取出了千斤顶，还有扳手等等。他又取下来她车子里的备胎，就开始给她换轮胎。他的动作娴熟至极，根本不需要她帮忙，一看就知道他是一个常出远门的男人。他的动作干净利落，她感觉这一刻他是那么性感，这与方强从机场回到家里系上围裙做饭的那种性感是一样的。她身体里的那种磁极忽然就开始了扰动。

就是几分钟。"好了，"他站起来对她说，"我换好了。你要去海拉尔吧？"他问。

"嗯。我晚上要入住那里的宾馆。"

"其实，我倒是觉得，你可以和我一起去看星星。我今晚要拍星星。只有草原上才可以看得到无尽的星空。我还有睡袋，你可以睡在草原上。头枕着大地，眼望着星星，那种感觉，你今后不会有的。怎么样？"

她被他说动了，这太诱人了。"好啊，去哪里看星星呢？"她的内心激荡着一种东西，身体里的磁极被继续激活。

"你的车子跟着我的车子走。"他说完，将工具箱放到了自己的车子的后备厢里，然后发动汽车，沿着一条在车灯照耀下能够看见的车辙前进。车灯的辉映下，有不少草原上的蚊虫被惊扰，纷纷飞起来，撞在玻璃上。此时的天色已经完全黑了下来，大地是黑暗的。她的车子跟着他的车子，在草原上开了半个小时，来到了一片相对较高的坡地上，停了下来。

"那边还有一个敖包。"他下来对她说，"白天的时候，我站在这里拍摄远处的那条河，你看，现在那条河还在闪闪发亮。"

顺着他指的方向，她看见了这片坡地的不远处有一条河流在淡淡地发亮。今天的月亮是一点月牙，很细小，因此是看星星的好日子。他说："我叫沈皓然，我是《人文地理》杂志的摄影记者。您——"

"我？就是一个驴友，我叫薛媛。"她伸出手，感谢他的搭救。

他握住她的手时不经意地捏了一下，后递给她一件东西："嗯，这是你的睡袋，现在，我们搭起一个小帐篷。你帮帮我。"很快，一个野外宿营的帐篷就搭建起来了，是一顶红色的小帐篷。看到她有些心神不定，他说："你是不是觉得睡在车里更安全些？"

她看了看手机："不是，是这里手机没有信号，就是觉得，应该与家人联系一下。我习惯这样了。"这一刻，她想起了在空中飞行的方强，他是不是在准备着一场降落？如果他降落之后没有她的消息，他会不会非常担心？

他看着她："这里距离陈巴尔虎旗有一百多公里，你愿意的话，还可以赶到县城去。"

她想了一下，说："不了，我就和你一起在这里看星星吧。"

他感到了欣慰，说："那我们往那边走走，那边有一片大坡，下面就是那条河，可以感觉到草原河流的湿气扑面而来，非常清爽。"

到了坡地上，她可以感觉到微风吹过来，夏天的草原上，青草从大地的深处散发出一种生长的气息。蚊虫都不见了，或者，是她身上撒的一些驱蚊剂起到了作用。他们坐在坡崖边上聊天。

在他的指导下，她看到了整个星空。是的，是草原上的星空一览无余地出现了，啊，这完全是一个弯曲的宇宙穹面和幕布所衬托出来的，无数的星星，那么多的星星，点缀在黑色的幕布上，这是多么璀璨的星星啊，一点遮拦都没有。只有真正的星星，散发着热气，热闹的、不断游走的星星，静止的星星，大大小小的星星，都在天幕中说话。

她仰望着这在城市里绝对看不到的景观，内心有着一种声音、音乐，或者奇怪的律动。女人和星空，和天象之间是一种什么关系呢？所有的星星在她的眼前都是活跃的，不是死的，或者呆滞的，而是顽皮的、发亮的精灵。尽管她知道，它们都是星球，在浩瀚的宇宙中存活，它们发出的光甚至是很多年前、亿万年前放射出来的，现在它们甚至可能都已经死去了，但现在她才看见它们的光亮。他坐在那里，给她讲宇宙大爆炸、奇点、银河、恒星、白矮星、黑洞、河外星系、星云、红巨星、彗星、卫星、中子星、暗物质、星团，这些词汇在他那里都是那么熟悉。

他告诉她，只有在这里，远离北京——他所在的那座喧嚣的帝都、大城市，他才能够得到一种静心思考遥远事物的能力，因为，人太渺小了，在时间中是不堪一击的，是瞬间就不见了的。而在这里，安静如世界草创的时刻，只有他们两个，一男一女，坐在那里看星星，谈宇宙，谈你我他以及茫茫人世中所有的事情。

那天晚上，就这样，他们认识了。他们后来钻到了帐篷里，睡在各自的睡袋里，他也没有侵扰她。第二天早晨，他们留下了彼此的电话号码就告别了，驾驶着各自的汽车，前往了不同的方向。

三

此后，薛媛就和沈皓然保持了联系。她知道，他一年的大部分时间都在野外拍摄，他所就职的《人文地理》杂志需要十分精美的来自人迹罕至地区的、精度很高的图片。他们互相打电话、发短信，她逐渐对他的生活了解了，也产生了兴趣，对他的好感与日俱增，他们之间交流最多的，就是摄影，而她在他的帮助下，摄影水平大为提高。但两年多来，她和他一共只见过两次面。最近的一次，还是在这座滨海城市见的面。那次他来参加海峡两岸摄影大赛的颁奖仪式，他的作品获得了金奖，他来领取五十万元的奖金。

沈皓然打电话告诉薛媛，他来了。她觉得自己的心在怦怦地跳。他们约在了一座绿树掩映的小山上一间禅意浓厚的茶室见面。那座小茶室里，有很好的素食点心，是她爱吃的。这一次见面，持续了两个多小时，他们聊了很多。和他在一起聊天，她感觉他一点都不陌生，她看他还是那个样子，长发飘飘，高个子，大眼睛里都是笑意。他喜欢她，是肯定的。临别，他忽然拥抱了她，将自己那冰凉的嘴唇盖在了她那火热的嘴唇上，他亲吻了她，但旋即他就松开了她。

那之后，他们再也没有见面，也不知道什么时候见面为好。似乎两个人都回避这一点。但是，他们一直保持着联系。每一次，他出远门，都要告诉她的行踪和安排，仿佛她是他最亲的人，需要知道这些。他说了，一旦他遇到了危险，她会是第一个知道的人，必须立即报告有关单位，只有她才能如此。他信赖她，她就这么逐渐地开始每日牵挂着他。

现在，她明白了这就是使她无法下决心和方强结婚的原因所在。有了沈皓然这么一个障碍，她是迈不过去结婚的这道坎。

最近的一天，执飞任务结束，方强驾驶的飞机安全降落了，他发了短信给她。从机场回来，他带给她一个新的礼物，是从泰国一家寺院里求来的佛牌。"有个法师对我说，明年，我就应该结婚了。媛媛，我们是不是应该完成这件事了？"

薛媛说："现在，我们不是也很好吗？"

方强的目光里有些迷蒙："还是不一样。我忽然有些担忧。今年，全球坠毁的飞机有六架之多。像马航370航班，说是飞到印度洋那边了，可到现在还没有找到。马航17航班在乌克兰上空被导弹击毁，机上所有的人都死了。亚航的一架飞机前不久才在印尼海域坠海，一百六十多人全部遇难，飞机残骸打捞也不顺利。这是一个不安稳的世界，媛媛，每次我在高空驾驶飞机飞行，我就觉得，我需要降落，需要安全降落，我不仅要降落在跑道上，我也要降落在安全的婚姻里。"

薛媛想起来最近一年中发生的那些飞机失联和坠毁的事件。是的，马航17航班在乌克兰上空被导弹击落，人就像空中落石那样砸到了地面上，落到了房屋顶上，农田和葵花地里，再也不会复生。这一年中还有非洲发生的飞机坠毁事件，机毁人亡。到年底了，忽然，亚洲航空公司一架空客A320飞机坠毁于加里曼丹岛附近，一百六十多名乘客葬身大海。她无法想象那些身处海底的尸体是多么可怜。而马航370航班到现在还没有找到。为什么不在飞机上安装上一个即时定位和即时传送的视频系统呢？这么简单的技术，竟然都不能实行。让飞行员掌握了两百多人的生死，导致所有人葬身那黑暗的印度洋，一起殉葬。这一年发生的种种，让她忽然理解了方强的那种愿望。

"让我想想——就一个星期，给我一个星期，我的小哥哥，好不好？让我想想。"

方强点了点头，亲吻了她的额头，把佛牌挂在了她的脖颈上："愿它保佑你。"然后，又递给她一个小盒子，里面是一枚两克拉的钻戒。

现在，薛媛需要做出一个决定，那就是答应与方强结婚，或者分手。在她的心里，还存在着一个疙瘩，就是沈皓然。沈皓然当然不是备胎，是她对一种理想男人的一个憧憬。和方强在一起的这么多年，生活是那么稳定、和谐，虽然已经归于平淡，但是安全可靠，可幸福平实得没有波澜。就像方强驾驶飞机的水准很高一样，他总是能够将飞机安稳地降落到跑道上。他也可以当一个很好的丈夫，驾驶他们的生活稳步前进。

可是，沈皓然在两年的时间里带给了她另外的可能性，满足了她对另外一种不羁生活的遐想。沈皓然一直独身，似乎只有这样才适合他的野外工作，他似乎不大需要家庭的羁绊，但他需要她的牵挂。这一点是她确认的。可如果她真的来到了他的身边，走入他的生活，那会又如何？如果他们真的在一起了，两个人开始一起在外面行走，一起风餐露宿，饥餐渴饮，在辽阔的大地上行走，离开那喧闹的城市和凡俗庸常的生活，去寻找另外一种人生的图景，那样是不是更具吸引力？

这是薛媛内心一个隐秘的，绝对没有人知道的梦想。这是她无法确定与方强结婚的潜在原因。因为，对于大部分女人来说，选择哪个男人，就是选择哪种生活方式。对于女人来说，男人之间最大的不同，是每个男人的职业所形成的生活方式的差别，这种差别是很大的。女人选择了一个男人的同时，就选择了一种生活的方式。

她想，假如她和沈皓然在一起，他们并肩行走在祖国的山山水水之间，大好河山之中，这样的感觉是多么美妙。而且，他指导她摄影，她也可以成为他的好帮手。虽然他们一直没有在一起好好相处，但她感觉她的灵魂与他很近，她和沈皓然是灵魂的朋友。她与方强的身体在一起，但渐渐地，灵魂却是若即若离的。所以，她想来想去，决定一定要去和沈皓然见一面，只有见面了，她才能最终决定，到底要什么样的生活。只有见到他，她才可以确定，沈皓然和她是什么关系，有没有爱情，他们最终会怎样。

四

她飞到了北京去见沈皓然。出发前,她告诉方强,她是去北京参加一个老同学的聚会,她的大学同学有十多个都在北京,其中一位最好的女友的孩子满月,她要喝满月酒。这是一个不错的借口。落地之后,薛媛给女同学打了电话,说自己要先去看望一个老朋友,然后再和她碰面。

在机场,沈皓然来接她了,他还是老样了,那在空气中飞扬的长发飘飘洒洒,十分潇洒。他见到她很高兴,就好像他一直期待着她的到来似的。他接过她的拉杆箱,又拿过她的手提行李,大步流星地向停车场走去。在三号航站楼那迷宫一样的停车场,他找到了自己的汽车,那辆越野车,上面的灰尘很厚,风尘仆仆。坐到了车里,他拿出来了一束鲜花:"给你的,媛媛。"然后,他扳过她的上半身,亲吻了她。

这一刻是她始料未及的。他的舌头绵软、硕大,跟他那身板一样厚重有力。她感觉到身体里激荡着一种旋流,在裹挟她向很深的海沟落去。然后,他松开她,两个人不再说话,他的右手握住了她的左手,然后只用一只手开车,驶往他的住处。"我住在怀柔的一处半山腰,我在那里买了一个院子,过着半农民的生活。"

半个小时之后,他就开到了北京郊区怀柔的山林中,那里是他的工作室和住家。这位于半山腰的院子,是农家小院改造的,一共三间房子,院子的院墙高过人的头顶,是石头垒的,爬满了丝瓜和南瓜秧子。院子里有两棵山楂树。"那边还有厕所和一个地窖，地窖除了储存杂物，也是暗室，可以在里面制作各种相片。"

进到了屋子，薛媛感到了一丝不安，已经是傍晚了，她说："我来做饭，你想吃点什么？"

沈皓然笑了笑："你看看厨房里有什么，咱们就吃什么吧。南瓜、葫芦、丝瓜、黄瓜，什么都有。"

薛媛开始在冰箱里找东西。这个农家小院已经被他改造得很适合居住，三间连起来的房子，两边各有一个卧室，其中一间还兼做书房，中间的堂屋是会客和起居室，两边的书架上，摆满了摄影集。这些摄影集个头大大小小，但是都很厚很重，因为都是彩印的和精装的。

"在三间屋子的顶上，我还加盖了一间。那里有一道门可以通向后山的小道，小道两边都是柿子树和核桃树，一直通向山顶。山顶上就是长城。"沈皓然说。

"你等着，等着我做点吃的。"薛媛笑着说。她的手脚很麻利。长年与方强同居，她已经很会做饭了。每一次方强执行完航班任务平安降落，回到了家里，她都会做好几个精美的菜肴，等待着他。所以，做饭对于她是小菜一碟，是行家里手。在这里她也想大显身手。而且，她发现他的厨房里东西很齐备，连刀具都有十多种，可大部分都是没怎么用过的。显然，没有女人常来他这里。要是有女人来，这些餐具和厨房用具不会是新的。

只花了一个小时，电饭煲里的米饭熟了，四个有荤有素的菜也做好了，都是他冰箱里有的东西。端上来的时候是赏心悦目的，也是让人胃口大开的。现在，她饿了，他也饿了。于是，他们就吃饭。

"吃完了饭，我们可到楼顶去看星星。在这里也可以看到星星，此外，还可以看到月亮上的环形山。我在上面那间屋子里，装了一台望远镜。"他说。

"好呀。"她说。

"我想让你先到地窖里，看看我拍摄的很多照片。"在这顿饭结束的时候，他说。他带她去地窖，那是由一个下伸的台阶构成的地窖。过去在北方，地窖都是用来储存冬季蔬菜的，北方的地窖并不潮湿，即便深入地下好几米。下到了地窖里，他打开了灯。这地窖里面被他装饰成了一个非常好的暗室，都是冲洗设备，还有除湿和烘干设备，还有一张床，和一个可以被当作摄影棚的小空间。这地窖的空间比较大。

"来，我来给你拍点照片。"沈皓然说，"你坐在那里。我早就想好好给你拍点照片了。"

薛媛忽然感到了一丝异样，因为她看到了沈皓然的眼睛里掠过一丝阴鸷的快意。他是要干什么？我在这地窖里，会不会——她说："这里这么暗……不拍了，行不行？"

沈皓然忽然抓住了她的手："不行，你必须拍，因为你已经来到了这里，落到了我手里。"他的面目变得狰狞了，他扭住了她。她发现自己身处困境了，她想挣脱，但是根本就无法逃脱。在挣扎的当口，他三下五除二地就将她捆绑和吊了起来，然后，一件件地剥掉了她的衣服，让她赤身裸体完全暴露在大灯灯光的照耀之下。在靠墙而立的大镜子里，她看见自己像个被蛛网或者蚕茧所包裹的猎物那样悬浮在空中。她又羞又怒："放我下来！你这个变态！放我下来！"

沈皓然已经变成了恶魔。他嘎嘎地笑着，并不理会她，而是用相机近距离咔咔地拍摄她，将她的窘迫和恼怒都拍摄下来，还将她身体的每一个部分都拍下来。她的无奈以及愤怒、羞耻、无助和懊恼，全都被拍摄了下来。她在摇晃、尖叫，但被他制止，他猛力地抽她耳光。打累了，她不吭声了，他便把她抱到了床上，嘴里呢喃着，我的小宝贝小宝贝，然后将她摁到床上，强奸了她。

然后，他满足了，将一床被子甩盖到了她身上，就从地窖口出去了。她可以听见他用铁锁锁住地窖门的声音。她裸着身体在被子下面哆嗦着、哭泣着，后悔自己怎么能如此轻信他人，导致她陷入了这么一个境地。这完全是自找的，谁都怪不得。最可怕的是，现在想来，竟然没人知道她来到了这里。这个沈皓然，一定是个性变态的家伙，欺骗人的老手，他会将她的手机没收，把电池取出来，谁都无法定位她。我该怎么办？她抽搐着、哭泣着，一筹莫展。不知道过了多久，她挣扎着掉到了地上，嘴里的布团掉了出来，她大声喊叫救命，可是很奇怪，墙壁似乎吸收了她的喊叫声。不久，他又来了，看到她企图逃跑，就继续抽打她，将她再次提吊到半空，再次强奸了她，他淫笑着，她在哭泣……

她醒了，发现自己还在飞机上，刚才做了一个噩梦。摘下了耳机，她听到机长广播，飞机临近北京上空了，进入空中走廊中，现在已经开始下降。刚才那可怕的一幕，完全是她做的一个梦。这都怪《南国都市报》，她刚才看到了一篇跨页的核心报道，报道的是河南某个农村一处果园里有一个变态男人，将几个女人关进地窖里做性奴并且虐杀她们的事件。由此才引发她做了一个自己被困的噩梦。

　　空姐走过来，关切地问她需要什么，刚才空姐听见她很不舒服地喊了几声。她感觉到自己出汗了，被吓到了。"没什么，我很好，谢谢你。"她接过来一杯水，对空姐说。

　　飞机的降落异常平稳。这使她在心里格外感谢航班机长。她忽然有些想念方强，现在，他正在执飞去欧洲的一个航班。按照时间推算，他正在俄罗斯那广袤的国土上空飞行。也许，到了翻越乌拉尔山的上空了。每次出行，要到很远的地方，方强总是喜欢给她看自己的航路图，告诉她，公司又开辟了哪些航线，还下载了一个三维的航路图的软件，这个软件可以呈现出方强执飞的航班路途的三维景观，无论是航迹图，还是周边景观图，三维图像可以从上下左右三百六十度旋转的角度，来看一架飞机的即时飞行。这使她更加了解了他的工作，他的重心所在。

　　她出了机场，看到在出口处，那个高个子的男人就是沈皓然，他正在笑吟吟地等待着她。就像她在飞机上梦到的那样，他先帮助她拉着那个红色的拉杆箱，然后接过她的手提行李。她的心口咯噔了一下。一切都是安排好的，那么，好吧，看看接下来会发生什么。会不会奔向郊区那个可怕的地窖?

在那个偌大的停车场里，跟她梦中的一样，停着他那辆风尘仆仆的越野车。他放好了行李，然后上了车，果然，就像在梦中一样，他扳过她的上半身，亲了她一下。有一点和梦中不一样，他没有用舌头伸入她的嘴里，只是用嘴唇碰了她的嘴唇。她的心开始怦怦乱跳了。车子出了机场，拐到了高速公路上，开始加速，一路飞奔。

她有些紧张了:"咱们这是去哪里呢?"

他转脸看了她一眼:"先去吃饭。去蓝色港湾吃饭。我在那里的一家餐厅订了一个座位，有你喜欢吃的菜。"

她也看着他，想了想，问他:"你有没有一个工作室，是在郊区的半山上?"

他诧异地看着她:"没有。我没有工作室啊，我的工作室就是我的住处，在东三环最繁华的中央商务区的边上，大隐隐于市。等会儿你会看到这个城市最璀璨、辉煌和华丽的景象，从我的房间里望出去，这个城市就会展现在你的面前。"

她舒了口气。这就和梦里的不一样了。她感到了一丝疲倦。人对人的信任，在今天建立起来十分困难。好在她还有直觉，知道谁值得信赖。起码，她觉得她没有看错他。

车子到了蓝色港湾，那是一个购物休闲的场所，就在朝阳公园的水池边上。这里非常热闹，彩色的霓虹灯和灯网布置成灯树与灯的长廊，在不断闪烁，有音乐喷泉，也有电影院，到处都是年轻人。在一家新开业的牛腩餐厅，他们吃了饭，都是她喜欢的菜，那带血的牛排。他还带来了一瓶红酒，只有她喝了半瓶，他开车，不能喝酒，说等下到了住处，再喝。

她看着他。他们的晚餐吃得很安静。他似乎知道她干什么来了，但是他不提及。他们聊天聊的都是最近的见闻，各类见闻，以及这世界上发生的很多和他们一点关系都没有的新闻。他们似乎在等待着一个时机，去触及两个人实际上最关心的问题，那就是，他们的关系，他们将如何确定或者了结他们的关系。可他们有关系吗？他们是什么关系？

吃完了饭，他带着她来到了他的住处，就在北京东三环中央商务区的边上，一套平层、有一百八十平方米的公寓。房屋的装修简约到极致，似乎就是沈皓然的风格，从不雕饰。房间里的东西很少，也没有暗房，不知道他在哪里冲洗照片。或者，真的有一个地窖，但是他不说？或者，现在的摄影全部都数字化了，不存在一个暗房了？她的思绪收回来，从客厅的落地大窗户往外面看，可以看到，眼前是中央商务区的那些高达几百米的大厦，它们组成了璀璨和华丽的钢筋水泥森林，正在被五彩的、变幻的灯光所装扮，闪烁着物质胜利的光彩。

"没有想到，你会住在这么喧闹的地方。"她和他端着红酒杯，站在窗户边上一起看着外面的世界。

现在，她感到安全了。那个梦，是她内心疑虑的折射，也是她碰巧看到了关于性变态囚禁性奴的报道的反应。沉默弥漫在两个人之间。后来他们坐下来说话。她可以感觉到他的友善、聪慧和美好。他似乎什么都知道。

"你知道我为什么来看你吗？"她终于问他了。

"知道，你可能要嫁人了。"他说，然后笑着看着她。

"你——怎么——"她有些结巴了。他确实什么都懂。

他走过来，温和地揽住她的腰，看着她。"媛媛，我就是知道。我知道，我了解你，正如我了解我自己。"他身上有一种淡然的香气，是香水的味道，与他在野外的时候身上散发的雄性动物的体味，不一样。回到了城市，他就变得精致和典雅了。但他依旧是属于大地的，可能根本就不属于她。

"你真的什么都知道——"她有些嗔怪地看着他，"你说，我该怎么办？"

他认真地看着她，目光清澈而生动。"媛媛，我了解你。你现在需要一个决断，这对女人很重要。你在想，要不要和你的飞行员男朋友结婚。"

她把头低下来，觉得这一刻似乎对方强很不公平。因为这是不平衡的，似乎是有人在帮助她做选择。

"我觉得，你应该和他结婚。首先，我说吧，我知道你喜欢我，这两年多来，虽然我们不常见面——我们一共就见了两次面，但是，彼此很牵挂。实际上，你对我保有一种想象，就是希望和我一起远走天涯，在大地上奔走。的确，我是一个摄影师，我要常常走在荒野上。你也渴望像我这样生活，放飞自己。是的，我是单身，我曾有一个女友，她去日本了，在那里工作。我们早就散了。但这并不是说，我适合你。我了解我自己，我不适合你。有时候，你现在拥有的，就是你最好的东西，比如你的生活，你和你的男朋友所建立的关系。而你所想象的，却并不是你能够把握的。我不知道你明白了吗？"

她抬起头，心绪有些被搅扰，但并不纷乱。一些东西在清晰。她看到了自己在清晰起来，包括她对自己的体认。她是谁，他是谁，以及，他刚才说的那些话。他说的那些话打动了她，他告诉了她一些最真实的生活态度。可能她就是在想象，想象很多本来就不是她能够掌握的东西，包括他、他的生活，以及她和他在一起可能的生活。

"所以，你应该回去就结婚。"他平静地说。

她看着他，很温暖的感觉。"我明白了。"

她明白什么了？明白了她对他都是一种想象吗？明白了每个人都有自己生活的逻辑吗？现在，他拥抱着她，在她的耳边说话，他们在这个大屋子里来回慢慢走动，就像在跳一曲慢舞。他们看那窗外的北京夜景，那个璀璨的大都市在夜晚所展现的腐蚀人心的魅惑力。夜深了，她拿起他的手，轻轻触摸了自己丰满的胸部，那里稍微有点起伏，这是心情所致。"今天，我是你的，给你。明天我去看老同学，然后，我就回去了，我会降落在——我们再不会——"她忽然变得非常伤感。然后，她主动吻了他。

他抱起她来到了卧室，将她轻轻地放在那张铺着有简洁图案的床单的床上，两个人看着对方，安静地，就像她想象过这接下来的一刻要发生的事那样，他们拥抱在一起。

她的航班降落了，一出机舱，她就闻到了一股海风的味道。有点咸腥，但湿润和清新。不知道为什么，虽然和老同学的聚会也很高兴，但她很急切地想回到家里，看到方强。她打开手机，立即看到了方强发来的几条短信："我已经降落了。""我回到了家里，我在等待你回家。"

　　他驾驶飞机从欧洲飞回来了。越过了乌克兰上空，越过了乌拉尔山，越过了北京郊区的军都山。她的脑海里出现了他回来的航迹图。她的心情很淡然，也很高兴。她回到了家里，方强系着围裙在做饭，饭菜很快就好了，还有红酒。

　　在吃饭之前，方强从自己那个黑色的飞行员拉杆箱里，拿出来几个盒子："媛媛，我一直准备着要把这些礼物给你。"他把那些小盒子一一打开，那些小盒子里装的都是他飞到海外一些城市买下来的。有捷克的水晶，圣彼得堡的琥珀，南非的钻石，澳大利亚的澳宝，缅甸的翡翠，阿富汗的白玉，台北的红珊瑚……

　　她拥抱住方强，又闻到了他身上那种奇特的体香，她流泪了："什么都不需要，我们结婚吧。我们要降落了。"

墨　脱

一

　　"你要是接受不了，那你就走吧。"王伟平这么对她说，何如意就再也忍不住了，她流了泪，转身上楼了。她上到了三楼的那间大卧室里，心情依旧是烦乱的，甚至是愤恨的。不知为何，丈夫竟然是这么不通情达理，甚至是有些怪异和不可理喻。

　　从三楼卧室的窗户望出去，可以看到近处那一片柿林郁郁葱葱，这里有一万棵柿子树在茁壮成长，莽莽苍苍地一直铺到了山脚下。现在，柿子树叶呈现出油绿色，被风一吹，就会抖动，亮光会哗哗地闪烁成光的碎花之河。何如意知道，假如摘下来一片叶子仔细察看，就能看到柿子树叶上还带有一些红色的纹路，如同它自身鲜活地存在于地球上的生存密码。到了秋天，这片柿子树林的一万多棵柿子树树叶大都会变成红色，与远处山脊线上那长城内外的漫山红叶相映成趣，构成了这一片山林里最为壮观的景色。但此时，眼前的美景与何如意内心的悲哀感形成了反差，这使得她的内心缭乱不堪。

她与王伟平算是闪婚了。那是在去年的一次外出签名售书活动的出行途中，何如意和王伟平相遇的。就在高铁上，两个人邻座。然后，他们就攀谈了起来，当然，肯定是他先搭话。她当时刚刚从一次狂热爱情的消殒中挣扎着出来，可能是爱得太狠了，以至于她有一种很重的挫折感和失败感，非常需要一次爱情的挽救和补偿。

　　何如意是一个自由撰稿人，她本科是学历史的，后来又读了心理学，因此写的文字带有文学、心理学、历史和女性视角等多重的特点，比一般的心灵鸡汤要独特。此前，不知是出于何种问题，她竟然一直没有热恋过。到了三十岁那一年，她感到了很大的压力，来自父母、亲友和周围的朋友，甚至是社会环境，都有一种期许，那就是，她必须尽快结婚了。她也非常着急想要嫁人。

　　于是，她喜欢上了一个出版人，那个出版人叫秦汉，有一头公狮子一样的头发，不仅自己写作，有一家图书策划出版公司，还开了一家能卖文具和简餐的书店。从长相上看，秦汉也属于她喜欢的类型：高个子，人瘦瘦的，是一个排骨男，落拓不羁，这样的体形让她感觉到他内在的文人才有的忧郁和感伤，那正是她喜欢的气质。秦汉还戴了一副边框很大的眼镜，这使得他看上去很有文艺范儿，就像一头文雅的狮子，她喜欢他喜欢得不得了了。

　　那段时间，她正在给《华夏人文地理》这样的杂志写旅行文章，有时候也写些关于美术史的文章，在《艺术广角》杂志上开了一个专栏，专门讲中国古代艺术家的一些八卦故事，比如唐伯虎和秋香，到底是怎么回事啊，以及围绕一些宫廷画家的谋杀、通奸和私奔等重口味的故事，满足了一些人的窥探癖。

秦汉一开始对她很热络，但不久就冷淡下来了，她不知道发生了什么事。秦汉对她若即若离，爱搭不理，这让她很苦恼。

她就开始对他展开围追堵截，想尽办法靠近他，可是，事与愿违，她越热乎，他就越冷淡，就越不待见她。爱情就是一个跷跷板，你这头高了，他那头就低下去了。可是，她情烈似火、心急如焚，非常想得到他的爱。他们也做过爱，但那还不是全部的爱、心灵的爱。尤其是他不让她到他的住处去做爱，而是到宾馆开了房间，两个人又都是单身，这就使得她感觉怪怪的。就这么交往了几个月，有一次，在宾馆里，她骑在他身上，看着他微张的眼睛，忽然不动了，说："我们结婚吧。"

他眼睛睁大了："我想想，我想一想。"

"不，你现在就答应我。"

他看着她，也不动了，摇了摇头："这事我好好想想，明天再说。"

到了"明天"，他告诉她，他无法答应和她结婚。因为，他还没有准备好。

她感觉很奇怪。没有准备好，可你都干我几个月了啊，这还没有准备好？那你怎么每次都能硬起来，都不用准备呢？何如意觉得秦汉很奇怪。她暗中观察他，也没有发现他有别的女人。她趁他不备，像间谍那样，将他的房门钥匙拓在软泥盒里，去配好了钥匙。趁他不在家，她进入过他的房间，空无一人。

那是一套两居室，是租的。房间里很凌乱，到处都是书，是杂物，房主的和他的都有，完全分不清。她记得听秦汉说过，房主也是一个单身汉。这两个单身汉在一起住的房间，确实让她这个精细而敏感的女人崩溃。那天，她躺在他的床上，在床单上和床垫下仔细地、一寸一寸地搜寻各种隐秘的痕迹，看看有没有女人来过，有没有长头发、口红、女人丝袜、内裤、阴毛、月经痕迹、避孕套、浴帽、卫生棉条等等。没有，什么都没有。整个房间里都是秦汉那雄性的气息和痕迹，他喜欢踢足球，耍双节棍，汗臭夹杂着让她兴奋的性感气息，那种曾经她亲吻他的身体时闻到的气味。她既失望又宽慰，既疯狂又平静。

这事最后发展到有一天半夜，秦汉醒过来，一睁眼，看到了在他身边躺着的她。她侧身对着他嫣然一笑，他给吓坏了，都要尿失禁了，尖叫了起来，把整个单元楼都给惊动了，以为这屋子里发生了一起谋杀案。他大喊大叫，愤怒地把她赶出了门。

她感觉自己受到了很大的羞辱，要知道，这个时候，她写的一本关于仓央嘉措的书已经畅销二十万册了，她的散文集和心理学辅导书都在热卖，年版税收入超过一百万，粉丝多得不得了。可她却可怜地抱着毛毯，被一个男人赶出了他的房间。

从那之后，秦汉再也不理会她了。他恐惧和厌烦她的爱。他们分开了。

她从此也恨上了秦汉，只要是哪里有秦汉的名字出现，她都要清除掉，比如，谁在微信上转发了他的动态，她就将那个人也一同拉黑。而且，她还要把他从自己的内心彻底地清出去，但这是很不容易的，因为要把内心的一个人拔除，最好的办法是忘却，但仇恨使她将他记得更真切，更牢固，也更加清晰，她越是想忘记他，却越来越思念他。于是，她纠结了很长时间。最终，时间会是最好的还魂丹，慢慢地，她就淡忘了，直到有一天在高铁上碰到了王伟平。

王伟平完全是另一种男人，精干、强悍、一丝不苟。他是一个地产商人，这些年专门做一种卖给高端人群的、与大自然环境相协调的、"天人合一"式的郊区别墅项目。他穿着一身名牌西装，扎着与西装很相配的领带，一看就知道都是定做的。看一个男人还要看三小件：皮带、钱包和皮鞋。她就留意观察，发现这三小件也都是欧洲牌子的精品，就像他是个精品男人一样。而且，他彬彬有礼，笑容可掬，年龄在四十多岁，身上有淡淡的松香味儿，也许是阿玛尼，也许是别的牌子，总之，他是一个讲究的、精明干练的男人，与秦汉那种不修边幅、天马行空和潇洒无羁形成了鲜明的对比。

在高铁上相遇那天，他们谈了些什么？她后来记不得了。女人能够记住一个男人，主要是对方在自己内心唤起的一些感觉，一些微妙的心理体验。比如，伴随着车窗外快速闪过的风景，留在她内心的，是他衣服的颜色搭配，他的体味、眼神，以及他说话的声音。因为女人是最会自我保护的生物，女人在自己缺乏安全感的时候不会去顾及他人，尤其是男人。高铁上，从郑州到北京，一路上他们都在说话。他似乎对她也很有兴趣，知道了她是一个自由撰稿人，很快在他的手机上搜索出她的很多信息，百度出她的最新动态。于是，他们的话题就更加广泛了，下车之前，他们都对对方有了浓厚的兴趣。然后，留下了联系方式，后来他们就开始约会了。

她知道他作为一个地产商人自然有很多钱，其实，钱倒是在其次，她不会去选择一个有钱的暴发户。多金的男人，素养和品位更加重要。他打动她的一点，是他们谈到了唐卡。这是由仓央嘉措的情诗谈到了唐卡。她对唐卡的研究比较深入，而他刚好给西藏的某个寺庙捐赠了一幅很大的唐卡。这使他们之间找到了话题和契合点。因此，后来的约会进展得很顺利。她知道他结过婚，但离婚了，也没有孩子。他比何如意大十五岁，这一点问题不大。她甚至觉得男人成熟一点更好。他的前妻现在是一个居士，每天都在吃斋念佛，对尘世已经没有什么牵挂。

她很高兴，当王伟平出现之后，在一个月的时间里，她就抹平了秦汉带给她的阴影。王伟平的春风化雨，使她的内心像被熨平的棉布一样平展光洁。

他们认识了不到两个月，就领证结婚了。闪婚之后，他们的日子过得很平静，她从自己的东四环边的居室，搬到了京北郊区他的别墅里。在这个别墅庄园里，他按照百分之三的面积，盖了一些很有特点的别墅。这些别墅每一幢都是不同的建筑师的实验作品，一般是卖给了艺术家新贵。他们俩住在一幢三层、六百多平方米的别墅里。在这套别墅里，王伟平收藏了一些当代油画家的作品。他只收藏油画，他还开办了一家现代美术馆，就在东五环外的红砖艺术区。但他说，当代艺术太复杂了，太多样了，对于他看不懂的东西，他没有什么兴趣，他只对油画还有些把握。

现在，她比较懂艺术，她就当上了他的好顾问。她告诉他，只要按照自己的喜好来收藏，就好了。在内心，何如意非常感激上天能给她带来这么一个好姻缘。因为，他是那么温柔动人、彬彬有礼，即使在床上也是那么柔情似水，一点都不粗暴。这使她感觉很舒服，她也因此获得了比高潮还要快乐的、更丰富的心理感受。

但她还没有准备好要孩子。没有孩子，是他最为纠结的事。他告诉她，如果他有孩子，也就不会离婚了。现在需要思考的是他们什么时候要个孩子。这是她要决断的。女人在要孩子的问题上，有时候太有主见，会伤害到婚姻本身。她还不想要。当何如意看到王伟平的前妻孟亚萍还在王伟平的生活里出现，并顽固得无法清除的时候，何如意的情绪爆发了，也就有了小说开头那一幕，他让她走。

事情是这样的：王伟平和前妻孟亚萍的婚姻持续了七年，孟亚萍一直没有给他生一个孩子。检查后发现是孟亚萍的问题。她的卵巢得了一种病，导致卵子的质量不高，很难怀孕。这是他们离婚的首要原因。离婚后，孟亚萍就变成了一个女居士。

既然前妻这样了，王伟平就支持她吃斋念佛，而且，发愿供养她和她的居士朋友们吃斋念佛。所以，就在距离他们俩住的这幢别墅才两百多米的地方，还有一排平房，在那里，住着王伟平的前妻孟亚萍和她的二十多位居士朋友，都是些女居士。而且，她们每个人都有一段生活失败史，每人住一间屋子，都在那里吃斋念佛，就在何如意的眼皮底下，就在她和王伟平的生活里，她们一群女人，生活中失败的女人在吃斋念佛。

当何如意发现了这个情况之后，她曾尝试接受这一现实。但是，每当她散步经过那片女居士的居住区时，都闻到了一种奇特的印度香和檀香混合的香气，这既使她好奇，也使她感到厌烦，而且，她的心理和生理就严重地不舒服，最后导致了她月经不调。她看见那些女居士都是一些四五十岁的女人，这些生活中的失意者和失败者，每天都在王伟平前妻孟亚萍的统领下，排成队，坐成圈，在柿子林里搞禅修、斋会，吃斋念佛。

孟亚萍知道王伟平和何如意结婚了，她表达了欣悦，她也很希望王伟平赶紧娶妻生子，完成生育后代和繁衍血脉的人生大事。但是，她碰到何如意的时候，从来都半闭眼睛、双手合十，站在那里默默念佛，埋首不抬头地保持站立，直到她走过去，才匆匆离开。

每当遇到这样的情景，何如意就很郁闷。看着那个穿着灰袍的面色灰暗的女人低着头，双手合十站在那里等待她走过去，她感受到的，不是开心或者平静，而是恼怒和愤恨。但她一直压抑着，一直压抑了好几个月。每天，她早晨醒来，就要打开窗户，那些女居士念经的喃喃声，以一种生死寂灭的空无腔调，远远地传过来，进入她的耳朵里。她烦透了，将耳朵塞上棉塞，可那声音，那调子，那旋律，还是进入她的耳朵里，就那么回旋着，余音袅袅，无法根除。夏天了，那么多女居士在那里念经，来回穿梭，没有笑声，只有那种恒定的寂灭感的念经声。没有男人。是的，这个大园子里除了王伟平这么一个男人，别的男人，那些清洁园林、打理果树的帮工都是附近的农民，受王伟平的雇佣，白天干活，晚上他们都回家了。

晚上躺在床上，听着王伟平的鼾声，何如意感到实在是很不如意，因为，孟亚萍就在那里，她一直在那里，她在王伟平和何如意的新生活里，像肿瘤一样存在着。要除掉这个肿瘤！她终于忍耐不住了，向王伟平提出来了，要求他另外给孟亚萍寻找住处，将她们赶出园林。结果，王伟平发飙了："我发愿要一直支持、供养我前妻，供养她和那些女居士吃斋念佛，你要是接受不了，那你就走吧！"

二

何如意出门是在她和王伟平争吵之后的第二天。她在屋子里想了半天，匆匆收拾好了行囊，然后，第二天在他出门之后，就离开了柿子林别墅，买了去成都的飞机票。落地后，她在成都找了一家藏身于一个小巷道里的很不起眼、肯定没有进入旅客信息联网系统的家庭旅店住了下来。她还换了一个手机号，为的就是不让王伟平找到他。离开家之前，她给他留下了一张字条，写下了这么一段话：

伟平夫君：

　　如你所愿，我要离开你一段时间。我要好好想想，我们的关系应该往哪里走。你也不要去找我，等到我觉得能够回来的时候，我自然会回来。到那个时候，也就有了解决的办法。唯有时间能够找到解决的办法。

　　　　　　　　　　　　　　　　　　　　　　　如意。即日

　　何如意想象着王伟平拿到这张字条的那种愤怒和不解的样子。但是，现在，她必须要走开了，必须要从这泥潭一样的生活里走开，走到另外一个地方，好好想想自己到底应该怎样来生活。她知道王伟平会找她，这天晚上，她用老手机号收到了他发来的短信："我知道你在哪里，你到成都了。我通过民航局的朋友帮忙，查到你飞走了。回来吧，如意，我们好好谈谈，请你回来吧。"

　　她没有回复，而是启用了新号码。她只跟在北京的一个闺密唐晓彤保持联系，告诉了她自己的情况，并且约好每天都会和唐晓彤联系一次。万一断了联系，那就是何如意出了事，就需要唐晓彤报警。这样她就心里有底了。

　　何如意要去哪里呢？

　　她想要去墨脱。可她是怎么想到要去墨脱呢？也是因为一个机缘。凡事都是机缘。就在她和王伟平吵架的那天下午，在屋子里收拾行囊，她翻阅一本杂志，刚好是一期关于墨脱的专辑。墨脱是中国唯一不通公路的县。要想去墨脱的话，每年只有几个月的时间窗口，才能够徒步走进去。杂志上说，那里是真正的世外桃源，人间的偏僻之地，大地上最远的角落。相传，是千年之前藏传佛教开山者莲花生大师在那里修建庙宇、创建新教的地方。"墨脱"，古代叫作白马岗，从地形上看酷似莲花盛开，意思是"隐秘的莲花"。正是这样一个地方，让她忽然萌发了去那里的心愿和产生了如莲的喜悦。这个心愿一旦萌发，那就是机缘，就无法阻止。她了解自己的性格，她是有些偏执和疯狂的。当初她那么爱秦汉，爱到了让自己受伤的地步，也是因为这个性格。

她估计王伟平会到成都来寻找她，就安静地住下来，不怎么出门，安心地做着去墨脱的准备。她足足准备了半个月，主要是寻找与墨脱的天气、道路、民俗有关的材料，以及徒步进入墨脱需要准备的事项。她很快发现，进入墨脱的线路主要有三条，分为东、中、西线。东线是从波密的达兴出发，翻越金珠拉山口，到达格当，从那里到达木，再从达木到墨脱县城。中线则是从波密县出发，沿着扎墨公路走，需要翻越嘎隆拉山口，然后一路下山到波弄贡，再由达木、卡布，前往墨脱，这条线好在是沿着一直在修的扎墨公路走，徒步走需要四五天的时间，就能到达墨脱。扎墨公路在二十多年前短暂建成过，一辆汽车开进去之后，就被泥石流、岩崩等阻断，现在大段路基被毁坏，到处都是杂草和塌方，已经无法行车了。西线被称作前往墨脱的前门，从西藏米林县出发，要翻越海拔4221米高的多雄拉山口，然后下山穿越一片雨林，之后沿着雅鲁藏布江往北走，最终也能到达墨脱。

何如意仔细估算着路线和时间，从网上搜集了很多参考资料。这些资料有很多都是徒步者写下来的亲身经历，很有用。最终，她决定走中线或者西线进入墨脱。不过，她想，还是要找到更熟悉路途的驴友，来帮助她选择路线。

现在，她是独自一个人要去西藏墨脱了。她过去从来都没有想到自己有这个勇气，现在，她有了，而且是那么坚决，就像是为了响应某种重要的召唤。在成都那些天，她准备好了各种旅行用具，包括急救药品、冲锋衣、雪盲镜、防潮垫、雨具、露天睡袋、防身的喷雾器和匕首、刀片，还有几双鞋子，适合登山和雨天穿，即使她不喜欢笨重的鞋子，也还要准备好。她还准备了手电筒、应急照明灯、压缩干粮等等。这些东西背到她的身上，似乎很重很臃肿，她背了一下试了试，她那纤弱的身躯因此显得很矮小。基本准备停当，她通过网上的信息，预订了拉萨一家旅馆的房间。为了不让王伟平发现她的行踪，她赶到成都双流机场，是当天现买的机票，一个多小时之后，飞机就飞向了拉萨。坐在舷窗边上，看着苍茫的云海和无尽的雪山在航线下妙曼地变形，逶迤地展开，她的心也开始变得豁达了。

到达拉萨，她悄然入住到那家藏族人开设的旅馆里，适应一下缺氧的状态，发现自己还行，不用喝红景天，也不用准备氧气罐，就是稍微有点气喘。她化名"雪飞姑娘"，在附近的几家旅馆外张贴了征求去墨脱的旅伴的纸条。她发现，在拉萨，到处都是徒步者或者其他方式的旅行者，全世界古怪的旅行者都有。她相信自己一定能很快找到同行的旅伴，假如一个星期内没有找到，她就决定独自前往了。

张贴出纸条后的第二天，就有一个瘦瘦高高的小伙子来找他了。"我叫林笠，是从北京来的，我正打算去墨脱呢。"

她觉得自己现在看人，有一定准头了。林笠高大，消瘦，已经有高原红的肤色了，眼睛明亮，这眼睛一看就知道他是很单纯的。旅伴是一定要放心和踏实的，她想，不过，现如今在路上奔走的人，大多数都是生活中遇到问题的，因此需要在路上走一走，找到一个解决问题的办法。他们坐下来攀谈，何如意知道了林笠是一个公务员，离婚了，前妻去了日本不再回来了。他一个人带着女儿生活。日益单调的生活让他感到了憋闷，就请了假，出来走一走，打算走半个月。西藏的缺氧状况，他还比较适应，而且，他非常想去墨脱看看。

"不为什么，就是想去那里看看。不过，我建议你在拉萨先适应一个星期，然后，等到你感觉适应了，咱们就出发。"

林笠的建议非常好，这个温厚、明澈的男人让她觉得很安心。这种感觉正是她现在需要的。不过，林笠有他自己的生活问题，她看着他，觉得很放心。

他们现在就是预想中的旅伴了。人在途中，以后会发生什么，他们会是什么样的关系，谁都不知道。男人和女人的关系有时候就是那么微妙、复杂，有时候又很简单。你以为你能和对方迅速推进，可是怎样都无法推进了。有时候你感觉你们之间没有什么，可是，结果它忽然就到来了。这都是机缘，就像她现在已经身在拉萨，要去墨脱完全是机缘一样。

在拉萨停留的那几天里，林笠每天都会来找她出去转一转。转八廓街、大昭寺，去一趟布达拉宫，然后，去拉萨边上的拉萨河，沐浴那里的清爽冰凉的高原风。何如意还想让林笠带她去看看拉萨郊区那片高地上的天葬台，但林笠觉得，她还没有到能够领悟这种丧葬方式的时候，就没有同意。

现在是八月底了，这个时候进入墨脱应该是合适的时机。林笠显然比她更仔细地做着前往墨脱的准备，他拿着一张很精确的地图，指给她看路线："我打听到扎墨公路那条线不好走，这个季节，到处都是泥石流和崩岩。我们还是走从米林到多雄拉山口，然后沿着雅鲁藏布江峡谷往墨脱走的西线吧。这条线短一点，但相对好走些。我们还要先到林芝的八一镇，在那里歇歇脚，在那里雇佣背夫，跟着他们和马帮走，就好了。背夫能帮助我们背大件的行李。等回来的时候，我们再考虑走另外一条线出墨脱，你觉得呢？"

何如意觉得林笠的建议都是对的。进去走的是一条路，出来走另外一条路。这就如同是一个禅意，出来进去不是一个门，不是一种命，不是一个感觉，不是一个禅机。这种感觉才对。现在，她除了每天和闺密唐晓彤通一次电话之外，没有人知道她在哪里、在做什么。这样的感觉，实在太好了。她已经把王伟平放在了脑后了。

拉萨带给何如意一种远天远地的澄澈空明感。这也是西藏带给她的感觉。由于很快就适应了缺氧状态，她感觉自己的肺部、血液和视力，在拉萨都有了一些改变。

一个星期之后，何如意感到自己准备好了，尤其是适应了缺氧状态，她觉得可以出发了。她和林笠，他们两个人背上自己的行囊，像一对情侣，可实际上是偶遇的旅伴，就这样一起出发了。

三

从拉萨到林芝的八一镇，路况还算不错，国道的标准路，大巴车竟然也走了九个多小时——早晨七点出发，到了下午四点钟才到。因为，途中他们的那辆大巴车出现了机械故障。好在司机和副驾驶都会修车，修了半个小时，汽车又继续前进了。

这一段路的景观是西藏南部的景象，在高原之上，隐隐的远山如同淡淡的水墨，在阴天的背景下，显得低沉忧郁。车子摇晃着，车子以五六十公里的时速前行，他们俩先说着话，一会儿就在车子的左摇右摆中犯困了。何如意在打盹中，梦到了王伟平驾驶越野车在前方的一座小桥上拦住了她，要她跟他回去，她大叫："我不回去！我不回去！"车子一颠，何如意醒过来，发现还在路上呢。

林芝的八一镇很小，何如意发现这里来来往往的旅人还不少。在八一镇，他们雇到了本来就要前往墨脱送粮食和生活物品的一队马帮和背夫，商量好了价钱，让他们代为背送两人的两件大包行李，里面都是比较重的东西，说好第二天一早出发。

他们在八一镇的一个很简陋的旅馆里住下来。晚上，何如意一个人躺在屋子里，隔壁是林笠的房间，能听见他的呼噜声，她也睡得很安稳。她感觉，现在距离北京越远，就离自己过去的生活越远，也就有了一种重新出发的可能，在她心里生发出新的莲花般的感觉来。

第二天，他们乘车出发，到达了南迦巴瓦山脚下的派乡。从这里，他们就要进入雅鲁藏布江大峡谷了。雅鲁藏布江大峡谷是世界上最美丽壮观的峡谷之一，由于在这里拐了一个很大的弯，因此造就了这种最为壮丽的景色。派乡刚好在峡谷的入口处，是一个小巧和偏僻得非常孤单的小地方。在这里继续休息了一晚，住在肮脏不堪的旅店里，何如意因为害怕小虫子，干脆就睡在了睡袋里，用纱布把脑袋裹起来了，才觉得不会有怪虫子打扰她。

从派乡前往墨脱，机动车是不能进去的，都需要徒步。剩下的路要走四天，这段行程是背夫、马帮给去墨脱的外地人所规定的时间，不能走得太快，也不能走得太慢，就是需要四天的时间，需要在每一站进行补给和休息，才可以安全抵达墨脱。

何如意发现林笠的状态很好，他的情绪很高，因为马上要开始真正的徒步旅行了，这是他准备了好长时间的计划，现在，终于要实现了。从派乡出发到达上山的松林口，还有车子可以通达。到了松林口，就是上山路了。背夫告诉他们，必须在中午十二点翻越多雄拉山口，否则，就会有危险，因为那里海拔高，经常是雨雪交加，很容易冻死人。前段时间就有人冻死在山上，遗体还能远远地被看见。这让何如意心里有些紧张。

从松林口上山，他们俩在后面不紧不慢地跟着那些长年累月走在山路上的背夫和马帮前行。这一段是上山路，需要前往海拔4221米的多雄拉山口，这是一段翻越冰雪大山的道路，非常艰险。在夏季，到了中午，太阳照射冰雪覆盖的山峦顶端，就会不断地发生雪崩，所以要尽早翻越雪山大坂。

可能还是体力不济，何如意感到这一段上山的路特别难走，她喘得厉害。林笠走过来问她："要不要吸氧？"他们准备了氧气罐。何如意摇了摇头，她心想，你完全不知道女人的韧劲儿。男人和女人比拼韧劲儿，一般都是男人失败。那些背夫和马帮很快就在前面消失了，他们走得很快，人影一晃就不见了。但他们会在后山的休息地等他们。现在，山路上，蜿蜒如蚯蚓的山路上只有他们两个在走。不过，偶尔还能碰见从对面来的人，有背夫、马帮和徒步者。他们互相交错而过，会打个招呼，但每个人似乎都心事重重，都把这路途当作要尽快完成的功课而匆匆赶路。

没有什么好说的，在大山面前，人如蝼蚁，死亡就像家常便饭一样包围着每个人。

追了半天，何如意看到前面那些背夫和马帮还是不见踪迹。多雄拉山口是一个山豁口，到处都是褐色的岩石，锋利而坚硬，还有残雪造成的泥泞。那里是这一段道路最高点。他们俩到达那里的时候，太阳正在半空中挂着，非常明亮刺眼。林笠想搀扶她，但何如意此时已经适应了，她感到肺部不再像风箱一样呼哧，也不再憋闷了。

"感觉怎么样？"林笠问她。她笑了笑："你看看这景色，的确是美啊。"

在他们周围展开的景色十分壮美。因为海拔的不同，山峦呈现出层次分明的布局。头戴冰雪王冠的冰峰，以及裸露出岩石的山颈部，那些岩石的缝隙里都是地衣。接着，是小型灌木，比如适应高寒地带的爬地松和小型灌木，往下就是浓密的树林。白色的如同哈达和围巾的白云缭绕在半山腰，并不断变换形状，消散，聚拢，改变着那山川景色的背景。这样的景色，不会有太多人看过，因此在何如意心里唤起的是一种自豪感，和一种生命的丰盈感。

林笠带的水喝完了，何如意把自己的水递给他："你喝我的。"林笠很钦佩地看着眼前这个本来很陌生的、似乎开始熟悉起来的女子，欲言又止。何如意看着他的表情，知道他对她为什么要去墨脱很有兴趣，但她觉得，还没有到要跟他说的时候。

他们现在只是旅伴，临时旅伴而已。她挥了挥手，继续前进。

从多雄拉山口一路向下，都是盘旋下山、海拔不断降低的弯曲小道。往山下走，有一段鹅卵石路特别容易打滑，如果摔倒了，一脚踩空，那就要倒大霉了，会连滚带爬地掉下去，死于非命。好在这段鹅卵石路只有几百米。林笠和何如意小心谨慎，互相关照，走过了最危险的地段。他们路上很少说话，依靠手势表达意思。她的视线局限在包裹着她的脑袋的头巾里，她先看到的是裸露的岩石和薄薄的地衣区，接着是小灌木和爬地松，然后，就进入森林覆盖的地区了。这里的林木很原始，自生自灭地生长着，人类没有怎么打扰，空气中弥漫着原始森林的那种清新、腐烂、潮湿的腥味儿。是的，何如意想，就是这些味道混合起来的气味。

在森林里的小道上下行顺利，傍晚，他们到达了这一天要歇脚的拉格小村子。说是一个小村子，实际上，这里不过是一个临时驿站。他们看到，拉格村有几家简陋的川菜馆，还有一些小店铺和几个小旅馆，就这些人烟了。那些餐馆、店铺和旅店都是简易木棚子搭建的，显示了建造他们的人的漫不经心和凑合过的心态，好像他们都不打算在这里长住似的。一切都是临时的，就像她和林笠一样，是临时的旅伴，只为这一次野外的长途旅行而组成。

何如意感到兴奋的是，她并没有觉得很疲乏。走了一整天，她竟然将呼吸节奏调整得很好。不过，还有一个因素，是拉格的海拔并不高，氧气充足，人在这里活动比较舒服。但他们俩都饿坏了。"我想吃点热乎的，一路上我都在嚼牛肉干，喝着矿泉水，实在是不舒服。"林笠哀叹着，拉着她进到一家川菜馆里，在腌臜的、油乎乎的木头桌子跟前坐下，一个很勤快但脸色疲惫的四川女人过来，递给他一张油乎乎的菜单。

"不便宜呢，你看，这醋熘白菜都要四十块钱一盘。"何如意念叨着。她不相信自己会这么念叨。过去，她从来都不曾注意一盘青菜的价格是多少。

　　"你想想，这些东西运到这里，全是那些背夫和马帮弄过来的。能够有白菜吃就不错了。"林笠果断地要了醋熘白菜、腊肉炒干豆角、麻婆豆腐和辣子鸡丁。这些菜名，何如意在今后很长的时间里，都不会忘记了，因为，那种味道是奇特的，超乎想象的香辣可口，让他们俩狼吞虎咽，并且吃完了还咂巴着嘴。每个人都吃了两碗米饭，何如意发现自己的饭量之大是她过去无法想象的。上大学的时候，她每次只打一两米饭。可是，自打进入西藏，她的饭量就逐渐上升，现在到了能吃四两米饭的地步了，还不算那些菜。可是，她并没有觉得体重在增加，似乎都被消耗掉了，每天的活动在抑制着脂肪的堆积。

　　这顿饭让他们俩都倍感欣慰和幸福。何如意看着林笠，觉得和他又熟悉了一些。还不到睡觉的时间，他们在拉格散步，看到那些藏族背夫和马帮在一起抽烟、说笑，黑黝黝的脸膛上，只有眼睛是白色的，头发纠结在一起，仿佛一百年都没有洗。可是他们的眼神是那么纯净、简单、质朴。

　　何如意和林笠都感到精神非常饱满。这里的气息已经有世外桃源的感觉了。林笠拿着地图，指给何如意看："从拉格到下一站汗密，要走的路程是二十八公里，与昨天的路途差不多。"

　　何如意说："昨天我们是从派乡坐车到的松林口，这样算的话，昨天徒步走了还不到二十公里。"

林笠说："今天是上山下山，体力消耗大，今天的路途比较好走，不过，明天有一段路是蚂蟥区，这是对我们最重要的考验。"

何如意很害怕蚂蟥，她按照林笠的吩咐，身上多穿了一层雨衣。那种雨衣是防渗漏的，起码可以抵御蚂蟥的猖狂进攻。

这一天，背夫和马帮天不亮就出发了，早就没有影子了，他们会早早地到达汗密等待着他们。林笠和何如意出发了。因为是下山路，一路上基本沿着河边走，时不时地在密林里穿行，随处可见那种巨大的古树，都是原始森林里的古树，几个人都抱不过来。旁边还有很多枯死的树干，以及枯枝中萌发的新树，显示了生命的荣荣枯枯。他们俩以每小时四到五公里的速度前行，算是走得比较快了。沿途天气很好，白云时而笼罩天空，给大地布满了阴影，时而阳光普照，所以有时候走在树林里，就会感觉到忽然之间天色变成了暮色，一切都暗了下来，但当云朵闪开，太阳光会顽强地照射进树林，世界瞬间又明亮了起来。

中午时分，他们走了全天一多半的路。林笠说："好在没有下雨，要是下雨就糟糕了。因为，前面就是蚂蟥树林。下雨的时候蚂蟥就全出来了。"

这个时候何如意还不太清楚蚂蟥的威胁，她正在欣赏着漫山的野生杜鹃。他们到了一片杜鹃花盛开的山坡，那杜鹃开得非常灿烂茂盛。林笠说："这杜鹃开得也是反季节的啊。"说话间，他们就进入一片灌木丛中。忽然，呼啦啦的，他们的身体碰到那些灌木，灌木上栖居的蚂蟥全都活跃起来了，它们因为灌木枝条被人体触碰，所以借助灌木枝的弹力而跳跃起来，蹦爬到了他们俩的身上。何如意的头裹在很厚的围巾里，还戴着防雾护目镜，她穿着两层雨衣，可她感觉到身上像是雨点降落了一样，凉凉的，一下子哗啦哗啦的，身上都爬满了蚂蟥。蚂蟥的头有吸盘，当它跳着掉到她身上时，就会附着其上，然后，那吸盘就吸吮她的血，即使她穿了两层雨衣，也照样穿破，尽管她尖叫着来回甩动，甩掉了一些蚂蟥，可还是有不少蚂蟥吸着她的血。蚂蟥吸血的时候，还会释放麻醉剂，让人感觉不到疼，只是凉凉的，像是被雨滴击打一样。何如意完全不知道自己的状况，但她可以看见前面开路的林笠身上到处都爬着蚂蟥。她知道，蚂蟥不能用手去揪，一揪，那蚂蟥揪不下来，还会吸咬得更紧。一开始何如意很害怕，但是很快她觉得蚂蟥没有那么可怕了，在肉体上给她造成的疼痛没有想象的那么严重。他们快速穿过了这片蚂蟥密布的灌木区，到达了一个石洞跟前，有标志显示石洞里面可以休息，就进去了。

他们脱掉了外衣，这才发现附着在各自身上的蚂蟥，起码还有几十条，就赶紧用手掌互相使劲拍打。蚂蟥的身体一弓，就掉下来了。有个别顽固的，需要他们拿烟头去烫它们的身体，才扭曲着掉到了地上。

在石洞里，林笠点燃了一堆柴火。那是前面的背夫留下的。有了火，就有了生机和热能。他们休息了半个小时，继续出发了。路边到处都是杜鹃花和其他不知名的花，可是他们感觉很疲乏，沉默着前行。好在今天没有下雨，没有经受最严峻的考验。

傍晚时分，二十八公里的路途他们走完了，他们到达了休息地汗密。汗密不过是一个小驿站，也就是有些木板房子，来往的背夫、马帮、徒步旅行者都在这里休息。林笠和何如意站在客栈门口，松了口气，他们互相看着微笑了，感到今天有了很好的体验。

一个经验丰富的珞巴族背夫走过来，对林笠说："明天从汗密到背崩的路最难走，有三十八公里，还会下雨，路上的泥石流、岩崩、滑坡等等随时都可能发生。"问他们俩，"你们要不要回去算了？"

林笠看着何如意，何如意笑着摇了摇头："怎么能走回头路呢！"背夫笑了笑，说："为了安全，我们决定让你们俩走在前面，我们走在后面，遇到什么情况好帮助你们，确保你们的安全。"这让林笠和何如意感到了很大的宽慰。

四

凌晨到了，他们照例很早就出发了。休息了一晚上，何如意感到身体状态很好，前两天的徒步并没有让她感到疲乏，也没有遇到真正的危险。何如意仰脸一看，有雨滴掉落到了脸上。啊，下雨了。下雨是一个不好的消息，尤其是对于他们这些徒步者来说。

这一天，出发没有多久，就进入蚂蟥树林。今天的蚂蟥区比昨天的要长，起码有十公里的路上都有蚂蟥，一直到前面险峻的老虎嘴地段才到头。但有了昨天经过蚂蟥区的经验，何如意在身上又多穿了一件薄皮衣，加上外面的一层雨衣、一层冲锋衣，就可以隔绝大部分的蚂蟥了。豆大的雨点掉到身上，她感觉有些发凉。那些蚂蟥掉到身上，也是一样的感觉。蚂蟥看到千载难逢的机会来了，它们可以吸到人的血，都疯狂地蹦跳着，张牙舞爪地扭曲着身体，弹射着，唱着歌在向路人进攻。背夫们前前后后都有，互相鼓劲，大声吆喝，有人开道，有人手里拿着火把，蚂蟥最害怕火，这样会减少它们对人的袭击。何如意牢牢地记住了林笠的叮嘱：穿过蚂蟥区，必须快速通过。那一丛丛的灌木上爬着的，都是蚂蟥，那令人恶心的东西掉到她的脚下，被她不断踩碾成肉泥，让她心里硌硬。她听说即使蚂蟥变成了肉泥，蚂蟥肉泥还能分裂成很多小蚂蟥。蚂蟥太有生命力了。但有了背夫的前后护驾，他们不知不觉就来到了老虎嘴，摆脱了蚂蟥的围追堵截。

这个时候，雨下得更大了，眼前的景象让林笠和何如意都感到了惊恐。老虎嘴是两山夹峙所形成的一条大约两公里长的山路窄道。全部是下山道，道路非常滑，一旦滑倒，就是腿断筋折。背夫和马夫都叮嘱他们小心，何如意很小心地拄着登山杖，这样等于多了一条腿或一条胳膊在支撑着她。她和林笠的所有背囊，现在都在背夫的身上，他们只管行路，只管看着脚下那湿滑的台阶。

　　不间断地快速下山，何如意感到膝盖很疼。这一段路有惊无险。就在他们的队列刚刚通过一段路，一回头，何如意看到后面就发生了一次小规模的泥石流。哗啦一下子，仿佛山坡上隐藏着一条大龙，从土坡上一下子就冲下来，立马把刚才的路给截断了，淹没了，冲垮了。有时候，是前面刚刚发生了泥石流，他们到达的时候，遇到一堆烂泥挡在眼前，需要费力绕过去。要是刚好他们在那里就完了，就埋进烂泥里了。

　　此外，还有岩崩，何如意听着高空有一种很怪异的声响，从远处呼啸而来，就像炮弹一样飞过来的那种尖厉的啸叫，她本能地躲在一块石头的后面，眼看着汽车那么大的一块石头从头顶飞过，重重地掉到了远处的河滩上。那石头要是砸在她的身上，她就是她脚下碾过的肉酱蚂蟥那样的东西了。此时，他们才感觉到大自然展现的威力和警告，是那么严肃、认真和出其不意，似乎有概率，你摊上就是你倒霉，没有摊上，就是你幸运。

　　背夫们一个个地凭借经验，娴熟地独自面对这些考验，快步走着，让他们俩看到了表率。林笠和何如意也增强了信心，他们小心地走，快速地走，拉开距离不紧不慢地走，谁也不用照顾谁，最终穿越了那最难走的三十公里的路。这一路他们看到了几十处塌方、泥石流、岩崩和倒落木。不过，他们越往前走，雨下得越大，最后竟然成了暴雨。在休息的地方，背夫说，要是现在还在山上，遇到这样的暴雨就麻烦了，这雨太大了。这就像是对他们迟来的考验，已经没有威胁了。

傍晚，他们终于到达了背崩，那里有一座解放军的兵站。远远地看上去，兵站的房子和藏族、珞巴族、门巴族的房子都不一样，是整齐的白色。这里已经靠近印度实际控制区了。有四个巡逻的边防士兵穿着雨衣过来，将他们引导到兵站的休息室休息。

这一天的考验算是过去了。这天晚上，把衣服都烤干之后，又吃了大馒头和红烧肉，在兵站里，她睡得很香。她还梦到了王伟平，他还在找她。但有趣的是，他似乎在人群中看到了她，可是他没有认出她。然后转身走了。

第四天，从背崩到墨脱县城，还有几十公里的路要走。这段路很好走，因为背崩是一个小型中转站，从墨脱县来的很多人都在这里交易商品。他们发现，从背崩开始，在修一条通往墨脱的简易路，所以，沿着雅鲁藏布江边行走，可以看到不断变换的、秀美壮阔的景色。这些景色如同深藏闺中的美女，很少有人见过。何如意看到了河谷中云雾的反复变化，树木的多样性，那些花草树木都是从古至今就在那里的，还有光线、声音、感觉，这些在她内心唤起的，都是久违的似乎来自生命最深处的体验。而且，在严酷、丰富但不会说话的大自然面前，何如意领会到了一种敬畏心，这一点使她理解了这里的人为什么对神山、圣湖那么敬仰。

在大自然中，一定有一种更大的力量决定着大地上的短暂存在物——一个个的个体生命的去留存在。这种感觉使她获得了过去没有的那种欣悦和满足感。

他们记得很清楚，那一天，他们走到墨脱的时间是下午三点多。到达了终点墨脱，何如意和林笠感到自己完全适应了。他们站在那里，看着墨脱，手和手拉在了一起。墨脱就这么展现在他们的面前，很不起眼，和传说相差太远。它是一个小镇规模的县城，时间似乎将这里的一部分凝固了。也就是说，北京已经是21世纪了，这里的感觉还停留在20世纪80年代。在墨脱，可以看到很多四川人开的川菜馆、录像厅、旅馆和商店，还有门巴人和珞巴人开的旅店，以及小卖部。少量徒步旅行者也构成了这里最重要的流动人员。他们简直都不敢相信，他们真的来到了莲花生大师开悟和建立寺庙之处，这个莲花盛开在隐秘的西藏东南部的处所，竟然是那么寻常平静。

在墨脱，何如意才找到了一种真正的放松感。连着三天，她和林笠就在小小的墨脱闲逛。虽然这里的物价不便宜，他们倒也可以承受。一种平静的生活样貌和停滞的时光感，让他们忘记了都市的喧嚣和各自生活的烦恼。他们现在已经很熟悉了，他们聊了很多，聊到了各自的生活、各自的困境。徒步走过来的几天里，在路上他们很少说话，因为随时要面对那些复杂的路途地貌。而到了每个休息点，派乡、拉格、汗密、背崩，一直到墨脱，他们都很少说话。但就是这一路的前行和沉默寡言，反而使他们彼此之间靠近了。那种近，是不需要说太多话的近，是彼此用眼神能交流的近。但是，何如意也知道，他们之间不会有什么。林笠是一个单纯的男人，他不复杂，而她的内心相比他更为斑驳，包括她的生活和她的精神世界，也都呈现出另外的一种深度。这一点是他们无法真正交流的，也是他们不可能交流的。

他们在墨脱待了四天，充分休息好了，也获得了未来几天里这一带的天气预报，之后就返程了。返回的路，他们走的是中线。也就是从墨脱到达木，再从达木到波弄贡，沿着扎墨公路走，最后，从二十八公里处可以搭上车到达波密。从波密就能上318国道到达拉萨了。这条返回的中线路也并不好走，到处都是泥石流、岩崩、塌方的痕迹，但奇特的是，回去的路上没有下雨，这是天大的好消息。最后，他们安全抵达了拉萨。

拉萨的天光仍旧是那么纯粹，何如意感到自己这次去墨脱，在体内更换了所有的器官，有了一个全新的自己。她理解了王伟平对前妻吃斋念佛的供养，那是一个有责任的男人的心愿。她现在理解了王伟平的心愿，在莲花生大师建立庙宇和藏传佛教的地方，在地球上隐秘的莲花盛开之所——墨脱，她开悟了。她不再狭窄，不再小心眼，变成了一个更为澄澈的女人。这是确定无疑的，她觉得自己能够面对她和王伟平的生活，和与他所有的一切了。她要和他继续生活。在拉萨又待了三天，她决定回北京了。

回京之前的那天晚上，在拉萨的一家宾馆里，她和林笠在一起了。说起来似乎非常平淡，那天晚上，他们的做爱并不激动人心。缺氧的状态使他们的亲昵显得缓慢、平和、自然、迟滞。而且，林笠似乎很害羞，每个动作都很犹疑，何如意并没有背叛的感觉。她从来都觉得身体是她自己的，受她自己的意志支配，即使是在婚姻里，又如何？和林笠的告别，是她需要以这样的方式面对和了结的，那是一种感伤的告别和彼此安慰。似乎他们的这一场徒步旅行，并没有消除他们各自内心的孤独感，他们仍将回到各自的生活冲突中去。但彼此带来了一些宽慰，这就够了。因此，林笠对待她十分温柔，她的回应也是如此，他们的身体像两条鲇鱼那样交织在一起，不说话，在月光下，在缺氧的状态下，缓慢地纠缠在一起，互相嵌入，体液如同胶质状的黏液分泌在一起，他们拥抱着，翻滚着，然后才分开。

她梦见了一朵巨大的莲花，开放在雪山的脚下，在莲花的中央，莲花生大师乘坐祥云徐徐上升。

五

何如意去墨脱那一年，是2007年。当年在拉萨，何如意和林笠告别之后，林笠就独自前往阿里方向了。他还要去探寻古格王朝的遗迹。

何如意第二天从拉萨直飞北京。在机场，她换上了原来的手机号，给王伟平发了短信："我要回家了。"

飞机落地之后，她看到王伟平在出口处接她。他手里捧着一束花，表情却并不轻松。何如意见到自己的丈夫，这个和她闪婚的男人，一瞬间内心涌动着别样的激情，感觉非常亲切。他们一起往机场停车场走，他告诉她："我让我前妻和其他女人到别处去吃斋念佛了。你看不见她们了。"

何如意愣住了："其实，我回来就想告诉你，我现在可以接受她们在那里了。"

王伟平看着她："不，我仔细想过了，我要从你的角度来感受这件事。所以，还是眼不见为好。"

何如意笑了："可是，现在我能够接受这件事了。你猜，我去了哪里？墨脱！一个任何人都找不到我的地方。你也找不到我，但我回来了。"

王伟平说："我知道那里，墨脱的意思就是'隐藏的莲花'，是莲花生大师有圣迹之处。你回来就好了，一切都好了。"

何如意拉着他的右手："而且，我还想赶紧生个孩子。"

王伟平高兴起来了："好啊！看来，去墨脱去对了。好啊！"

何如意不再说话。她忽然想到了林笠，不知道他去阿里，情况会怎么样。

他们回到了柿子林别墅，果然，就像是王伟平说的那样，他的前妻孟亚萍和那些信佛的女人都不见了。王伟平将她们安排在山里的一处寺庙附近，专门盖了房舍。

何如意说："让她们都回来吧。我们，进城里去住。那里生活起来更方便。"她决意搬到城里住。王伟平照办了。

不久，传来了林笠在阿里出车祸身亡的消息。得知了这个消息，何如意久久地没有出声。泪水打湿了他留给她的一张去墨脱的地图。

六年之后的2013年年底，何如意从报纸上得知了墨脱公路通车的消息，内心宽慰多了。说是通车，其实是打通了一个隧道，这在过去的技术条件下是无法实现的，公路隧道使前往墨脱的路途节省了翻越雪山这关键的二十公里，这一点非常重要。实际上，虽然全面通车，也不过是将前往墨脱的通车时间延长到了八个月，等到大雪封山，墨脱依旧是无法靠汽车抵达的。但已经很好了。墨脱不再是遗世独立的莲花了。

　　何如意和王伟平的儿子王墨脱这个时候已经五岁了。这名字是王伟平起的。何如意感觉这个儿子多少有些像林笠，但她不能确定这是不是林笠的孩子，因为，她回来不久，也和王伟平加紧了要孩子的行动，很快就怀孕。两种可能性都有——也许是王伟平的，也许，是林笠的。但林笠已经没有了，他不存在了。那么，假如是他的种子发芽了，这就是带入阿里的秘密。即使这是一个秘密，也让这个秘密永远地封存吧。

　　这个儿子就这么慢慢长大了。这时，王伟平的妻子孟亚萍已经彻底出家为尼。柿子林边上那一排当年供女居士们吃斋念佛的房子也都拆掉。在那个柿子林别墅区，有时候，何如意全家会在周末回到这里住一住。从三楼的卧室窗户望出去，她能看到夏末秋初的柿子林呈现一片辉煌的红黄色，在秋风中招展，她会想起来去墨脱路上她看到的，那很少人见过的无比丰富美丽的景色。

　　有时候，人的一生中一定要有一次远足，或者做一件接近发疯的事情。等到你做过了，就知道生活的平静和退让是多么重要，即使这退让中包含了潜在的秘密和坚忍，莲花也会开放在你的内心。

心　霾

一

　　每当雾霾覆盖城市的时候，汪峰的心情就坏透了。雾霾严重的时候，整个天空都是阴郁暗黑色的，压抑，沉重，每一次呼吸都感到很呛人，空气里似乎有煤尘、汽车尾气和细小颗粒物混合的气味。科学家说，雾霾主要是煤和石油燃烧，以及尘土和人类活动加剧造成的后果。微信上，有人传过PM2.5的彩色照片，在高倍显微镜下却是瑰丽和华美的，看上去像是某种奇怪的小生物，是活的，带有威胁和诱惑。就是这东西，现在正被都市人吸入鼻腔和肺部。那瑰丽的小东西正在覆盖着这城市的钢筋水泥丛林里挣扎拼搏的人，让他们的肺部变得灰黑。灰霾就像一张肮脏的毯子，盖在城市的上空，每个人都在这毯子下面苟延残喘。要是经济发展使得空气、水和食物都坏掉了，那最终就是人心的毒化。汪峰站在阳台上，看着雾霾笼罩的城市，这么想。

　　他的手里拿着一张报纸，在本市社会新闻版，他看到了一则很狗血的、触动他的新闻。说的是北京某大学的一个副教授，因为搞婚外情，使当时还是研究生的情人怀孕，却不能承担责任，结果，那个女人生下了他们的私生子，然后将她与那个副教授的床上艳照在网上公布了出来。最后，学校开除了这个师德不好的副教授。可让汪峰感到蹊跷的是，这个女研究生已经是三十岁的成年人，指使这个女人告发副教授的，却是另外一个男人——她的一个男同学。这个消息首先是在那个男同学的微博上出现了，那些不堪入目的照片边上，还有一个可怕的标题："大学副教授性虐情人，致使情人怀孕后抛弃她。"

汪峰看到这里，简直是有些心惊胆战。现在的女人一旦翻脸，咬起男人来，可是毫不留情啊，可是要下狠手啊。那个副教授最终被开除了，这就是她要的结果？鱼死网破，就都好了？你们过去那么好，如胶似漆，缠缠绵绵，你中有我我中有你，可女人的占有欲最终会毁灭男人。这要引以为戒啊。就在这个时候，他的手机忽然响了一下，是一条短信来了。他看到一句话："我怀孕了。"是谢芳发来的一条短信，这让汪峰吓了一大跳。

"我的？"他忍了半天，终于发出了这条疑问。他知道，这么回复是最伤女人的了。任何一个女人对于她怀孕后告诉你是你干的，但你不承认反而怀疑她这是与别人干的，都会感到义愤填膺和火冒三丈的。肯定是你的种，怎么可能还会是别人的？这么问的男人，是在怀疑女人不忠或者乱搞的，那你就等着她发飙吧。

果不其然，谢芳就不再理会他了。等了半个小时，他的微信收到了她发过来的一张照片，那是医院开具的很简单的一份证明，有着医师写下的潦草的字迹，可以看到"pH值阳性，怀孕征候"等字样。

汪峰删掉了"我怀孕了"那条短信，将那张照片下载下来，放大后仔细地一个字一个字地看，怎么看也看不出什么问题。但是他直觉觉得，谢芳是在用一个假的怀孕证明来吓唬他。他在想，她这是要干吗？他的心忽然非常乱，他感觉到自己现在陷入了一桩麻烦里。

他们交往有几个月了。汪峰在一家文化公司当总经理，他妻子在一所律师事务所担任财务部主任，管律师事务所财务。他们有一个儿子，曾在英国的一所大学学习法律，毕业回来后，在北京的另一所很不错的律师事务所工作。在北京城区，他们家有三套公寓房子，面积在一百三十到一百六十平方米之间，分别登记在一家三个人的名下，每人一套。此外，在北戴河和怀柔的大山里，他们还有两套别墅，在海南三亚和云南大理还各有一套海景房和湖景房。他们夫妻俩各开一辆汽车，他开一辆宝马越野，她开一辆奔驰350。每到假期，他们都会去怀柔、北戴河或是海南、大理度假，这是一个幸福的三口之家，一个标准的中国中产阶级家庭——家庭年收入两百万元人民币，固定资产加上金融资产，算起来有一千万美元的财产。从全世界的角度看，不算中产阶层，又算什么阶层？

汪峰家的钱从哪里来的？都是他们挣的。他早在二十年前就投资了一家股份制银行，早年那几十万的股份，后来翻到了几千万，大部分他都套现买了房子。他的妻子白燕在律师事务所管财务，还在其他地方兼职，也赚了不少钱。他们夫妻二人感情很好，白燕是一个很简单的女人，从来都不去想汪峰会出轨。女人的直觉是很灵的，汪峰把所有挣的钱都拿回家了，男人做到了这一点，女人就很踏实。

男人将钱拿到家庭外面，就说明他为某个女人动心了。这是白燕的一个基本的判断。可汪峰都把挣的钱拿回来了，所以，白燕从来不怀疑他。白燕的判断当然有道理，但汪峰的实际情况是，在这些年里悄悄地出了几次轨，但他到了最后一刻，也就是在女人逼着他去离婚的当口，他就悬崖勒马了。因此，他总是能有惊无险，化险为夷，落地为安了，依旧过着毫无裂痕的、光鲜的日常生活。

但他为什么要频频出轨呢？因为在他的内心，总是觉得生活对他有所亏欠。可能越是表面上看完美无缺的家庭，就越是有隐秘的问题，这也许是人类的状况之一。汪峰总是觉得生活亏欠了他，尤其是在他跨过五十岁知天命的年龄那道关卡之后，心情变得有些灰暗了。为什么？这也与女人有关。因为他性欲旺盛，但他的妻子却对此越来越淡漠，到后来，一点性趣都没有了。她快绝经了。两个人偶尔过一次性生活，他也感到妻子的阴道几乎没有什么分泌物，无法润滑，导致这样的做爱质量很糟糕，白燕也觉得疼。

有一天，白燕在早餐之后，很认真地对他说："我想过了，的确，男人和女人是不一样的。女人的生育年龄是有期限的，过了那个年龄，就对那种事不再有兴趣了，而男人不一样。"

汪峰担心妻子发现了什么："你说这些，是什么意思？"

白燕看着他："我想说，你要是在外面有女人，我也能接受。但我们不能离婚。毕竟，你的身体还很好，有性需求的，可我肯定不能满足你了。"

汪峰仔细地观察着老婆，想从老婆的脸上看出她的内心到底是怎么想的。可是，他看不出来她在想什么。也许，她说的就是真的，她就是这么想的，这也符合她的性格。是的，他的身体状况很好很活跃，但是，他觉得，老婆的大度是假的，任何女人都无法在性的嫉妒和排斥面前表现真大度，这可能是一个陷阱。

于是，他说："算了吧，老夫老妻的，你不要这么说。我也不想外面有什么女人，也从来都没有过。我们就这么过，很好了，我们很好，是不是？"

"我们是很好，你对家庭也很负责任。可是，我知道你的身体需要女人，需要年轻的女人。你明白我的意思？你可以不花精神，而解决身体的需求。"白燕说。

汪峰摇了摇头："那个，我可能干不来。我干不来。你不是鼓励我去拈花惹草吧。"

白燕说："我是希望你的肉体安宁。你还是在躁动着，我又不是感觉不到。"

白燕说得对，汪峰的身体的确一直在躁动着，实际上他有过隐秘的女友，这些年一直没有间断。只是每次到了女人要逼他离婚后再结婚的时候，他就立马逃走了。而且，他很会处理和那些女人的关系，从来没有惹到家里着火的地步。白燕也从来都不知道。在汪峰的心里，妻子白燕有一百条不是，但要他和白燕离婚，那任何女人还没有能力能做到。他现在所有的一切，物质的积累、精神生活的安定，都是他和白燕白手起家一点点积累起来的，这种日积月累的二十多年的感情，是任何年轻女人凭借鲜活的肉体无法替代的。

但白燕也不是没有问题。性生活不和谐的问题倒是在其次，主要是白燕一直和他的母亲关系不好。汪峰的父亲去世之后，他的母亲就在上海他妹妹那里和北京他这里，两地轮流住。等到冬天来北京住的时候，老太太时不时就和儿媳妇白燕发生一些小矛盾，都是鸡毛蒜皮的事情。但毕竟，两个女人，一个是婆婆，一个是媳妇，婆媳关系本来就是中国最难处的一种家庭关系。所以，每到冬天，汪峰的母亲来北京，白燕就别别扭扭，家里的气氛总是有些异样。这是汪峰最不满的地方了。

前年，他们就为此吵了一架，导致了他的一次出轨。但那段出轨维持的时间不长，那是一个比他小二十五岁的女人，她叫陈珍珍，是一个自由职业者，专业学的是服装设计，以设计女性内衣见长，还兼做一些艺术活动的策展人，在艺术圈比较活跃。他们保持了近一年的恋情。在那一年的时间里，汪峰每一次和她幽会，都要想办法向白燕撒谎，找一个外出的合理理由。"我去参加一个文化产业的研讨会"，或者是"我去谈一桩投资电影的生意"，然后，就跑到她那里住几天。

在陈珍珍租来的公寓里，白天，他就在那里看书，也不出去。陈珍珍的屋子里到处都是她设计的女人内衣的样稿，以及挂起来琳琅满目的样品。看书看累了，他就把自己脱光，然后一件件地试穿那些女性内衣，还涂脂抹粉，化装成女人，自己给自己逗乐玩儿。这成了他最开心的游戏。但他还不是异装癖，他也不是同性恋或者双性恋，他就是好奇，等到都试了一遍，他对那些女士内衣，就再也没有兴趣了。即使陈珍珍穿着情趣内裤诱惑他，他也是按部就班地慢慢收拾她，决不会心乱如麻，跟那些小鲜肉和表面颜值高但是银样镴枪头、一触即溃的小男生大不一样。

　　陈珍珍要出去参加一些活动，她的小公司的生意很繁忙，这说明男人和女人都很重视女士内衣。等到晚上陈珍珍从外面回来，他往往做好了饭，还煲好了汤——这是成熟男人的绝杀技，这一向是汪峰的拿手好戏。作为广东男人，他竟然有着广东女人煲汤的本领。二十多岁的小姑娘陈珍珍风尘仆仆地回来，一进门，就能喝上汪峰精心为她煲的汤，这些汤，是各种类型的汤，五花八门的汤，营养丰富的汤，滋阴补阳的汤，还是爱情的汤汤水水，让他们俩喝得唇红齿白，激情四溢。那些汤里的东西真多，莲子、荸荠、红枣、茭白、豆腐、枸杞、红参、雪莲等。喝了汤，吃了饭，刷了牙，洗了脸，沐了浴，他们就会在床上百般缠绵、旖旎万端了。

　　这是汪峰期盼的时刻。他的技巧高超，能够掌握节奏，把控她的高潮来临。他从容不迫，像个君王在对待自己的爱妃，非常有耐心地将她一点点地梳理，将她皮肤下面的激情渐次点燃，每次都让她晕厥，让她欲仙欲死。这种小姑娘虽然过去也交过男友，但哪里见过老男人的这种功夫，对汪峰是百般依赖。但大部分时间里，汪峰都不能和她在一起，于是，她后来又养了一只小狗，给它起名叫作汪汪。

汪峰躲在她家里的时候，家里只有他和那只小狗汪汪这两个活物，所以，汪汪这小母狗与汪峰也很熟悉。因此，当汪峰在床上将陈珍珍弄得发出撕裂般疼痛的喊叫时，小狗汪汪虽然感到了惊恐和惶惑，但也很懂事地不去瞎捣乱，实际上，它大可上前去撕咬汪峰一番，看看谁才是谁的真正宠物。它很聪明，它知道这是男女在做爱，这是动物的本能，和它现在是一条母狗，想被一条公狗爱是一个道理。

凡事的发展必然会有一个结果，男人和女人的关系进展到一定程度，就一定要排他。几个月之后，陈珍珍就提出来要他离婚，然后，和她结婚。

汪峰当然也非常喜欢陈珍珍，他很少见到这么独立、美丽、自强和不麻烦男人的女人。有时候，他悄悄支付了她半年的房租，她知道了，也都会再给他。她不愿意花他的钱，她喜欢的是他这个人。这就难办了，这就让他挠头了。他从来没有像这一次这样，动了心了。陈珍珍比他小二十多岁，她的性感活跃期与他的性欲平台期，刚好可以搭上节奏。于是，他第一次动了离婚的念头。过去，每到这一时刻，他都是虚与委蛇，赶紧撤退的。他回答她，给我一点时间，我们一定会在一起的。

男人一动心，女人就会感觉到。白燕虽然是一个很简单的女人，但那段时间里，她发现汪峰的表现有些异常了，他的表情有些迷离和恍惚，答非所问，神魂颠倒，晕晕乎乎，就觉得有问题了。她悄悄检查了汪峰的手机，没有发现异常，因为汪峰从来不存有害信息。她又查他打过的一些电话号码，发现了有一个他常打的号码，这是汪峰大意了，他还没来得及删掉通话记录。于是，她立即用某个电话座机打过去，果然是一个年轻的女人接的。白燕挂断了，没有再说什么。她已经勃然大怒了，汪峰一回来，就质问他："这号码是谁的？"

汪峰处乱不惊，说："那是一个售楼小姐的电话，不信，你再打。"白燕就再打过去，果然，对方说是某个楼盘的售楼小姐，陈小姐。陈珍珍第一次接到那个没有说话的电话之后，就知道有了问题，汪峰早就告诉她，"假如遇到未知电话打过来，你一口咬定，你就是一个售楼小姐，你销售的是通州万达的楼盘"。

对方对答如流，介绍楼盘也是不遗余力热情有加，这让白燕初步打消了疑窦，但这也让汪峰产生了收手的念头。他思考了好几天，故伎重演，忽然就冷落了陈珍珍，只推说自己最近状态不好，两个人就先不见了。

陈珍珍如痴如狂地每天给他发二十条短信打十几次电话，他就是不接不收不回。于是，他们的关系真的就逐渐冷淡下来。男人和女人的关系，只要不经常在一起，那必定是会冷下来的。这是定律。动物世界都是这样的，公的和母的，一旦分开久了，必然会冷漠到陌生。

过了一个多月，汪峰又忍耐不住肉体的狂迷和骚动，前去招惹陈珍珍了。他感到体内积聚了一些东西，要在她那里释放。他拿着花站在她的房门口。门开了，陈珍珍脸上挂着泪水："你可来了。走，陪我去宠物医院吧。汪汪快死了。"

原来，是陈珍珍的那条小狗汪汪得了急病，要死了。他门都没进，就和她一起去了附近的宠物医院。一个戴黑边眼镜的宠物大夫治疗了一番，用娘娘腔说，这狗得了很急的病，恐怕是无力回天了。眼看着奄奄一息的狗狗只剩下最后一口气，再到终于咽气，陈珍珍哭得像个泪人。等到结医药费的时候，陈珍珍发现钱包里没多少现金，不够支付汪汪的治疗费。她望着汪峰："我，现金不够了。"显然是想让他付。

汪峰在这个时候显示了他硬心肠的一面来："你带银行卡了吗？"

"带了。怎么了？"

汪峰指着街对面的一个自动提款机亭子，说："你看那边，可以去提。我也没带够现金。"

狗狗汪汪的死，以及他拒付汪汪的治疗费，成为一个决定性的事件，让他们的关系完全中断了。他们各回各家，汪峰憋着体内的男人之火回去了。自那次之后，汪峰在陈珍珍的心里，就是一个卑鄙、自私、下流、小气狭促的小男人了。他们就再也不来往了。女人一旦以为自己看透了一个男人，她冷起来是很快的，会一下冷到完全忘记他，完全在内心把这个男人清扫掉。陈珍珍就这样将汪峰像垃圾一样清扫了，又像微信朋友圈中拉黑和删除某个人那样，让他消失了。

汪峰冷下来，也觉得自己可能只是痴迷于陈珍珍那年轻鲜活的肉体，对她那坚韧和古怪的灵魂一点兴趣都没有，也把她逐渐淡忘了。毕竟，这城市的雾霾让人心也有了一层灰霾，覆盖纯真的东西，是那么容易。

二

汪峰碰到谢芳是在一次签名售书会上。这部书来源于他的公司出品的一部电视剧《芳菲传：后宫芳华》，他担任总编剧，署名在两个实际编剧之前——这也是行规，因为他与电视台保持着非常好的关系，能确保这部电视剧的播出，即使他只是象征性地改了一稿剧本，也能署名为总编剧。为此，有个编剧不服气，打算告他，可拿出合同一看，那编剧就傻眼了，合同里早就规定了这样署名的合理性。有本事你把这出戏拿去在电视台播映啊？谁的关系硬，谁就署名在前，影视圈的黑规矩多了。

汪峰早年文笔很好，写过小说，其实他当编剧也没有问题。这是一部古装戏，演绎的是后宫争风吃醋以及忍耐上位的后妃娘娘的故事，为了通过审查，看不出发生在哪个朝代，没有时代背景。这部戏播出之后，汪峰还将它改编成了一部小说，借助电视剧的播出而大卖。小说的署名，更是变成了他一个人——这也是合同里写明的。就是在签名售书的现场，谢芳认识了他。当时，有电视剧的男女主角助阵，来签名的人排成了长队，他埋头签名，忽然闻到了一股浓郁的香水味儿，一抬头，看到一个眼睛很大的女人，正在痴痴地看着他。

那就是谢芳，她在请他签字。他惊呆了，这女人幽深的大眼睛似乎把他的魂一下子给勾走了。他有意和她多说了几句话。他感觉谢芳这个女子非常文静、白皙，不知道哪根筋就和他很搭，吸引了他的注意力。

谢芳当时刚刚从一家高尔夫设备公司辞职。她的老公是一家电信公司的管理人员，经常出差，谢芳辞职了在家里没事干，偶然逛到了书店里，结果就碰到了汪峰在那里签名售书，而这个戏刚好她看过，很喜欢，就排队签名，可是当她看到汪峰这个人的时候，发现他比一般的作家英俊潇洒，就对他忽然有了好感，一时间有些发傻了，签名的时候多说了几句，对上眼了。

他们留下了彼此的联系电话。当然，还是他主动联系的。他先是约他去花市买花，女人大都喜欢花，因为花能够传情，是最好的媒人。在花乡花市、草木市场里他们逛得很开心，他第一次给她买了几盆很好看的蝴蝶兰，以及一些鲜切花、马蹄莲和红玫瑰。谢芳就很开心。

等到他们第二次约会，是去看一场电影。那是在蓝色港湾的电影院，看的是一部科幻电影，讲一个女宇航员如何孤独地在太空飘浮，然后回归地球的故事，对了，是叫《地心引力》。是的，是这部电影。看电影的时候，他拉住了她的手，小心翼翼的。送她回她家，在告别的时候他亲吻了她的嘴唇。

然后，春天来了，他约她去踏青。她的丈夫又出门了，她就和他来到了郊区的一条河边漫步。当时，真的是草长莺飞、万物生长，在他们体内也是孕育着毛茸茸的如同柳芽那样的爱意。他们拉着手，在树林里穿梭、漫步，他抱住她，将舌头伸入她的嘴里，两条舌头在跳舞，他的手也伸进了她的上衣里，握住了她那小巧的乳房，然后，被她制止了。

　　一来二去，汪峰很享受追逐爱情的过程，而并不是急于上床。他知道，一旦到了上床的地步，那就是剑拔弩张、兵戎相见了，也将是两个人关系的终点和尽头。

　　他们俩躺到一张床上，是在认识了三个月之后。那一次，是在谢芳的家里，从她家里的窗户中望出去，可以看到望京商务中心区的绿地中心那二百八十米高的大楼拔地而起，像一枚没有削好的铅笔。远远地，首都机场上空，一架飞机从航线上掠过，在进行降落前的最后准备。

　　在一张弹力很好的床上，汪峰施展了他的技巧，让谢芳感受到了他的温柔。这个时候，他才知道，她是一个性冷淡者。谢芳的乳房不大，小巧而圆润饱满，汪峰含在嘴里的感觉就像是在爱恋着新鲜的桃子。她一直喜欢戴充气文胸，有增大胸部的效果。但在他们第一次做爱的过程中，他俯身缓慢地进入，她忽然皱起了眉头。

　　汪峰看到谢芳眉头皱起，就问："亲爱的，你，怎么啦？你难受？"说这话的时候，他正在向她推进中，这一刻是关键时刻，不能后退，也不能迟疑了。

谢芳呜咽着："我有点疼……我，就是疼……"

汪峰这才感觉到她的身体非常紧，很不放松，分泌物也不多，不润滑。这可能是她很少做爱的原因，也可能是她有些性冷淡。一问，果然是这样，她老公和她的性生活次数很少，两三个月才有一次。他们结婚五年多了，她一直没有怀孕。因为，他们这方面很不和谐，导致她对做爱非常抵触和畏惧。

汪峰知道了这一点，就采取了更为缓慢和细致的手段。他发现，她身体的敏感部位主要是在大腿的内侧和耳朵后面。这两个部位他亲吻或者是哈气，她都会浑身战栗，忽然揪紧他的头发。这时，他就沉着地，缓慢而有力地挺进，伴随着她那袅袅弯曲上升的哀鸣，忽高忽低，最后，是一阵悠长的尖叫。他们合二为一了。

他们幽会的节奏，基本上是每星期一次。幽会了四次之后，汪峰有点担心起来。因为每一次见面，都是在她丈夫刚刚出门去坐飞机，她就赶紧和他联系，他匆匆赶到她家里，幽会就在她家里进行。他的那本《芳菲传：后宫芳华》也摆放在床头的茶几上，非常醒目，他心里有些惴惴不安，就将自己和谢芳的关系告诉了好朋友李毅然。

李毅然在一家出版社担任副总编辑，离婚五年了，一直处于相亲的阶段，还没有再婚。他听到汪峰竟然到女人家里去幽会，大惊失色：

"你疯了，你要小心啊！汪峰，这样下去肯定会出事。我告诉你，人也是动物，雄性动物是有自己的领地意识的。古人讲，'淫近杀'，你可是在另一个男人的家里，和他的女人上床。这犯了大忌。你们为什么不去宾馆开房？你在人家家里，搞人家的老婆，一旦被她老公破门而入，当场撞见，人家非杀了你。我要是那个男的，就当场捅死你。这就是雄性动物的直接反应。所以，你再也不要在人家里弄这事了！"

汪峰一下子醍醐灌顶，他醒悟了。他这才发现，自己原来一直在最危险的边缘啊。的确，要是谢芳的老公觉察出什么，从机场赶回来，进了门，发现家里有另一个男人正在干他的老婆，那一桩命案就会发生了，不是你死，就是我亡了。李毅然还劝他赶紧别再玩火了，这样的情感靠不住，赶紧罢手，对双方都是好的。

谢芳也逐渐暴露出物欲强烈的本性。第四次上床之后，她就拉着他去了一趟新光天地，让他给她买了博柏利的风衣、法国出产的化妆品和路易威登的包。这使他对谢芳产生了某种怀疑和戒备心理。他感觉，她和别的女人一样庸俗，这里面也许有什么不对劲的地方。他对女人花他的钱非常敏感。这是变相的交换，不是他喜欢的关系。即使让他花钱，也要于无声处，也要春风化雨、蜻蜓点水。怎么能刚搞完，就直接去商场购物买东西呢！

他就决定冷落谢芳一阵子，看看她的反应。他告诉她，他妻子发现了一些情况，需要暂时中断联系。多年以来，汪峰对付女人的经验充足，他凭借自己接触的各类性格、职业和年龄的女人，总结出一些她们的共同点，那就是嫉妒心强、喜欢好听的、爱吃、爱穿、方向感不强，但直觉都很敏锐。不同的地方，就在于每个女人都有不一样的地方，有单纯的，有复杂的，有内向的，有豪爽的，有独立的，有黏人的，有爱做饭的，有不爱做饭的，有喜欢做爱的，有不爱做爱的。所以，汪峰需要观察谢芳是如何看待这件事，他就把她冷处理了。不管她怎么给他打电话，发短信，发微信，在微博上给他留言，他就是不理会她，他就是想看看，她到底有什么表现。

于是，一个月之后，他就收到了那条"我怀孕了"的短信，还有那张证明她怀孕的图片。汪峰收到了图片，仔细看过之后，立即觉得谢芳对他有别的企图。你想想看，一个女人，她和老公结婚五年多了都没有怀孕，和他在一起做了四次爱，其中只有一次是没有戴套的，然后，她就怀孕了？

他觉得还是采取不理会她的办法，看看她还有什么花招。你越镇定，对方就越容易乱了方寸，就很可能显露出马脚，就能够知道对方的真实意图。最近几年，汪峰看到媒体上传播的一些事，他觉得有些女人变得很坏了，她们的心比雾霾还要暗黑，一旦一个男人无法满足她们的要求，她们就会要挟、毁掉这个男人。他不能不在这一时刻保持警惕。

一开始，谢芳还在不断地给他发短信，说想他，念他，晚上睡不着。有时候有约会的机会来了，她就继续给他打电话，但他就是不接。一个男人不接一个女人的电话，很能说明问题，那就是，这个男人不想接她的电话，或者，他不方便接她的电话。他甚至是不愿意乃至拒绝接她的电话。

谢芳就渐渐地变疯狂了。她感觉这个汪峰简直太没谱了，说不见了就不见了，说消失了就消失了，说不理会人就不理会人了。这还有天理吗？这还是情人和恋爱的感觉吗？难道你没有干过我吗？谢芳就开始激烈地反抗了。然后，汪峰接到了一条她发来的，很奇怪的短信：

> 你还记得海明威的《乞力马扎罗山上的雪》那篇小说吗？乞力马扎罗山，它就在那里，高高地耸立着。从任何一个方向看过去，它就在那里。这是一个事实。就如同我们之间已经发生的事情一样，是个事实，对不对？不管你从哪个方向看过去，乞力马扎罗山它就在那里。这就是一个事实。

汪峰拿着手机看了半天。他在确认谢芳到底在说些什么，"这是一个事实"，是的，他和她之间肯定有事发生，那就是，他们恋爱了，幽会了，上床了。但也许它并不存在呢？有什么证据？有文字和图像显示这个事实存在吗？没有。那还有别的吗？短信？照片？影像？录音？她不会都有准备吧？汪峰就有些疑惑了。汪峰仔细地回想自己平时在给她发短信的时候，都用了什么措辞，他一向很注意不要留任何字据，现在，他检视自己的手机，里面没有这些东西。除非她很有心机，他们俩在一起时她拍照、录音和摄像，比如，在床头有一个针孔摄像机，就像重庆有个公司敲诈那些偷腥的官员做的事情一样，她会这么干？

汪峰做好了她有这些东西的准备。好了，假如所有的证据都存在，那么，这就是一个事实了，可是现在，既然她还没有拿出来，只用语言在说话，那么，他们之间的事实都在记忆里，不在证据链里。他想看看她到底想干什么。是想得到他这个人，还是想敲诈他一笔钱？这才是他想看的结果。女人，你越是不搭理她，她就越不理智，看看她还能拿出什么。

谢芳显然对他不接电话、不出现而感到恼怒了。她继续给他发短信。有一天，一条很长的带有悲情色彩的短信来了：

我去了医院。一个人去的。不，去的时候是两个人，我和你的那个胚胎，那个受精卵。等到我回到家里，就真的剩下我一个了。那个人芽胚胎，就此不见了。我是那么孤独，感到自己受到了伤害。你这样一个自私自利的男人，只图自己快活，在我去医院打胎的时候都不去照顾我，一切都是我一个人在医院里完成的。这是我感到最羞辱的一刻。我怎么能够这样信赖你，怎么就这么傻，把自己给了你这个骗子？也许，都是我咎由自取，也许，这就是我的一个劫。但你让我唾弃！你让我看清了一个猥琐男的真面目。你，什么总经理、名编剧，你做下了事情，却躲开了，根本就不承认这一后果，害得我一个弱弱的女子在孤独地承受着这个事实，这个你和我共同造成的事实的后果。不管你怎么看待这个问题，这就是事实。现在，还谈不上我恨你，只是你的怯懦让我变得更加坚强，你的逃避让我变得更加直面，你的沉默让我更加愤怒和喧嚣，你的猥琐让我变得更加挺拔和高傲。你，这个懦夫，应该现形了！

汪峰收到这条短信的时候，刚好又是一个雾霾天。沉沉的灰黑色的雾霾呛人肺腑，让他感到憋闷得难受，让他感到无论是肺腑还是心脏，都被这雾霾给覆盖了。确切地说，人在这样的雾霾里生活，心灵上，也有一层厚厚的雾霾了。城市人在这样的环境里生存，心灵世界就雾霾化了。就像那个谢芳，她的心灵中也布满了雾霾，让他看不清，让他害怕，让他觉得，她正打算毁灭他。

三

汪峰把她的这条短信念给了好朋友李毅然听，还把那张医院的检查结果图片发给了他。李毅然沉吟了一会儿，说："我的直觉，她怀孕是假的。现在，随便到一个医院，花点钱就能开一个怀孕的假证明。从这张图片看，只有草草几个字'pH值阳性，怀孕征候'，仅凭尿检结果阳性，就确定怀孕了？是哪家医院检查的也没有注明，对不对？我觉得，你遇到了一个敲诈你的女人，她是想让你接受这个虚假的结果，从你这里敲诈一笔钱。"

汪峰感觉谢芳那个样子，也不像要敲诈人的女人，他说："也不大像在骗我。"

"你看，你不理会她，结果她一个人就去做流产了。你相信吗？那胚胎上个星期还在，你不理会她，她就自己去打掉了，现在，这东西没了，她自己去把和你有关系的直接证据给消灭了，这说明她看到你不理会她，觉得以这种方式无法欺诈你，现在，她在想别的办法了。"

汪峰觉得李毅然分析得有道理，但还是狐疑，觉得她没有那么坏。"也许是，也许不是这样，我无法肯定。"

"根据你的观察，这女的又辞职了，那她靠什么生活？"李毅然问他。

汪峰想起与她交往的那些细节，她的穿戴打扮、家里的摆设、她的生活品位等，应该是中产阶层的感觉。她有一些品牌衣服，手包、鞋子也都不便宜，内衣也是很讲究的，其中有从欧洲买回来的情趣内衣，就是私处有暗扣的、鼓励着急的男人打开的那种。她的家里摆设是典型的中产之家，家具是混搭的，陈设典雅、现代、方便而又有品位。她家还有一个酒柜，里面有各类的洋酒、红酒几十瓶，还有茅台、五粮液等中国名酒。她有一个专门的梳妆台，有一次，她在里面洗澡的时候，曾经让他找一瓶泡泡浴液，然后两个人在充满了泡泡的浴缸里嬉戏，他得以看到她抽屉里那些林林总总的欧洲品牌的化妆品，大都是国际知名品牌。"她家应该是中产阶层，是没有问题的，所以，她似乎没有敲诈我的动机——她基本不缺钱。"汪峰肯定地说。

李毅然不同意他的分析："那你也不想想，她现在没有工作，仅凭电信公司经理老公的收入，能够保证她有这样的生活吗？我们可以这样设想，也许，她现在所过的生活，都是她敲诈上一个上了钩的、掉到了她设计的陷阱里的男人的钱，才保证的。而且，我估计她的老公都蒙在鼓里，她是逮住一个敲一个，和你有感情了，就一起混着，和你没有感情了，就索要分手费和打胎费，尤其是像你这样有家有口、有头有脸的，一逮一个准儿。现在，有些女人坏着呢。好在你还比较警惕，没有留下什么把柄和字据。"

"是的，没有短信、录音、照片和影像能够证明我上过她。她也拿不出来。"汪峰出了一口气。

李毅然说："你小子的仗是越打越精了。但现在还不能乐观，看看她还能出什么花招。这女的可不是等闲之辈。如今，这些女人都变成什么了？你看，现在倒下去的那些大官小商的，他们的女人最后都成了反戈一击的最佳证人。男人啊，就是管不住自己的骚根。"

汪峰沉默了。这是雾霾的世道。雾霾正在空气中聚集，在人心里聚集。雾霾在城市里缭绕，在人与人之间盘旋，尤其在男人和女人之间袭染。男人、女人，他们之间因为雾霾的爆发，也将更加猜忌，爆发战斗，延续了古老的男女缠斗。加上现代社会女性的解放、经济地位的独立，大城市的吸纳，女人与隐性的男权社会之间，与那些想占女人便宜的男人之间的战斗和碰撞在加剧。

"问题是，现在我该怎么办？"汪峰问他。

李毅然说："你该怎么办？你什么都不办。以静制动，看看她到底想要做什么。"

汪峰觉得这可能是最好的主意了。他就继续按兵不动，任凭谢芳继续发短信、打电话给他，他就是不回复。每天，汪峰都悄悄注意观察谢芳的微博。她的微博上发的一些文章，就是指桑骂槐地针对他的，他看得出来。主要是谈到了男人的责任，男人的品格，男人的短处，男人的毛病。但无论她怎么纠缠，汪峰就是按兵不动，以静制动，抱残守缺，打算度过这一段难挨的日子，像过去他终于摆脱的一些很难缠的女人那样，依靠时间的力量，将她们慢慢地甩开、推远。

三个月后的一天，谢芳给他发来了一个最后通牒：

你总该现身了吧？总不能一直做缩头乌龟吧？你总要为满足自己的丑陋性欲而有所付出吧？你不可能就这么一点责任都不负，就人间蒸发了吧？你长男人的那东西了，我知道，我也见过。你以为你真的能人间蒸发？我告诉你，乞力马扎罗山就在那里，这是一个事实。我知道你在哪里上班，你的公司在哪里，你的家窗户朝哪个方向。你难道不怕我去你的公司大闹吗？我还可以去你家里找你老婆，好好和她谈谈你干了什么。你真的不怕吗？那么，你就等着吧。

汪峰看到这样的通牒，感到谢芳是要图穷匕见了。他想了半天，几次想打电话过去与她沟通，想问问她到底想怎么样。但最后，他还是选择了沉默。如何对付一个歇斯底里的女人，他还没有把握。是不是她和他上了床，现在就感到特别吃亏，恼羞成怒到一定要他补偿？他曾经问过一个情人，为什么女人会在这一点想不开，会在心理上感觉吃了亏？那个女人说，肯定啊，女人长着这宝贝，本来就是吸引男人的，这是动物的法则，如果没有因此而换得回报，女人当然就觉得很吃亏。汪峰就觉得匪夷所思了。有些女性觉得男人在身体上需要女人，男人没了女人活不了，有入侵性、强迫性的性行为存在。可是，她们忘记了，这是上帝在设计动物繁衍的时候就决定了的。男人虽然插入了女人的身体，但这只是一种合作关系。他妈的，谢芳也花了他的钱，他给她送过整套的法国产化妆品，还有路易威登的包、博柏利的女士米色风衣，算起来也有几万块钱了，她还想怎样？

但他也很担心谢芳会到公司和家里大闹一场。那样他的妻子白燕就不再被蒙在鼓里了，就会和他闹离婚，他们这个家庭就完蛋了。

想到了这里，他汗如雨下。他忽然发现，自己努力奋斗，一步步到如今变成了一个富裕的中产阶层，家庭和睦，孩子也成长起来了，一切都很顺利，非常不容易。现在，这些东西忽然间面临着分化瓦解、分崩离析，这也都是他咎由自取，管不住自己的鸡巴。他痛恨自己在生活富裕的同时，道德水准不仅没有跟上去，反而下降了，成了一个热衷于搞男女关系的人，一个让人唾弃的男人。他感觉自己实在是糟糕透顶，暗暗祈祷谢芳不要对他赶尽杀绝，不要大闹特闹，将他搞臭，将他推上道德的审判台，经济的大裂谷，人心的屠宰场。

……这天晚上，在谢芳的家里，他们又见面了，他正压在谢芳的身上，却低头看见她正皱着眉头，一副很难受的样子，忽然，门开了，一个影子飘了过来，外面进来了一个男人，他高大、健壮，手里拿着一个手提包，手提包掉到了地上。惊愕、愤怒的男人显然就是谢芳的丈夫，他转身从厨房里拿出菜刀，开始砍杀汪峰和谢芳。汪峰感觉他自己忽然飘起来，能够看到现场的他和谢芳这两个狼狈不堪、惊惶失措的裸体男女，被疯狂被戴了绿帽子的男人在屋子里追杀。他一刀刀砍在他的身上，奇怪的是，他感觉不到疼痛，鲜血四溅，但是不疼。那个男人在不停地砍着他，砍着谢芳，直到把他们都砍杀在地上一动不动了，可汪峰的脑子还在动：我真的死了吗？我已经死了吗？怎么我还在思考呢？

他醒了。原来是一个噩梦。他浑身都是汗水，湿透了背心。他感到有必要将事态的严重性以及可能的后果，充分地预计好。他找到了李毅然，告诉他这一情况。

李毅然看了她的短信，分析说："我觉得你还是要以静制动。你现在明白这个女人不是善茬了吧？我看她就是想从你这里讹点钱，然后息事宁人。她觉得你上了她，她吃亏了。这就是她的心理。也许她还喜欢你，想和你发展，但是你是一个缩头乌龟，只想占女人的便宜而不愿意付出——"

汪峰打断了李毅然："我当然付出了，我付出了心力、时间和金钱。我付出了。但这关系我不想继续了，我厌烦了。她比我想象的复杂，我不喜欢她了。"

"是，你是厌烦了，你想躲开她，可在她看来，她和你还没有完。怎么这么轻易就完了？你可是老奸巨猾，水泼不进，针扎不进，很难对付，她索性再吓唬你一次。如果她真的去大闹特闹，她和你的私情都将暴露，那对她也不好，她丈夫会怎么想？他会不会和她离婚？我觉得她还要维持和丈夫的关系，不会轻易这么做。这是两败俱伤的事，杀敌一千，自损八百。除非还有一种情况，那就是她和她丈夫是同谋，或者达成了协议，就是要狠狠地收拾你，才会来找你的大麻烦。但现在看，还没有到这一步。所以，老兄，淫近杀啊，可要当心了。现在到处都是圈套，尤其是针对你这样成功的男人的。"

四

汪峰把谢芳的电话加到了黑名单里，这样她怎么打电话都打不进来，就找不到他了。既然你图穷匕见，那就来吧。他决定被动地迎战，就是不接招，不理会。那段时间，汪峰每天去公司上班，都胆战心惊的。他被吓着了，他也埋怨自己：去招惹那个并没有给自己带来多少快乐的女人干什么？

可奇怪的是，一个月，两个月，等了三个月，什么都没有发生。谢芳也没有到公司里来，也没有在他家门口出现。有一天，他想查看她的微博，蹊跷的是，她已经将自己的微博全部删除了，没有她的任何信息了。

这回轮到汪峰摸不着头脑了。他不知道发生了什么事。站在自家的落地窗户前，看着眼前那被灰蒙蒙的雾霾笼罩的城市，他觉得内心也是一片雾霾。心霾，是的，一种心霾在弥漫，让他看不清今天的人心。男人的心女人看不清，女人的心男人看不清，所以，在心霾的环境中，男人和女人的较量，还在持续。天气预报说，今天的雾霾还不那么令人绝望，PM2.5在两百左右。要是到了三百以上，人才会感觉难受，现在，他对这个指标已经清楚了。

谢芳就此消失了。他很好奇，她为什么不再来找他的麻烦了？他曾经尝试用一个固定电话打过去，谢芳那个手机号也停机了。也就是说，现在是谢芳在躲避他。他忽然想，也许，是他把她想得太坏了？也许，事情很简单，那就是她真的怀孕了，她希望他陪她去医院打胎，并支付医药费和营养费，然后，对她呵护有加。这是所有的女人都会觉得天经地义的事，可是，他从此闪人了。她愤恨、恼怒，继而就威胁他，不过是为了逼他现身。她并不想要他的钱，只要他的爱。她缺乏的只是一个男人的如火如荼的爱。最后，她对他绝望了，因为他自私自利、猥琐下流，就不理会他了。

这就是事情的全部。是他以自己内心的雾霾来度量她，把她想得太坏了。

在周末的时候，儿子把他和女友相处的情况告诉了汪峰，汪峰还在出神，一直想着谢芳消失的这个事。他回过神，对儿子说："不要过于纵容女人。你们现在是互相给对方看你们好的一面，记住，你要找机会去激发出她的恶来。每个女人身上都存在着恶，这恶，有大恶，有小恶，你激发出来女人体内的恶，你就知道她到底是一个什么样的女人，你能不能驾驭她，她合适不适你。儿子，你明白吗？"

儿子还很单纯，他无辜地看着老爸，不知道他为什么这么说。他也不知道怎么去做。

第二天是星期天，汪峰和白燕开车郊游，去红螺寺爬山看庙。红螺寺在怀柔的一面山坡上，爬上去有一段很陡峭的山路。汪峰和妻子白燕都爬得气喘吁吁。在半山腰的登山台阶上，白燕感到累坏了，她伸出了手，对汪峰娇嗔着："老公，你来拉我一把，拉着我的手，你跑那么快干什么？你以为，你还是年轻人？你拉着我的手慢慢走嘛——"

汪峰回头看着妻子，这个跟了他二十多年的女人，她在衰老，但她却那么亲近，比所有的女人都亲。他忽然生出一种复杂的、丰富的感情，这是他一直到死都不会改变的——对她的那种依恋，现在全部涌现了。他伸出手，拉了一把，将白燕拽上来，然后，他们在一个半山亭休息，沐浴着夏日的凉爽的山风。此时，汪峰感觉到，那么多年，原来都是他的手和妻子白燕的手拉在一起，这生活才过得蒸蒸日上，那么紧密和踏实。

只有这手拉手的感觉，才是他一生都丢不掉的。他现在确信这一点了。

溺　水

一

　　周良玉最近的心情不太好，原因是多方面的。因为环绕在他周围的，都是坏消息。比如，他的老朋友金树人的女儿在美国被杀了。她才二十二岁，尸体是在肯塔基州的一个小镇汽车旅馆门前停靠的一辆汽车的后备厢里发现的。此前，她从北京去美国探望她的男朋友，而她的男朋友是一个中国留学生，对女友的被杀有重大犯罪嫌疑，案发后他逃回了内地，自此消失了。因为案发于美国，此案的要义在于首先在中国找到那个男孩，再将他带到美国去接受调查，才可以案情大白。

　　金树人是研究植物的首屈一指的学者，他是周良玉最好的朋友，可遇到了心爱的独女被杀害，也是一筹莫展，只好重新进入植物研究的世界，和老婆都没有话，每天只是和各类植物讲话，有些神神道道的。周良玉就想尽办法帮助金树人，让他摆脱这种神经质的状况。但这个案子在美国案发，犯罪嫌疑人在中国失踪，这法律的管辖和立案的程序很复杂，连一向被称为百事通的周良玉都很挠头。蹊跷的案情，无法复原的现场，找不到的嫌疑人，以及金树人女儿被害的原因，都是让周良玉琢磨不出结果的问题。

同时，周良玉也想不通另外一桩案子，那就是华裔女学生蓝可儿在美国洛杉矶的塞西尔酒店死亡案。她的尸体是在塞西尔酒店楼顶的水箱里被发现的，头冲下直立着。周良玉认为，蓝可儿显然是被杀的，根据她在电梯间里的摄像头下的反应，是有人在跟踪她，凶手熟悉那家酒店的设施，可以设想，凶手杀害了蓝可儿并将她运送到楼顶，扔到了那个水箱里。可是，至今美国洛杉矶的警察也没有任何侦破此案的线索，而到处都是摄像头的酒店里肯定有很多线索，案情简单到了直白的地步，美国警察就是无法侦破，一定有什么隐情或者警匪勾结的事情，兴许还有对华裔的潜在歧视，这个案子让周良玉十分恼火。

周良玉就是这样，经常为一些八竿子打不着的事情而大为恼火。这年夏天的7月21日，在北京下了一场大雨，暴雨中有一个人淹死在二环路一座立交桥下的自己的汽车里，这一事件也让他大为恼火，他觉得这实在是匪夷所思和百思不得其解。他记得，那一天的大雨完全没有征兆，整座北京城都没有任何准备，也没有当回事，不就是下一场雨吗，还能下死个人？可后来，这场大雨还真是下死了人，而且是死了不少人，简直是一场巨大的灾难，对很多人来说那一天都成一场噩梦。有家回不去，有车被熄火，到处都是困在雨中的人。

周良玉记得，那一天早晨，忽然，天完全黑了，黑云压城城欲摧，像是要下大雨了。本来妻子要带孩子坐地铁去电视台演播厅，想去得到一个美国儿童文学家带来的签名书，那个美国作家来中国推广自己的著作。他们那个十岁的儿子非常喜欢那个美国儿童文学作家。但是当周良玉站在窗户边看到白天的天色都如此暗黑，就果断地说：

"你们今天不能出门。今天的雨肯定很大。"

儿子很不满："我们就要去！我和妈妈坐地铁去，我要那个作家的签名书，以后就没有机会了！"

但周良玉很果断地说："不能去，咱们就待在家里。坐地铁也不行。因为雨会下得很大，根据我的经验，今天，北京的交通会瘫痪，雨太大的话，雨水会灌进一些地铁站。假如地铁出问题，城市交通就瘫痪了，你们去电视台，有二十公里的路，万一地铁不行了，你们俩能走回来？"

妻子听周良玉这么说，就觉得有道理。而且，她很信赖丈夫，因为他是一个百事通，大事小事，没有他不知道的。他这么说，一定是有道理的。于是，7月21日那天，他们全家就没有出门，而是待在家里看电视。很快，那天的大雨倾盆，像是水龙头浇下来一样。到了晚上，本地电视台播放的全都是这场大雨给城市交通和出行的人带来的困扰。果然，有的地铁站进水了，一些地铁线中断了，画面上，地铁入口的台阶上雨水奔涌而下，形成了阶梯大瀑布，十分壮观。好几条城市环路交通中断，环路的立交桥下严重积水，很多车辆被淹，坐公交车都无法回家，熄火车辆在积水中沉浮，像积木一样无助。

周良玉指着电视说："看看，你们看看。"妻子和儿子对丈夫和爸爸就更加信服了。

第二天早晨，7月22日，这一天的天气非常晴朗，天空和城市仿佛一起被昨天的那场大暴雨清洗过，碧蓝的天空连一丝云都没有，清新无比的空气里也没有任何杂质。周良玉去上班，一出门，他惊呆了：就在自家小区外侧的马路上，横七竖八地停着很多轿车，就横在马路上，但车主都不见了。可见昨天晚上的雨太大了，车主只能弃车逃走。来往的车辆则小心翼翼地穿越在这些被遗弃车辆的边上，那场面就像是发生了一场战争一样狼狈不堪。

周良玉到了他所在的经济研究所。他今年四十五岁，正当年，是这个研究所一个部门的主任。在所里，他那百事通的美名也很大，凡是天下事，没有他不知道的。经济研究所，主要职能在于研究当下中国的各种经济问题与现象，定期给最高决策者提供经济调查研究报告，让他们在决策时参考。所以，很多地方还是机关的做派。周良玉大学的时候学的就是经济学，他的研究生导师是一位非常有名的经济学家，也是国家货币委员会的委员，对国家的货币政策调整有发言权。

等周良玉这一天进了办公室的门，他发现几个同事都在议论昨天发生的那场暴雨造成的灾难。桌子上的几份报纸，都详细报道了这场暴雨带来的后果。竟然死了不少人！在城区，有步行者不慎触电身亡，也有人掉到管道井里被水冲走淹死。在郊区房山区，灾情尤其严重，洪水将山间河道里的那些农家乐全部冲毁，淹死了几十个人。

这的确是一场黑雨啊，造成的灾害十分严重，不仅考验了北京城的排水系统，也考验了每个人在面对这场天灾时的智慧。很多人根本就没有防备。尤其让他感到惊讶的是，在南二环一座铁路交叉桥下发生严重的积水淹死了一个在熄火的车里的年轻人。报纸上还有警察砸开车窗，将那个人的尸体取出来的照片，十分悲惨。这件事情让周良玉惊呆了。还有人竟然在城市的立交桥下被淹死，就在距离他家五百米的地方！

周良玉感到死亡第一次距离他这么近了。在城市里，倒霉事会随机降落在运气不好的人头上。去年，他听说一个疑似精神病人在建国门南侧的辅路上拿着刀，随意地刺向开着窗户的汽车驾驶人，就这么杀死了三个人，最终被警察控制在车内打死。这一意外事件距离他所在的单位只有几百米，他还不是很震撼。还是在去年，在他家附近的双井国际商场门口，有一个老头，是一个外地来京的精神病人，手拿一把匕首，随意刺死了一个偶然经过他身边的黑人女性的时候，他也没有觉得这个事情给他带来的影响很大。但是，距离他家不远的铁路桥下淹死了一个人，这就让他感到匪夷所思，不可理喻了。这一天的班上得都有些精神恍惚了。

第二天，他到铁路桥那里实地看了看，还带着一把卷筒尺。那是在二环路广渠门桥往西一百多米的地方，有一座下沉式铁道桥。就是这座桥的下面，发生了严重积水，当时，雨太大了，而城市排水设施过于老化，跟不上这大雨如注的节奏，桥下积水很快超过了两米，有好几辆轿车和越野车都熄火了，被淹没了。其他车主都弃车逃走了，但有一个人却没有及时离开他的车，结果，他就在自己的车子里被淹死了。

那一天，周良玉看到积水都被排除了。他拿着卷筒尺仔细地量了量桥的高度，又根据桥墩上隐约可见的水线，判断当时积水的高度，在一张白纸上写下了测量数据。这时，一个警觉的警察走了过来，问他："你在这里干什么？"

"不干什么，我来看看前些天的那次桥下积水的情况。"

看着这么一个学者模样的体面人在做这个事情，见多识广的警察虽然有疑窦，但判断他没有危害，就走开了。

周良玉回到了单位。吃中午饭的时候，他拿出了数据，开始还原当时的情景。研究室里男女老少二十多个人，大家七嘴八舌地议论着，非常热闹。虽然周良玉根据猜测，还原了当时人在轿车里无法出来、被淹死的现场情景，可是，他还是有些疑惑。按说，淹没车辆，只要你控制好节奏，是可以打开车门，从车里逃生的，可为什么那个人他就打不开车门呢？周良玉陷入了沉重的思考。

二

周良玉最近心情很不好，还有其他原因。

第一件事，是他前年在香港出版了一本论著，论述中国旅游产业的发展，但他这本书抄袭了另外一个北京学者的专著有八万字之多。他本来是想拿这本书评职称的，他以为在香港一个小出版社出版，没人能看见，可凑巧的是，那被抄袭的学者去香港讲学，在书店里看到有一本和自己的专业相关的书，就翻了翻，一看，里面改头换面抄袭了自己的著作多达三分之一，非常生气，回到北京，很快找到了周良玉，怒气冲冲地询问他此事。周良玉立即认错了，说自己不是故意的，完全是引用不当。经过中间人的协调，那个学者和周良玉坐在一起吃了一顿饭，周良玉向人家当面赔礼道歉，还赔了人家两万元，书也全部收回销毁了，保证不再流通。

这件事算是了了，抄袭的事也就摁下来了，只有几个人知道：周良玉、那个学者和中间人朋友。可是，周良玉的心里一直堵得慌，气不顺畅，情绪低迷。在内心，他也常常自责，这件事等于他在学术道德上就有了污点，只要那个人今后想以此为借口攻击他，他总是要倒霉的。现在又是网络时代，说不定哪天网上就会出现他抄袭别人文章的揭发信。即使不是这个原作者发的，别人也会查对，导致了他的精神状态很紧张。回想自己的半生，从小学一路读到了博士，他的学业都是非常好的，他一直是心高气傲，鼻孔朝天的。后来，博士毕业了，分配到经济研究所工作，日子就越过越平庸了。

写那本有抄袭内容的书的那一段时间，他是忙得四脚朝天。孩子上小学，他又要为决策者写报告，就拼凑了一些资料，写了那么一个东西，引用了一大堆的文章。所以，抄袭这件事是周良玉内心最为愧悔和自责的事。知识分子最怕的是厌弃自己，

厌弃自己，就觉得生命没有价值了，距离抑郁症就不远了。

第二件事，是研究所里有一个周良玉的校友忽然自杀了，这对他震动也很大。那个校友比他还年轻几岁，也是博士毕业，研究成果不错，可忽然怎么就自杀了，真是让周良玉觉得人世间有太多的匪夷所思。后来，他才得知，那个校友家里是婆媳关系严重不和，老婆在前年和他离婚，跑到法国，嫁给了一个法国人。这次离婚对那个校友的影响特别大，他从此就郁郁寡欢，得了抑郁症。加上研究所里高级研究员很多，压了一些年轻人，评高级职称就很困难，最近一次评职称，他也没有评上研究员，结果，抑郁症爆发，在家里休息了半年，有一天，就上吊自杀了。当时，他自杀的情况很悲催：他抑郁症比较严重，需要母亲陪他去医院看病。自杀那天，他们看完病，老妈和儿子一起回到了家里，老太太忽然发现有些药忘记到药房拿了，她就又去医院了。四十分钟之后，她取了药回到家里，发现儿子已经把自己挂在吊灯柱上了，身体还是软的。老太太急忙叫邻居来，把他取下来，人已经断气了。

这个校友的死，让周良玉的情绪很低落。媒体现在常常报道有人得抑郁症跳楼或者上吊自杀的消息。他觉得，有的人是些在反贪浪潮中畏罪自杀的官员，不是真的得了抑郁症。有的人，则是生活不顺心，真的得了抑郁症，最终不堪忍受人世的郁闷自杀身亡。

第三件事，与他的精神状态和身体有关。他和老婆的婚姻超过十年了，可以说是老夫老妻。平时都是他让着老婆，老婆在一些地方就表现得很强势，尤其是当孩子上了小学之后，不知道为什么，他的性欲是一天天地减退，可是，老婆却进入了"三十如狼，四十如虎"的年龄阶段，对他的要求比过去更多了。最近一年多，他的身体老是不怎么听从使唤，即使老婆起劲儿抚弄他，他还是出现了阳痿状态。老婆很不满意，觉得是他不爱她了。

周良玉觉得很委屈。他特别爱他的老婆，因为他老婆长得很漂亮，个子虽然不高，但是有一对傲人的乳房。刚有儿子那段时间，奶水充足的时候，需要他帮忙喝掉多余的奶水，他和自己那个嗷嗷待哺的儿子一边一个，嘬住老婆奶水充足的乳房吮吸，感觉自己也成了一个婴儿。老婆慈爱地看着丈夫和儿子，那种幸福感和奇怪的爱意，是他难以忘怀的。可是，七八年过去，就从去年开始，他出现了阳痿状态。老婆感到很奇怪："我那么好，怎么爱抚你你都不行，竟然ED了！"

ED这个英文缩写，是阳痿的代称。这是老婆从一出蒋雯丽主演的电视剧里学来的。你ED了！你阳痿了！这一点，对一个男人的心理打击很大。后来，周良玉走在街上，看着那些快活的年轻男孩儿搂着自己的女人从身边走过去，心情就更加郁闷，就觉得他和他们不一样，就更加郁闷了，因为，他ED了，而那些家伙则能够随时勃起，并让自己心爱的女人爽翻天。

出现了ED这个状况，原因何在，他也搞不清楚。虽然他是百事通，什么都知道，但是这个事情落在了他的头上，他就感到有些拿不准。是不是自己的身体状况不好、肾不好了？他去医院检查了，泌尿系统、前列腺、睾丸、输精管、阴茎以及龟头等等，所有的生殖器官和泌尿系统都是正常的。那么，可能就是他的心理状态了。

大夫说："看来，你这不是器质性病变。可能是和老婆太熟悉了，兴奋不起来。抽空看看毛片，看看你还行不行。我看是心理问题。"

大夫说得有道理。于是，有一天，他趁老婆孩子上班上学不在家，就放了一张毛片看。毛片中那欧美人、日本人男女战得很欢，完全是一幅人生至乐的欢乐场面，可是，周良玉却神思悠游，注意力集中不起来，而且还觉得毛片里那些歇斯底里或者大呼小叫的狗男女，更多的是在装腔作势，他还是没有生理反应。这就有些奇怪了。不是器质性，不是精神性，不是心理性，那是什么？ED是怎么造成的？他的情绪就开始低落了。

以上几件事是累加在一起的，造成了周良玉最近状态的低迷。周良玉就开始怀疑自己是不是也得了抑郁症。

有一天，他根据网上下载的一个问卷来测试自己，测试的结果，是他有轻微的抑郁症症状。这一结果让他松了口气，又让他忧心忡忡，松口气是因为他虽然沾了抑郁症的边，但是症状很不明显。忧心忡忡的，是他毕竟出现了抑郁症的症状。那么，这一轻微的状态也有可能迅速发展到严重抑郁状态，那个时候，他该怎么办呢？

三

对于他出现了ED的状况，妻子一开始不解和不满意，后来还是同情、爱护和接受了的。那怎么办！自己的老公ED了，又是一对老夫老妻了，即使是她如狼似虎，可过日子又不是非要搞，才过得下去。当然，有的夫妻把这个事情看得很重，觉得性生活是天下第一等的大事，性生活不和谐，就是最重大的，为此分崩离析也是常有的。周良玉知道，他老婆很达观，不会为了这个就和他离婚，但两个人日复一日地睡在一张床上，闻着妻子那饱胀欲望的身体散发的母兽气息，他就是硬不起来，那怎么办。所以，他们俩只好分了床睡，也就断了那个念想了。

分床这个事情，在夫妻关系里是经常发生的。有时候是因为吵架短暂分床，有时候是打呼噜导致分床，有时候是起居时间不一致，导致的工作原因分床，总之，分床是夫妻男女之间会有的状态，这分床分床，也是分分合合，合合分分，时合时分，分合不定的。

不过，一旦分床了，周良玉既舒坦，又开始担忧起来。高兴的是，在另一个屋子里睡，随便他折腾、翻滚，都不用考虑到身边女人的感受，也不会受到身边女人发出的各种诱惑、信息和声响的干扰，这让他获得了极大的解放感。开始个把月，他分床睡得很好，但有一天晚上起夜，他感觉老婆的屋子里有光亮。都凌晨一点钟了，她在干吗？

他就推开老婆的卧室门，老婆看见他进来，也很淡定。

原来，她在拿着手机看。他问："怎么还不睡？你明天要早起的啊。"

"睡不着啊。我最近玩起了微信，加了几个微信群，尤其是我们过去那个大学同学的微信群，现在很热闹，每天都有人在群里发信息，有人说的话很逗，可好玩了。"

原来，是老婆玩起了微信。他的心放下了一半，回到自己床上，却又担心起来了。这微信上的朋友圈可是新流行起来的社交方法，人一旦有社交，就会有人际关系，男女关系进入这种社交信息网络里，就会有是非牵扯。老婆过去和他一起睡的时候，从来都是说一会儿话，就关灯睡觉，手机是永远关闭的。现在才分床了一个月，就不睡觉、玩手机微信了。这可是不好的苗头啊。周良玉的心里升浮起一层阴影。

这样的事情又发生了几次。有一天，他又在凌晨起夜的时候，发现老婆在看手机，就觉得诧异，在门边问："还玩微信朋友圈？当心你的那些男同学，他们现在是要钱有钱，要地位有地位，可是偷腥通奸的高手啊。"

老婆感到他有些怨气，就关了手机，笑了："我这把年纪，不是他们的菜，那帮家伙，都是大叔了。大叔爱的是少女。老公，你过来嘛！"她向他抛媚眼。

周良玉摇着头："不一定。我看不一定。暗恋你的人，过去大有人在，我得盯紧点。"说完，他走过去，抱住老婆饱满的身体，忽然感觉身体发生了一点变化——竟然硬起来了，他很兴奋，就几下将老婆身上剩下的衣服除掉，老婆这个时候也有些小惊喜地配合着他。可一旦他抵近老婆的玫瑰花，要凶猛插入时，就像银样镴枪头般一触即溃，立即软了。老婆感到很遗憾，轻微地叹了一口气。

老婆的叹息使得这次失败在他内心唤起的，是一种加速的衰朽感。可能这是自己的生命刚到中年之后的一种表现，他感到了忧伤。

他们继续分床睡，他对妻子玩微信，默默地观察着。他感觉好像有一种引力，在将妻子拉向出轨的方向。但这一点还不能完全确定，只是妻子的身体散发的一种信息，那是动物的本能——母性动物就是如此，喜欢强壮的雄性，并且向那力量臣服与敞开，会发出诱惑气息。他悄悄地观察着老婆，看着她似乎正在缓慢地滑向一个方向。那个方向就是别的男人所在的方向。他不确定这何时发生，他要努力地避免这样的事情发生。

又过了一段时间，他感到老婆重新热衷于装扮起自己来。她开始使用面膜，给密友打电话，谈论的都是韩国、法国面膜之间的比较。一个女人开始注意穿着打扮，那心里燃烧的，就是爱意的火苗了。周良玉感到了惶恐。有一次，他趁老婆在浴室里洗澡的时候，快速地翻阅了她的手机，包括她的短信、通讯录、通话记录、微信、照片，没有发现任何异常。即使是那些微信群朋友圈，他看到自己的妻子在与同学聊天时说的话，都是谨慎而平实的。那是由一帮子叽叽喳喳的中年女人建立的群，主要谈论的，都是老公、孩子、工作什么的。此外，她还加入了关于美容、美食的微信群。然后，就没有别的了。

在上班的路途中，因为前一天晚上频做噩梦，他睡得非常不好。他现在很害怕失去老婆，因为他ED了，又有了抄袭的把柄握在别人的手上，还有轻度抑郁症，这些困厄使他丧失了自信。"一个男人丧失了自信，阳痿就会找上门来。"忽然，一条广告短信在手机上出现。原来，是某种国产伟哥的广告。他眼睛亮了一下，为什么不吃一下伟哥这样的东西呢？为什么不尝试一下雄风犹在的那种叱咤风云感呢？

他感到豁然开朗了。按照手机短信的提示，他买了那国产伟哥。吃了晚饭，他吃了一颗，半个小时之后，他就感觉到那伟哥发挥作用了。起先，是身体里有一种燥热冲向了头顶，脑袋稍微有点晕，是热血上涌造成的，他感到眼球都开始突出了，自然，下面也开始硬了。老婆刚从浴室里出来，他就抱住了她。

"老婆，我现在就……"他们滚到了床上。老婆是既惊又喜，发出了久违的欢快的尖叫和呻吟，快意的咏叹和急速的喘气声。就在他和老婆刚刚进入大战状态的时候，忽然，他感到心脏猛地顿了一下，接着，就狂跳了起来，就像左胸部那里有三只兔子在碰撞、在突袭、在狂奔，心跳的速度非常快，他哎呀一声翻身下马，赶紧半躺着坐起来，一动不动，就听着咚咚的心跳声，有一种濒死的恐惧感在全身蔓延："老婆，我我，我吃了伟哥，现在，心慌，心悸，心脏不行了我我……"

老婆吓坏了，这才明白了，老公吃了伟哥，因为性爱激烈运动，导致心脏出现了状况，她赶紧穿上衣服，给120急救打了电话。然后冷敷他的额头，让他吃了速效救心丸。

十分钟之后，就有两个急救大夫来到了家里，速度快得惊人。经过检查，他们发现他只是窦性心动过速，每分钟现在降到了一百三十下左右。就给他打了针，可能是镇静剂，也可能是调整心率的药物，很快，他的心跳缓慢了下来。那两个大夫观察了十分钟，感到控制住了，危险不大了，就让他老婆填了急救单子，然后就走了。

剩下的时间里，都是妻子默默地在陪伴他逐渐进入睡眠中，他可以感觉到妻子在惊魂未定后的那种黯淡和失落。

四

那次吃伟哥导致的心跳失速使他过后显得更加萎靡不振。他发现，药物不仅很难治疗心理性ED，反而会使之恶化。后来，他发现他的小弟弟开始萎缩了，萎缩成一个小萝卜头那么大，除了撒尿，基本丧失了勃起的功能。

这从心理上带给他很大的影响，他在家里变得沉默寡言，但到了单位则变得滔滔不绝，喜欢在研究所的各个房间里来回串，对任何事情都要发表高见。这可能就是一种独特的精神状态——抑郁狂躁症的表现。他时而抑郁，时而狂躁，抑郁和狂躁的转换也是没有规律的。

就是7月21日那场百年不遇的大暴雨，使周良玉忽然兴奋了起来。二环路边的桥下淹死了一个年轻人这件事，将他的不知道哪根神经挑动起来了，他在研究所里，每天都要和同事探讨这件事。他想出了各种可能性，以及如何从被淹的车内逃出来，这成了这段时间他研究的主题。而国计民生的经济计划，作为给国务院提供经济参考的那些建议，则被他一时抛到了脑后，反正距离人大、政协这两会举办的时间还很远，上面还不需要立即拿出新的经济政策，他有充分的时间来思考这城市里溺水死亡的荒诞性，和最终从溺水的车里面逃生的可能性。

北京的二环路上还能淹死人？这话乍一听，的确像是一个笑话。当周良玉那天拿着卷尺仔细地测量了那座位于广渠门立交桥西边不远处的铁道交叉桥的时候，还是明白了事情发生得既寻常，又不寻常。

那天发生的事情很简单，因为暴雨来得太猛，而城市排水设施严重老化，加上城市道路地面水泥和沥青、石板等硬化措施，做到了给雨水的沉降一点缝隙都不留的地步了，而城市热岛效应在夏天中会发生强烈的对流天气：堆积在城市中心的"人工屏林"——各式钢筋水泥建筑的热能都散发得很高，热气流从城市中心建筑密集地带急剧上升，到了高空碰到冷气流，就产生了冷热交汇的强对流天气，就容易在城市中心地区产生短时间的大暴雨。当暴雨如注的时候，恰巧城市中心区的道路、楼厦、地面硬化到了雨水无法迅速沉降，而排水系统又跟不上暴雨如注、积水速度很快的节奏，在一些低洼处就很容易积水，而且积水就会很快达到一个深度。

在广渠门西侧那个铁道立交桥下，就是一个低洼处。那天，暴雨导致这里的积水迅速超过了两米。一些车辆刚好堵在了拥堵不堪的两广路上，这样，有些车子就前进不得、后退不得，在积水迅速上升、即将淹没车子的时候，聪明的司机就赶紧弃车而逃，把车子留在水洼里。只有一个人，后来的新闻报道说，那个男人是一家杂志社的主编，却在车里待着，没有出来。可能他觉得这水很难淹没车子，就大意了，也可能他觉得他还有办法将车子开出困境，不愿意离开。但迅速上升的积水顶住了车门，等到水淹大半的时候，压力增加，车门就打不开了。等到积水逐渐淹没了他的车子，车也熄火了，此时去打开车门，就完全打不开，因为车外的积水压力很大，将车门死死地顶住了，车子的电子系统也坏了，车门就是死的。无论他怎么挣扎，就是出不来，结果，淹没了车顶之后，水从车子的每个小缝隙渗透进去，将最后的空气都挤出来，一直到车子里也充满了积水，人就在充满了水的车里淹死了。

这件事发生后，就引起了轰动。因为淹死的那个人的妻子当时就报警了，警察也出警了，并且想尽了办法去救捞被淹没的车辆，但为时已晚。过了几个小时，车子被拽出来，人早没了。后来的几天里，各类平面媒体连篇累牍探讨着这件事情的原因，还给出了各种建议，比如，在车里应该放上锤子等应急物品，一旦发生这类事件，就击破窗户，从车里逃生。电视台还将那位不幸的死者的家人也请到了演播室，去推演当时的情况，以及以后她的生活怎么办等等。这桩蹊跷、奇怪，其实也很正常的偶发事件，在全国其他地方也传播开来，引起了大讨论：究竟如何在水淹的汽车里逃生。还有外地来北京的人，就好奇地在北京的二环路上奔走一番，看看这著名的二环路上是"怎么淹死人的"。可他们看到的二环路，是无论如何都让他们想象不到淹死人这一奇葩景象的。

七月的那一次北京的大暴雨，淹死了几十个甚至更多的人，有在积水中触电而死的，有不慎掉入管道井淹死的，也有被郊区的山洪暴发而冲到河流里死去的，但都没有在车内淹死这件事给人的刺激大。报纸的黑色标题宣示了那几天那场暴雨带来的悲剧后果，这是多年都未发生的。为了追求金钱，北京西南郊区的河道中，不少当地农民修建了农家乐和旅游设施，结果在这场暴雨导致的洪水中损失殆尽，河道一夜之间被洪水冲开了，所有的人工建筑和他们的主人都毁灭了。

这给了人们一个很大的教训，那就是，违背自然的规律，自然界早晚要惩罚人们，让人付出代价。不过，在7月21日这一天，也出现了很多人帮助人的事例。有人在望京地区自发组织爱心志愿者，前往机场接那些大量滞留的旅客回家，不收取分文的费用；有人彻夜值守在管道井口，提醒路过的人不要掉到水流下面的井里；有人合力去救援溺水的车辆；有人去背负老人、女性和孩子在水中前行；有民间调度员通过微博和微信指挥志愿者参与救援；政府的相关部门全力帮助在困境中的市民，帮助他们回家；到处都是人帮人的事，因为，每个人都要回到自己的家。回家的路途在大雨倾盆中，是那么近却又那么远，有了人帮人的事，这一个夜晚注定变得温暖了。

可二环路立交桥下淹死人这件事，还是让人们觉得这一悲剧兴许是可以避免的。所以，那些天，周良玉跟打了鸡血一样，兴奋地在研究所里一个屋子一个屋子地转，和那些同事探讨、闲聊这件事，显得很激动。一开始，同事们也附和他，和他一起探讨其原因和可能的过程，但是，一个星期后，别人对这个话题就没有兴趣了，可他还是那么兴趣盎然，别人就不怎么理解了，就不怎么搭理他了。等到半个月之后他还在那里谈论、研究这件事，别人就开始啧啧称奇了。有的就敷衍他几句，有的，就不怎么理他了。

"问题是，车的电子系统坏了，门就打不开了吗？"他还在那里自言自语，"这是关键：门打不开，人就出不来，人就淹死了，果真是这样吗？"

五

实际上，当周良玉在探讨和思考如何从溺水的车辆里逃生的问题时，他焦虑的，是妻子最近的一些变化。他感觉妻子似乎在和某个男人联系，但他又没有拿到任何证据。她的手机曾经被他查看过，她的微博、QQ聊天等很早前就关闭了。也难怪，自从生了孩子，哪有那个闲工夫在网上闲扯啊，都是单身的人才有那个精力和心劲儿去扯淡。

那就只有跟踪了。看看妻子到底在和谁来往。他和妻子都是上班族，每天上下班的固定时间是差不多的，妻子偶尔出去，也是买菜，或者同很少的同学、密友聚会。也就这点交往。他曾经暗中观察了几次，老婆有一次是在"花语"咖啡厅，和另外三个闺密聚会，四个女人一台戏，他站在窗户外面的黑暗处，看到那四个熟女聊得很兴奋，不知道她们为什么这么高兴。

只有一次是可疑的，妻子说是去买菜，他等她出门了，就尾随着出去。跟到菜市场里面，人头攒动，妻子拎着菜兜子在走路，忽然，有个看着非常年轻，不到三十岁的帅小伙子，站在那里和她说了几分钟的话。他的心立马揪起来了，竟然是个年轻小伙子！比他小十多岁！他的心在怪异地鸣响蹦跳。但妻子和那个小伙子说了几分钟，就迅速分开，两人各走各的路，方向相反。此外，就没有别的异常了。

他赶紧回家等着她，看看老婆回家后会说些什么。可是，老婆回家什么都没有说，连提都没有提那个小伙子。这就让他起疑心了。往常老婆要是见到谁了，和谁说什么了，都要回来说给他听的。就像上次与三个闺密聚会，回来之后她兴奋地讲了半个小时，把每个密友的状况，结婚离婚、生娃吵架、家长里短、隐私丑闻，全都说了一个遍。这次倒好了，什么都不说！而且，在菜市场这样寻常处接头，在别的地方幽会，这可能才是问题的关键。

想到了这一点，他感到如临大敌。那可是一个身强力壮、欲望奔腾的年轻人啊，估计勃起并持久半小时是没有问题的。周良玉心里那条嫉妒的毒蛇开始游走着出来了。他要紧紧地盯着老

106

婆的行踪。但因为两个人都上班，需要根据蛛丝马迹来跟踪。后来也没有发现老婆有什么问题。他观察了老婆一个月，只要她再去菜市场，他就悄悄跟着，但再也没有发现老婆和那个年轻小伙子在那里碰面。

周良玉就感到疑惑了，不对呀，分明就有一个小伙子和老婆在菜市场里鬼鬼祟祟地说了几分钟话呢。那是确定无疑的，他没有看花眼。不管如何，在他现在ED的情况下，盯紧如狼似虎的老婆，还是必要的。

有一天傍晚，他开车回家，正走过新源里菜市场的门口，忽然看到老婆的影子一闪，进菜市场了。哎呀，见鬼了，今天有情况！这个时间她往往还在下班路上，怎么能出来买菜呢？有问题，有问题！可附近停车很难，他就把车停在两百多米外的银行门口停车场的一个隐蔽处。过了一阵子，他远远地看见，暮色中，有个穿白色衣服的女人，看着就是他的老婆，拎着东西从菜市场出来，上了一辆银色的轿车。

轿车有人开，她是坐到了副驾驶的座位上。他就发动汽车，跟着那个车子走。他一边开着车，一边给老婆拨电话。奇怪的是，她竟然不接电话。他就一直跟在那辆轿车的后面走。

银色的轿车一直往北京的西北方向开，开到了西北郊区五环外的一个地方。在一家闪烁着霓虹大字的宾馆门口停下了。宾馆旁边，就是那条宽宽的京密引水渠，水面闪烁着昏暗路灯的反光。然后，他在后面远远地停下来。他看到，一男一女，男的穿着黑色的衣服，年轻、高大、健壮，他的老婆穿着白色的衣服，扭着身子快步走着，两个人一同进宾馆了。

周良玉的心情跌入了深渊。看来，老婆终于到了跟人开房幽会的地步了！他的眼睛潮湿了，视力模糊了。

他发动着汽车，缓缓地开到了宾馆门口，在想着自己是不是应该进去捉奸。他在犹豫着，心情很激愤、沮丧和懊恼，对自己、对他人、对她，对这个世界都是懊恼的。过了宾馆门口，他没有停下来，将车子又向前开，离开了那里，心想，还是先回家等着她吧，等着看看她回家怎么说。车子滑出去几百米，又觉得不甘心。他感觉自己一旦和老婆吵起来，那他是说不过她的，她不承认就没有任何办法。还是应该现场捉奸，人赃俱在，不，不，是两个人俱在，一个男人，一个女人，两条光猪在床，当场被全部擒获。可是，他们进了哪个房间，他知道吗？他不会知道，他就是去前台打听，前台的人也不会告诉他。他们很会给客人保密。那他只能在门外等着，看着他们出来。

那么，他们现在是不是已经心急如焚地宽衣解带，把衣服乱扔，满房间都是了？他们是不是倒在了那张有着白色床单和被子的床上，欢快地咯咯笑着，搂抱着，翻滚着，像两朵火焰在互相追逐和嬉戏？他们是不是像所有幽会的男女那样，内心无比快活，有着犯罪感的那种兴奋，又抵挡不住身体的欲火而奋不顾身地冲向对方？她，他的老婆，是不是现在完全打开了自己的身体，无论是她身上那雪白饱满的乳房，还是像马的臀部那样丰满的屁股，如同鲜美的贡品一样呈现在他，那个健壮、勃起很充分、丝毫不ED的男人面前，两腿微微颤抖，那是不是因为快感和性兴奋？她是不是在告饶，在呻吟，在蜷缩和伸展着身体？那个男人是不是并不急于摘取胜利果实，他很有耐心，他很会让女人兴奋、舒服、爽到底，他要慢慢地来，将两个人的游戏整出花样翻新？这些混乱的男女激战的场面在他的脑海里不断闪烁和跳跃，让他觉得难过、伤心，前后左右都为难，不知道这一刻怎么办。

车子在蛇形前进，又从宾馆门前驶过去了，在一个拐弯处，他抬腕看表，夜光的分针和秒针告诉他，现在是何时。忽然，对面开过来一辆军车，大灯一闪，闪得他头脑轰鸣，方向盘一抖，就这一下子，他的车与那辆军车擦身而过，然后，他的车子飞起来，跃入了京密引水渠中。

六

车子跌入了像一条河那么宽的大水渠中。京密引水渠从密云水库引来水，然后注入北京城区的河湖系统里，北海、中南海、前海、后海、积水潭、护城河、莲花池、通州大运河，这些北京最重要的人工河与湖都是靠京密引水渠才活起来的，否则，北京就是死水一潭，就是没有水的城市。他想着这些，觉得自己应该集中精力去面对车子已经掉进水里这件事，现在，是他的车子溺水了，他要逃出去！是的，他现在应该做的，就是逃出去！他赶紧去打开车门，但车子熄火了，车身很沉，是发动机很沉，一瞬间，车子似乎在水面上停顿了几秒钟，然后，车头部分就开始往前一栽，车头冲下，迅速地往下扎。

门打不开，完了。电子系统全部进水。他一下愣住了，现在，我溺水了！都是那辆大车的车灯闪的。他清醒一些了，从刚才那纷乱的情绪中出来，要立即面对这个紧急情况。现在，是他在车里体会溺水的真实感受了。这真是一个笑话啊，或许就是命定的？自己探讨了一个月，一个人如何从溺水的车里逃出来，从那该死的溺水般的生活里逃出来，现在，他就在这样的环境中了。这可是天大的笑话啊。镇定，要镇定，他深深地吸了一口气，解开了安全带，把车枕头的部分拔下来，就像有人指导的那样，用两个尖杆去戳车窗户的边缘，企图打碎车窗玻璃。

车窗户很坚实，没有任何动静。他觉得自己不能消耗太多的氧气，就放弃了这个打算。此时，车尾翘起了，慢慢地，实际上也是非常快地在往水下扎。他的身子倾斜，就像科幻电影《地心引力》中那样，失去了重力。在驾驶舱里，此刻他的身体和水平面呈现了四十五度角。很快，黑暗中，冒着邪恶的泡泡的水，黑色的、黑暗的水，从汽车的各个缝隙里涌入汽车里。水声哗啦啦咕咚咚呼噜噜滴答答，涌进来，钻进来，渗透进来，在和车里的空气搏斗。

但现在车内还有空气，车子熄火了，阴险的水包围了他。水的柔软和凶狠是一体的，什么上善若水啊，是上凶若水吧？水有时候比毒蛇还要狠毒，要不然每年怎么淹死那么多人呢？车内的水很快就到了他的腿部、腰部，他再次想打开车门，使劲地推、撞，都不行，打不开，完全打不开！跟他多次探讨的一样，车外和车内因为水的压力不一致，完全推不开门。电子系统死灭，让锁着的车门成了横在逃生前面的铁栅栏。

冷静，这一刻需要冷静，他告诫自己。现在，他需要的，就是沉着面对这一状况。他的胸口被浸在水里了，他深深地吸了一口气，此时，车子已经在水下了，车头似乎已经触底，但车尾是翘着在水下的。周围完全黑暗了下来，这完全是在地狱里啊，是的，水下的世界就是地狱的世界。他体会到那个在二环铁路桥桥下的车里溺水的男人的心情了。那是绝望、紧张、愤懑、焦急，和企图逃生的心情。他急了，在车里愤怒地冲撞车门，狠戳车窗玻璃，但是不行，门打不开，是的，窗户也打不开。可门窗，就是为了打开才设计的啊，没有打不开的门窗，天下的门窗只要不上锁，就都能打开。他研究了那么多次车锁，现在才是真正进入考验的时刻，可是，车门就是打不开。

他忽然完全镇定下来了。他的脖子也在水中了，这时，他抬腕看了一下表，有夜光荧光的指针告诉他，现在进水才一分多钟，也就一分多钟，他感觉到汽车里还有一些空气，但不多了，他仰脸吸了最后一口，憋住了。车子继续降落，缓缓地拉平了角度。这时，车子里完全充满了水，车内车外的压力完全平衡了，他再次尝试打开车门，他搬动车门把，轻轻一推，车门开了。

车门开了！他一阵狂喜，但他还在水中呢。他向左边一扭，脚一蹬，身子就从座位上向车外漂出来。他的水性不错，那都是仰赖小时候在河边长大所积累的经验。他又用力蹬了一下，

111

蹬在了车身上，然后借力上浮。这一刻，既迅速又漫长，既短暂又长久，是他一生最重要的时刻，他在黑暗的水中快速地上浮，因为他的肺快要炸了，他快要吸进来满腔的水了！

他猛地冲出了水面，吸了一口空气，他明白，自己脱险了。

他缓慢地浮在水面，向岸边游去。

他爬上岸，浑身都是水在往下流，往下滴。对面有一辆车子走过来，停了下来，是一辆出租车。"哥们，掉水里了？去哪儿？我拉你！"是个北京司机，非常热心，停车下来，取出来一件雨衣给他穿上，"你浑身都湿了。赶紧，我送你回家。"

他穿上雨衣上了车，告诉他家在哪里，然后，那个司机拉着他回家去。

他的钱包还在裤兜里，没有掉进水里。这让他支付了出租车钱，他多给人家，司机也没有要。这个司机真好，他想。

他爬上楼梯，没有去坐电梯。四楼就是他的家，他走到门口，脚步声很沉重。门开了，是他老婆穿着便服，在门口看着他。她瞪大了眼睛：

"天啊，你这是怎么啦？又没有下雨，你跑到哪里去了？"她惊叫着。原来，她一直在家里来着。是他看错了人，他跟踪的那个女人，就不是他的老婆。

周良玉忽然来了幽默感："不瞒你说，我去试验了一次车辆溺水。结果，我逃生了。你看，我溺水了，但我活着从车里出来了。"

七

奇怪的是，从那天他溺水并安全逃生之后，回到家里，他那ED的生理现象就消失了。他变得很雄起，那一天，真的是悲喜剧全部上演了，他忽然来了劲头，将老婆整得花枝乱颤，连连告饶。为什么会出现这样的状况？他觉得，可能是在溺水的时刻，他那强烈的求生意识改变了他的生理和心理状态，让他重新找到了生活的力量和身体的能量。

老婆后来知道他看花了眼，跟错了人，怀疑她是怀疑到不长眼的脚后跟上了，于是，生活惩罚他不该怀疑自己的好老婆，就让他掉到了水里，然后，也是生活觉得还是应该给他一个今后对老婆更好一点的机会，就让他从溺水的车子里逃生了。

发生了这一事件，她对他更好了。是的，周良玉变成了一条好汉，虽然人到中年，曾经ED，也曾经在生活的各种水潭里溺水，但他还是能顽强地从溺水状态里逃生。

十　渡

一　渡

张辉开车，姚夏雨在旁边坐着，系好了安全带。车子摆脱了大卡车横行的路段，拐上了一条盘山路的时候，才算是进入十渡景区。眼看着车子过了一条很不起眼的小桥，水泥桥。他指了一下那座桥，说：

"那座桥，就是一渡桥。这条河叫拒马河，过去河水很大，河上没有架桥，每拐一个大弯，就靠近一座村庄，有村庄，就会有一个渡口，一共有十个弯，也就有十个渡口了。十渡十渡，就是这个意思。还有一种说法与佛教有关，'十渡'是佛教里的'十方世界，普度众生'的意思。十方世界有哪十方？东，南，西，北，东南，东北，西南，西北，上，下。加起来，就是十方世界，全世界。"他看着盛夏的天色下，北京西南郊区的景色，植物是深绿色的，在一种葳蕤中显示了生机盎然。

姚夏雨伸了一个懒腰："我懂了，十渡就是十座桥啦。其实，去哪里都好，只要和你在一起就好。"她的慵懒气息使他回想起昨天晚上他们的旖旎缠绵，她那水蛇一样的身体，的确是让他兴奋和疲劳万端。姚夏雨的身材很苗条，就像一条白鱼，哪个地方都是柔软的、生动的，还带着一种性感的腥气。但是也有一种内在的危险，他觉得。可是，现在，他精神百倍，她却显得困倦和疲乏。他发现，到了晚上，姚夏雨比在白天兴奋，他不知道她怎么养成了这样一个习惯。女人如猫，女人如一种奇怪的幽灵，她们喜欢享受，有忍耐力，有第六感，还有欺骗性。

他们通过网络和电话联系有大半年的时间了，三个月之前，他们才在深圳见过第一面，那是他去深圳出差，在一家旅店里见的面。他送给她一个名牌女士手包，她给了他一套韩国产男用化妆品，有日霜、晚霜、爽肤水、唇膏、胡须水、香水、鼻毛剪等等，一大套。看来对于如何侍弄身体，中国男人不如一些韩国男人精心和细腻。

如果说他们是相亲认识的，那也算。毕竟，是一个从事相同教学工作的朋友介绍他们认识的。张辉在北京的一所学校教英语，就是那种类似新东方的教育机构。过去，他在李阳创办的那个以嘶喊方式来教英语的学校也干过，现在，主要做出国人员的培训。

姚夏雨则在深圳一家教育机构担任文员。她告诉他，她大学毕业之后在南宁做过很多事，比如，做过文化公司职员，做过安利营销，也做过美容学院的指导老师等等。她有结婚的想法是从那年春节开始的，当时是亲戚们在一起吃饭，都在议论她的婚姻问题，这使形单影只的她感受到很大的压力，所以，回到深圳后，她就在想，今年能把自己嫁掉，是最好的了。于是，有教育机构的朋友介绍，她就认识了北京来的培训师张辉。

而张辉正在为前面的一场恋爱的结束而烦恼不已。他女朋友与他一样，都是英语老师，但是她可能更喜欢讲英语的白种男人，就跟一个美国人跑了。那个美国男人的祖先是瑞典海盗，从瑞典跑到了美国换了身份，所以，他们家的人都有些北欧海盗的脾气和性格，乃至价值取向——只要抢来的，都是合法合理的。当时，那个美国小伙子简直是生抢啊，明知道张辉是那女孩的未婚夫，可是仍旧纠缠不休。到后来连张辉都感到有点腻烦了，他对自己的这个后来也五心不定、心旌摇动的女朋友说："人家都下死劲这么追你了，你又喜欢去美国，那你就跟他去吧。"

他女朋友就跟着那个美国男人去了美国。几年之后，她给他发来了照片，照片显示，她过着幸福的生活：两个孩子，一栋大房子，带草坪和剪草机，还有一座游泳池。她变成了一个很会操持家庭生活的女人。

所以，还是那句老话，是你的就是你的，你不想要都不行，还是你的。不是你的就不是你的，你怎么争取，都没有用。

现在，他很希望能与姚夏雨建立稳定的关系。姚夏雨给他一种很舒服的感觉，有女人味，有涵养，有见识，却并不高调，虽然没有稳定的工作，但是她似乎有稳定的心态，这种心态让他也感到了安定。

二　渡

“那么，这座桥就是二渡桥了？”姚夏雨本来有些在打盹，现在忽然醒过来，指着刚刚被汽车甩过去的一座小桥问他。

拒马河现在的水量很小了。在夏天的丰水季节里，河道中间的水也非常少，只有中心的河道上有那么一点点若隐若现的河水在流淌和闪烁。路边的白杨树的叶子哗啦啦地抖动，盛夏将树木都晒得蔫头耷脑的。

河道里都是鹅卵石，白花花、灰蒙蒙地闪着光。在河道的右侧，是一面壁立万仞、陡峭地耸立而起的悬崖，悬崖上是光秃秃的，在岩石的缝隙里长出来一些虬枝乱伸的灌木，显得扎眼而突兀。几只黑鸟在山崖上飞翔，看不出是什么鸟，反正不是鹰。悬崖下面，是一片幽绿的潭水，河水在这里拐了一个弯，聚集了一潭深水。

车子一颠，姚夏雨忽然想起来在高中时代，同班的男同学徐国柱喜欢她的情景。徐国柱的个子比较高，且壮实，属于她喜欢的那种类型。但是徐国柱人很笨，不明白姑娘的心思，总是喜欢在别人在场的时候向她表达爱意。因此，她就是不理会他，然后，他就很着急，就想尽各种办法来讨好她。可是，越是这样，她的姑娘家的脾气也犯了，就越不理会他。徐国柱就十分着急。

徐国柱那个时候是五大三粗的，周围总围着几个人，那是因为与别人打架的时候，徐国柱能帮助他们痛揍对方。姚夏雨曾经问过自己，到底喜欢不喜欢徐国柱？答案是否定的。她那个时候身材颀长，是长跑健将，跑起来是非常有耐力，有弹性，她参加学校组织的任何超过三千米的中长跑，那都是她跑第一。从初中二年级开始，一直是这样。所以，只要操场上出现了姚夏雨参加中长跑的身影，那别人只有干瞪眼的份了。

徐国柱篮球打得好，虽然他一脸的青春痘，傻乎乎的，可是别人都觉得他们是一对儿，他公开表示了喜欢她的意思之后，那更是很多人都跟着瞎起哄，想把他们俩撮掇到一起。

其实，姚夏雨心里喜欢的，是文科班的校园诗人陆浩。陆浩人长得瘦瘦的，一副内向、病弱的样子，可是，他写的诗在全国很多刊物上发表过，小有名气。姚夏雨暗地里也写诗歌，就是从来没有拿出来。而且，陆浩与姚夏雨住在一个小区里，但他不怎么理会她，这反而引起了她的好奇。

姚夏雨后来发现了一个秘密，陆浩在暗恋她。因为她偶然发现，陆浩喜欢用望远镜窥视她的房间——他家刚好在相邻的另外一幢楼上。有一段时间，那是夏天了，天气热，她穿很少的衣服在屋子里活动，就感觉有人在窥视她。女人的第六感是很发达的，当姚夏雨也拿起父亲看比赛时用的望远镜望过去时，发现那个窥探她的人，正是陆浩。

姚夏雨笑了，心想，真是真人不露相，会咬人的狗不叫啊。原来，你暗中偷窥我！所以，后来，碰到陆浩，她就逗他，可是他却躲着她。不知道怎么的，徐国柱听说了这件事，有一天，他把陆浩截住揍了一顿。这事儿使得陆浩在内心不知道怎么反而恨上了姚夏雨。其实，这都是哪跟哪的事儿啊。

这些故事，也就是青春期男女才能发生的一些事情，现在想起来，多少觉得有些可笑。不过，事情的结局却是另外的一种情况。

那一年，他们高考结束，同学们约好了去郊游。就是在郊区的一面悬崖下的河水深潭里，水性很好的姚夏雨的腿抽筋了，她大喊"救命啊，救命啊"，使劲儿在水里扑腾。

不会水的徐国柱一直在观察着这浪里白条姚夏雨，听到她的这呼喊，就扑腾一下跳进了潭水里，打算去营救姚夏雨。等到他抓到姚夏雨的腿的时候，姚夏雨已经不抽筋了。情况变得相反了：徐国柱死死地抓着姚夏雨的腿，带着她一起下沉，下沉。徐国柱那么重，任姚夏雨怎么踢打，徐国柱就是不松手，现在，她变成他的救命稻草了。她和他在水里一起下沉，她知道，这下她要完了。徐国柱真是她的冤家啊，现在好了，他要和她一起死了，淹死在这水潭里了。在下沉的时候，姚夏雨才明白了人在濒死时刻的反应是什么样的。她感到徐国柱就像一块石头带着她下沉，死死地抱着她的一条腿。无论如何要摆脱他！她开始猛地用另外一条腿在水里踢打他，踹他的头，他抱着她的感觉似乎有些松动，但他就是不放手。她继续踢，但收效不大了。她就翻转身体，让他们在水里旋转，直到他们冒了很多泡泡，他还是不松手。然后，她就使劲用手推他，掐住了他粗大的脖子，让他松手。她不知道自己用了多大的气力，在水里，她看到他那冒着泡泡的惊愕的脸，憋得变形的脸，那张无辜、哀求的脸，但是她毫不手软，最终，徐国柱松开了她的腿，一个人像一块石头那样，向着暗黑的深潭里坠落而去，向着死亡的深渊沉落。而她则迅速地上浮，猛地跃出了水面，游到了岸边，疲倦地爬到了一块石头上，哭了起来。

到了傍晚，徐国柱的尸体从水潭里捞出来了。水边响起了她和其他相关的人的哭声。但没有人知道水里的秘密，她是怎么摆脱他让他坠入深渊的。徐国柱本来考上了和她被录取的同一所大学，现在，徐国柱永远也不能去了。而姚夏雨，带着只有她一个人才知道的这个生死秘密，离开家乡，到长江的尽头的大城市上海读大学了。

那个校园诗人陆浩考上了北京的一所大学。在她离开广西老家的头一天晚上，她和陆浩约会了，把自己那娇嫩的身体献给了陆浩，让陆浩成了她生命里的第一个男人。所以说，是你的，就是你的，你不要都不行，不是你的就不是你的，你死了都没用。

三　渡

当车子驶过了三渡桥的时候，张辉并没有看见任何路标来标明这里是三渡桥，但是车子的电子屏显示了这一点。这辆他驾驶的奔驰350非常给力，在各项技术上都是好的。他想起来，感情就像这一渡二渡三渡似的，一渡渡地度过，然后，逐渐寻找到一个合适的感觉。就在上个月，经过朋友的介绍，他还认识了一个银行的姑娘。那个姑娘叫程璐璐，是打小在沈阳长大，后来去美国学习和生活了一些年，回到了沈阳，经过父母亲的撮合，与父母认识多年的一个老朋友的儿子结婚了。一年之后，她就离婚了。后来去美国留学，又来到了北京，在一家商业银行担任中层管理经理，非常能干，年薪百万。

张辉记得程璐璐曾经问过他："你的家庭清白吗？"

张辉感到很纳闷："清白？什么家庭清白？我父母都是小公务员，没有什么清白不清白的啊。"

银行女白领程璐璐说："是这样。我是结婚了之后，才发现我前夫的家庭关系非常可怕和复杂，属于不清白的。比如，我的公公对我婆婆有家庭暴力史，他经常打我婆婆。然后，我老公的舅舅过去杀过人，蹲了二十年大牢，才放出来，结果因为强奸少女，又进去了。我公公的弟弟因为贪污公款，等到纪委的人上门时，他就自杀了。我老公的一个堂妹在东莞做按摩，后来不知道发生了什么纠纷，她下毒将她痛恨的老板给毒得瘫痪了，那人没有死，她也进了班房。这些事情，都是我后来才逐渐知道的。过去，我父母亲认识他的父母亲，可就是不知道这些事。这些都是不清白的家族关系和家庭关系。你想想，他的家族里有这么多的杀人、暴力、坐牢、下毒事件，我前夫的亲人有这么多可怕的故事，你说，他家庭关系能清白吗？我说的清白家庭，就是这个意思。所以，找对象，不能找家庭不清白的人家，要越简单越好。"

张辉明白了。"我家庭关系很清白，父母关系良好，没有人坐牢杀人下毒强奸暴力侵害别人。可是，我觉得，你说的这些事情，毕竟是你前夫他们家族里的事情，是事找人，不是人找事。一个人生活在这个世界上，都不容易，各有各的命，清白不清白的，只要自己清白就可以了。他家里那些人不'清白'，和你有什么关系？"

程璐璐说："我一开始不知道他是这么一个家庭。后来知道他家里有这么多奇葩人和奇葩事，就希望他这个不清白的家庭关系，不要影响到我们的婚姻生活，但实际上，这是不可能的，这是我后来才意识到的，不清白的家庭关系会复制到你的生活里来。比如，我的公公婆婆的婚姻关系，就会复制到我的生活里来。后来有一天，我的老公因为某个小事情，和我吵架，他就动手打了我。"

张辉说："啊，看来，你公公对你婆婆实施的家庭暴力在你的生活里又出现了。我懂了。"

程璐璐说："是的，就是这样的。我的前夫从小就看见他爸爸打他妈妈，他习惯了这样的家庭关系。等到他和我结婚，这种家庭关系就会不自觉地复制到我的生活里来。但是我们家的家族关系、家庭关系都是清白的，没有奇葩人和奇葩事。我父母都是大学教授，我们的家庭关系很简单，亲人之间都很温和亲善。"

张辉问："那你和前夫难道就不沟通吗？他打人不对，就不改正吗？"

程璐璐说："第一次他打我之后，平静下来向我道歉了。我就原谅了他。过了俩月，他又和我因为琐事争吵，第二次打我的时候，我就觉得无法再忍受了，我立即离家出走了。我走的时候还给他留了话，告诉他，等他再见到我的时候，就是我们去办离婚手续的时候。我就这么坚决离婚了，然后，我去美国学习了几年，回到北京，考入这家银行，经过自己的拼搏和努力，干得还不坏，目前，负责一个部门的全面业务。"

张辉觉得她说得很对。的确是这样的，一个人的家庭关系如果非常复杂、畸形、扭曲，类似有暴力、背叛、下毒等的事件发生，都会给家庭成员的精神状态和日常行为带来影响。家庭关系清白的，一定比不清白的家庭带给后人的东西正面和健康。要知道，日常生活和人的心理、行为都是可以模仿和复制的。好的复制好的，坏的复制坏的。

但张辉和程璐璐后来的情感发展并不顺利。他发现这个东北姑娘不仅收入比他多一倍，每年有一百万左右的年薪，她的性格也比较强势。也许是女人的经济地位决定了她们的性情？他感觉她在生活中处处都要占上风，什么事情都要她说了算。这一点她自己可没有说，是他发现的。在后来两人的交往中，有时候他们也斗嘴吵架，小打小闹，她说他前夫打人，可张辉发现她也会打人。当然，和他打起来都是闹着玩的，但她的拳头也很硬，只是胡乱打几下，他那不经打的身体上后来会出现紫青色，这就是她的杰作，这是找一个东北姑娘的可能的后果。

在交往过程中，虽然没有同居，他们偶尔也会做爱，她最喜欢的，就是骑在他身上，由她掌握着主动权和高潮来临的具体时刻。那一时刻，他就像一匹被欺负的马，看着这个女骑手驾驭着他，在他身上前仰后合，上下耸动，她的兴奋、陶醉、疯狂和快乐，都是建立在对他的驾驭上。

交往了一段时间，张辉感觉他和程璐璐之间有难以协调的个性冲突，然后，就慢慢地疏远和不来往了。

车子拐过了三渡桥的时候，张辉想到了程璐璐驾驭他的时刻，因为这时，姚夏雨忽然来了情绪，依偎过来，用手摸他，让他感觉体内在涌动着激流，心旌开始荡漾起来，眼神也恍惚了。

四　渡

车子从树荫下拐出来，继续开，四渡桥的标志姚夏雨在很远的地方就看到了。弯曲的拒马河的河流走向，造就了一个个的拐弯和渡口。人生也是这样，就像一条河一样，在地势起伏的大地上蜿蜒，一个个成长的标志性事件，构成了人生记忆的路标和渡口。

现在，在姚夏雨的心里，浮现出一种非常难以言表的情绪来。这个时候，她想起来，她毕业之后，在一家媒体实习的时候发生的事情。那是一家都市类报纸，办得很活跃，在上海那座大城市里有一段时间很畅销。有一天，这家报社自己爆出了一桩新闻，而且是杀人的新闻，这是很多人都没有料到的，这桩事件的主角，就是姚夏雨。

姚夏雨在整个大学期间，都没有交那种固定的男朋友，因为，她想着的人是陆浩。陆浩在北京的大学学习，他们每个假期都要在一起，不是她去北京，就是他来上海。或者，就是他们一起回到故乡广西。但到了大学四年级，他们的关系就逐渐疏远了。也不知道是什么原因，两个人对对方的感觉都不好了。距离可能是一个方面，毕竟男女之间需要那种常在一起的依偎感，可姚夏雨隐隐感觉到，陆浩在北京有了一个更喜欢的姑娘，这也许是最主要的原因，但她问他，他不承认，她试探性地赌气地提出分开，陆浩竟然答应了。

她有一种被伤害感，但性情的高傲使她不愿意表现出哪怕一点点的痛楚。她很大方地和陆浩分手，然后也没有再交男友。

陆浩大学毕业去了英国留学，她则进入上海这家媒体实习，打算留在上海这座大城市。但那桩她实习期间发生的与她有关的案件，使她无法立足，只有离开上海这座城市了。

事情是这样的：她到报社去实习没有几天，就被报社的两个男人同时喜欢上了。一个是学法语专业的编辑，他叫杨少楠，人长得白皙文雅，父母亲都做过外交官，现在在大学里担任要职，家境很好。杨少楠是个全才，他也很会玩儿，唱歌、喝红酒、保龄球、高尔夫球、桌球打得都很好，潇洒雅致。另一个是出版部的年轻的主任周峰，他父母亲都是军人，他长得强壮干练，骑马、射击、攀岩样样都能，在一次拓展训练中，更是大显身手，将从攀岩过程中尖叫着坠落的姚夏雨一把抱住了，她星眼流眄，在他的臂弯里与他对视，粲然一笑，让他当时就融化了。

周峰不愧是军人的后代，他攻势强劲，先下手为强，立即展开了对她的追求，很快就将她弄到了床上。可问题是，周峰不对的地方在于，他刚刚结婚才一年，他有一个妻子，怀孕五个月，正是最需要丈夫的时候。等到姚夏雨知道了这个情况，她就不愿意再和他相处下去了，因为，这对她很不合适，她怎么能和有妇之夫继续交往呢？无论周峰怎么纠缠她，她就是不理会他。

在这个时候，杨少楠也开始追求她了。他的魅力在于他的潇洒和儒雅，姚夏雨就立即投入了杨少楠的怀抱中。杨少楠和姚夏雨交往了一个多月，他就在外面租了一个房子，两个人常常在那个爱巢里幽会。但他每天晚上都要回家去，因为他父母亲管教严格，不允许他在外面过夜。姚夏雨平时住在报社安排的集体宿舍里，去和杨少楠幽会的时候，对室友谎称说自己是去看望亲戚，实际上是去那个爱巢里等待他。她和杨少楠的关系进展很快速，杨少楠爱上了她，决心娶她，对她说，他正在动用父母的关系，想办法要把她留在上海。而这一点对于她也很重要。

本来一切都是顺利的，上帝也会让每个人都得到他们想要的东西，但两个月之后，事情就起转折了，发生了一个很大的变化。所以啊，这生活的河流，永远都在流向无法预测的方向。正当姚夏雨和杨少楠的恋爱关系发展得越来越好，两个人如胶似漆的时候，周峰却心生嫉恨，无法释怀，暗中跟踪他们，知道了他们在哪里同居，然后，进行了周密的计划，选好了日子，对他们下手了。

那件事情发生之后很久，姚夏雨都在庆幸自己真的是有如天神眷顾。本来，那天晚上她已经到达了杨少楠租住的他们俩的爱巢里，等待着杨少楠到来，不巧的是，杨少楠在外面有点事，要晚一点才能过来。不久，她忽然接到单位总编室负责人的电话，要她火速去单位处理版面上稿子里的一个细节问题。这时，已经是晚上九点多了。在她出门去单位的路上时，杨少楠打来电话，说，他刚刚回到了那个屋子里，先洗个澡，然后等她回来。

一个多小时之后，心急如焚、心旌荡漾的姚夏雨带着和恋人幽会的期待心情，回到了租住的地方，上了电梯，出了所在楼层，却发现周围的邻居都堵在楼道里，警察正在屋子里进出着，她吓傻了。

他们见她来了，让开了一条道，她走进去发现杨少楠已经遇害了，他浑身赤裸，被人用匕首杀死了，脖子上有一道很深的刀口，杨少楠至死眼睛都是睁着的，这说明他经过了一番痛苦的挣扎，并且可能认识凶手。是邻居听到有异常响动，报了警，才来了警察。姚夏雨立即想到这可能是周峰干的。她给警察提供了若干线索，警察连夜行动，在周峰家里抓获了他，还起获了凶器，从他身上提取到了杨少楠的喷溅血液的DNA。周峰后来说，他想杀的还有姚夏雨，但她不在那个屋子里，太遗憾了。

半年之后，周峰被判处死刑，立即执行了。这个时候，给报社闹出这么大一桩事的主角姚夏雨，已经离开了上海回到了南宁，她在那里找了一个工作，惊魂未定、心情郁闷地生活着。她不知道自己是不是有什么问题，怎么命运中总是有这些惊心动魄的血光之灾。或者，她就是一个不祥之人，会给身边喜欢她的人带来灾祸？这样的女人叫丧门星，还是灾星？

她不敢多想，只愿意过一种平淡安稳的生活。但不知道生活会不会允许她得到这样的馈赠？

五 渡

车子冲过了五渡桥。可以看到，眼前的拒马河的河面变得宽阔了。在公路的左侧，那里是河流行走的地方，有一片被河水冲刷出来的鹅卵石滩上，很多大人和孩子都脱了鞋子在浅滩上行走，寻找着戏水的乐趣。还有一辆吉普车，估计司机是一些年轻人，在玩着冲浪的游戏，一次次地从浅滩冲向了深滩，车轮激起了大片的浪花，引得人们大呼小叫的。这是一幅假日郊游的欢乐场景。

张辉一直觉得自己的情感之路十分不顺。他与那个过于强势的银行经理程璐璐断了联系之后，继续走在相亲的道路上。经别人介绍了几个，他见了，都不满意。这时，有朋友推荐他在网上相亲，因为那个朋友就是在"新佳缘网"上认识了一个可心的女人，很快就结婚了，就也劝他注册。因为在网络时代里，通过网络相亲，可以短平快地解决问题。

他本不大相信这网络上相亲的事情，他觉得还是靠人介绍比较靠谱。于是，尝试着在"新佳缘网"上注册，化名"高富帅"，来寻求佳偶。他的条件是不错的，的确可以称为"高富帅"，外形、收入、修养，加起来算得上是高富帅。结果，这一容易引发姑娘好感的化名，引来了很多姑娘给他写信。其中，有个化名"乔安娜"的姑娘，给他发来了很热烈的信。乔安娜说，假如他不见她，将是他的终生遗憾。这使他觉得自己应该见一见这个姑娘，这个他在网上认识的第一个姑娘，也顺便检验一下网络相亲靠不靠谱。

一天，他和她约好了，他去看看她。他开车过去，她住在距离机场不远的一处居民区，叫作"樱花园"，那是一个拆迁小区，头顶上刚好是飞机的航道，每隔两三分钟，就会有一架飞机从头顶上飞过去，声音非常大，能掩盖人的说话声。在小区门口，他停好了车，等她出来。

乔安娜出来了，是一个戴着贝雷帽的有些艺术气质的姑娘，看着像是接近三十岁的样子，不丑，但是有点怪异——她穿着黑色的裙子，裙子上别着一朵很大的红色绢花。有点招摇了。他和她，"高富帅"和"乔安娜"在车里握手，互相微笑。他带她去附近的一家餐厅吃饭。那是一家很普通的餐厅，他们点了几个菜，要了一瓶啤酒，是她要喝，而且，她也抽烟。他就和她一起抽，餐厅里有吸烟区。

张辉后来忘记了他们聊了些什么，他只是记得她毕业于天津一所大学的外语系，在北京一家外资企业工作，刚刚辞职。总之，他感觉眼前这个女人在故意卖弄风骚，似乎有勾引他的意思，因为，她时不时地要露出自己的乳沟事业线，让他的目光向下弯曲，顺着乳沟走。吃完了饭，他送她回去。两公里多一点的路，开车很快就开到了。在小区里她所住的那幢楼的单元门口，他停下车，这时，乔安娜说："高富帅，谢谢你请我吃饭。现在，我想请你到我家里喝茶。我有很好的茶。"

张辉知道，一个女人一旦邀请你到她家里，男女单独处于一室，那就很可能会发生一些亲密的事情。他犹豫了一下，觉得这个乔安娜有些过于主动。但他也感觉自己很受诱惑，因为她的乳沟很吸引人，他需要释放。停好了车，他就跟着她进去了。一进她的屋子，他就闻到了一种奇怪的香气。那是一种滞重的、异域的香气。

"是印度香。"她解释说，"不会让你晕倒。"

这屋子是一室一厅的格局，看得出来是租的，屋子里的东西很多，杂乱无章，客厅里到处都是杂物、坛坛罐罐，有干花、椅子等杂物随处堆积，多到了无法分辨和目不暇接的地步。"这么乱，"他说，"你这里太乱了，一个姑娘家，怎么这么不讲究？"

乔安娜并不在意说："大部分都是房东的东西。房东什么都不愿意扔掉，所以，东西就越堆越多。我也懒得收拾，因为那不是我的东西。"

张辉很不适应那印度香的气味，他感到了头昏脑涨。他看到卧室的门开着，床边粉红色的台灯光亮着，里面的一张床垫就铺在地上，床垫上零乱地扔着一些衣物。可见她的生活是邋遢的、随意的。他有点后悔进来了："我还是回去吧。"

这时，乔安娜说："不要紧张，喝点什么茶吧，我已经烧了水，咱们喝点花草茶吧。"

她拉他坐下来。屋子里很热，她和他坐在一个小圆桌边，她有全套的喝茶器具。坐下来，她的乳沟就更明显了。他感到自己的眼球要跳出来，跳到她的乳沟里去了。她配了一道闻着很香的茶，那茶的颜色是暗红色的，他喝了一口，感觉酸酸甜甜的，很可口。"这叫什么茶？"

她笑了："没有名字。是我自己配的，也许，从颜色看，可以叫作'大姨妈'茶。"

张辉差点没有吐出来。仔细看，真像是月经泡出来的颜色。"我不喝了。有没有菊花或者甘草茶？这'大姨妈'茶，我可喝不了。"

乔安娜笑了："有啊，什么茶都有呢。你还挺怪的，不喜欢大姨妈。这又不是真的大姨妈。"她给他换了甘草茶，使他感觉安神多了。但是，这茶越喝，他就感觉自己的身体越热，而且，似乎还有某种欲望在蒸腾。他汗如雨下，浑身湿热。她的目光也是炽热的、潮湿的，忽然，她一下脱掉了自己的上衣，露出来了丰满如木瓜悬垂的胸部，说："天气太热了，咱们都打赤膊吧，好不好，高富帅？"

张辉看着眼前的赤裸上半身的乔安娜，惊呆了。有这么喝茶的吗？

六　渡

"夏雨，你知道为什么十渡的一至五渡，其实不叫

'渡'，而从六渡开始才叫'渡'吗？因为，佛教徒要做到五戒，这五戒，就是五关，就是不杀生、不偷盗、不邪淫、不妄语，不饮酒。只有过了这五关的人，才能得以度化。佛教里说，'六到彼岸'，是佛教提出的从生死此岸到达涅槃彼岸的六种途径。你说说，是哪六种途径？"

姚夏雨十分慵懒地伸了伸她那柔软的腰肢，娇嗔着说："我哪里懂得这些嘛。你告诉我嘛。"

张辉很得意地揪了一下她的耳朵。刚才，她的脑袋伏在他腿上的时候，在那忘我的一瞬间来临时，他揪着的，就是她那几乎透明的、性感的耳朵垂。"这六种途径是：布施、持戒、忍辱、精进、禅定、智慧。这就把有缘的、应该得度的众生，统统度化了，众生度尽，方证菩提，自利利他，'十渡'就成了功圆果满的象征。"

六渡桥明显宽阔了很多，是新修的一座水泥桥。他们的奔驰车闪电一样冲过了桥身，因为他要超过一辆水泥车。张辉一向不喜欢跟在大货车或像水泥搅拌车这样的大家伙后面，那样很危险，尤其是在山路上。

姚夏雨打开车窗，去体会河谷里的风。她看见，在车子右侧的河道里，那碧莹莹的河水闪烁着太阳的光亮，是细碎的、白花花的。还能看见不远处的河道上还有老六渡桥的桥身，显得简陋、低矮、狭窄。"现在是六渡了，还有七渡、八渡、九渡，然后才到十渡？感觉怎么这么遥远，这么复杂呢。"姚夏雨觉得胸部很胀，她觉得也许待在屋子里，待在床上才好。

张辉还沉浸在回忆中，他回过神："当然，我们是去十渡。十渡才是我们的终点。"

姚夏雨哦了一声，不再说话。她忽然觉得有点心乱如麻，因为，张辉给她的感觉是很好的，但她总是有一种不祥之兆，觉得自己可能会妨害他。这种感觉，是她后来在南宁生活之后，才有的一种感觉。杨少楠的死使她深受创伤，所以，她回到了南宁之后，有很长时间都在疗伤。周峰和杨少楠因为她都死于非命，一个被杀，一个被枪毙，再联想到徐国柱的死，这是她的小心灵很难接受和消化的。

在南宁，她常常一个人借酒浇愁，将自己的愁闷化在酒水里，慢慢就消化掉了。酒量也因此而增加了。她发现，她喜欢的还是成熟的男人。杨少楠和周峰，一个二十五岁，另一个二十六岁，为了她，到了被杀和杀人的地步，怎么能是这样的结局呢？她实在是感到痛心和难过。而只有成熟的男人，才不会做这样的傻事。

也就是在这样的心理动因下，她认识了一个成熟的男人。那是在一个有很多人的饭局上，因为大部分人都不认识，她稍微有些局促感。当时，她在一家文化公司工作，和自己的经理一起赴宴。饭局上最大的官，是一个北京来的政府挂职的副主席张洲。她的经理因为她酒量不小，就带她来敬酒，目的是拿下一个项目。张洲副主席大概五十岁，但看着很年轻，要比实际年龄年轻十岁。这样的饭局，一般都很热闹，一个大圆桌边坐了接近二十个人。

一开始姚夏雨还有点胆怯，但是一旦喝起酒来，她就不胆怯了。张洲副主席，看着英武、硬朗、帅气，大家都围着他，恭维他，赞扬他，让他也很高兴。姚夏雨给他去敬酒，他看着她："哪里找来的大学生啊？你是不是很能喝酒啊。"

姚夏雨一扬脸儿："可能张主席您还喝不过我呢。"

张主席一下子被激发了："呵？不会吧，有没有搞错，姑娘，你敢向我挑战啊？"

旁边的经理赶紧走过来："张主席，您随意，我们小姚她能喝，让她现在给你敬一壶。"

张主席说："好啊，那我就喝下这一杯了。"他举杯就喝。姚夏雨也一仰脖子，把手里端着的一个倒酒器小壶里的白酒一饮而尽，面不改色心不跳地坐回了自己的座位上。

在那天的饭局上，文雅娴静、胸部高耸、性感异常的姚夏雨给张主席留下了深刻的印象。在饭局上，姚夏雨就感觉到了这一点。当时，饭局继续进行，但她可以感觉到张洲不断投射过来的目光，有意无意，若有若无，缥缥缈缈，如影随形的，其实是很关切地看着她的举动。姚夏雨不去迎着那目光，而是继续按照经理的部署，一个个地敬酒，把桌子上所有的男人都给喝倒了。她可能喝了一斤多白酒，饭局上的男人们的酒量，的确都不敌她，一个个东倒西歪，溃不成军。所以，这场饭局给张副主席留下了深刻印象。

散场的时候，他走过来，悄悄问她要了一张名片，装在兜里就离开了。

第二天，他就给她打了电话，约她去一个山林里隐蔽的茶室喝茶。他们只是喝茶，聊天，没有别的。喝完了茶，就让司机送她回去了。后来，他又约她，并嘱咐她一定不要告诉任何人他约她了。姚夏雨明白这一点，她也有些喜欢眼前的这个文雅、俊朗的男人，一个手里有权的男人，而且普通话说得像播音员的、北京来的男人。她知道了他现在四十八岁，是从英国留学回来的工科博士，有一个老婆、一个女儿，都在北京，他在这里挂职三年，还会回到北京的部委去。他希望她做他的情人，她答应了。然后，某一天，在一家宾馆的一间很浪漫的房间里，他和她上床了。事后，他就趴在那里，认真地拔下了她的一根阴毛，夹在一个小本子里，说："每一次，我都拔一根做纪念。看看到底能有几根。"他说这些话，并不猥亵龌龊，而是一种带有情人之间开玩笑的那种轻松感。

正是从张洲的身上，姚夏雨感受到了成熟男人和有权力的男人的魅力。她为他所折服，被他所征服，她心甘情愿为他做任何事情，包括床上的各种体位、动作和游戏，即使把她弄得很疼，她都心甘情愿。她是爱上他了，爱上了这个气场和能量都很大的男人。她还幻想，什么时候给他生一个孩子，才是最好的结果。可结果却与她的期盼大相径庭。

七　渡

七渡桥也被他的车子甩在了身后。道路两边的山势明显地耸立起来了。这是北京西南郊的山区，是太行山脉的余脉，山体是白花花的岩石山，有一种北方的山脉才有的气势。张辉继续开车，他看到姚夏雨往车窗外面看着，若有所思，沉入一种遐想中，这使他也继续回到了过去的回忆中。

那天，在乔安娜的屋子里，他看到在那杂乱无章的屋子里，还有几张镜框里的照片，显示了她的社会关系。有两张黑白照片，是一对老年夫妇的合影。他问她："那是谁？"她回答："是我的父母亲。他们都死了。"照片中那对已经去世的老人，让他感觉到他们看着他的目光是阴沉的。

等到乔安娜把上衣脱掉之后，他惊呆了。他不知道她要做什么，他结巴了，问她："你真的有……有这么热……热吗？"

她直勾勾地看着他："你难道不热吗？高富帅，你可真是高、富、帅，不是假的吧？"她这么一问，张辉马上感觉特别热了，他的眼神有些迷蒙了，他感觉她往花草茶里放了什么东西了。可能是性药，不会是蒙汗药，因为他还没有被麻翻，现在他性欲高涨，是被一种奇怪的东西催的。

他问："怎么啦？"

安娜说："你你你怎么就不能亲亲我？"他跪了下来，去吻了她的胸部。汗津津的有点咸，她的乳头润滑如同调皮的跳豆，她在他耳边哈气，让他很难受。忽然，他感觉自己控制不住了，他的裆部濡湿了。

等到激情消退，男人的那种警惕就重新回到了身上。他发现自己身处一种危险中。眼前的这个乔安娜，不明来历，不知是何人，现在赤裸着上身，分明是在挑逗他，诱惑他，也许她只是性饥渴，需要男人，但是，第一次见面就成了这么一个局面，也是他始料未及的，这哪里是谈恋爱啊，这就是男女苟且啊。他感觉到自己的下半身平静下来了，男根萎靡下来了，他需要摆脱这一困境，赶紧走开了。忽然，他听见天空中传来了飞机飞过的巨大声响，他就赶紧起身，松开她那汗津津的上半身，假装看表说："哎呀，我忘记了一件很重要的事情，我父母亲有急事，我要赶紧回去——"

乔安娜不甘心也不相信地拉着他，把他的脑袋按在自己的胸前："不不不，亲爱的宝贝，亲爱的，我的高富帅，不要走，咱们进去吧，到卧室里去，我们做爱吧。我想做爱——"

但是他挣脱了，他起身向门口走去，他要摆脱这一母蜘蛛精盘踞的盘丝洞一样的鬼地方。他要赶紧逃走，他冲到了门口。飞机的声音远去了。她追了上来，堵住了门。"你不能就这么走。"她看着他，"我的身体在沸腾，你不能走。你要真走的话，"她顿了一下，"你带钱了吗？你给我留下点钱，你就走。"他一听，赶紧掏出了钱包，出门的时候，他就没有多带现金，此时，他取出来两百元，递到了她的手上："我就带了这么多。"

她闪开了，在数钱，他打开了门，赶紧出去了。

他上了车，心怦怦跳。他觉得自己这次的网络相亲，实在是很傻气。很显然，这个乔安娜是新近失业的一个京漂女，父母双亡，她的生活肯定有缺失，结没结过婚都很难说，是一个熟女，一个有些病态的女人，而且，精神状态似乎也不稳定，还给他下性药。他开车离开了小区，上了机场高速向北四环驶去。这时，他松了一口气，心还在怦怦跳，感觉自己是逃离了一个陷阱。

乔安娜第二天就给他打电话，说想他，想要他，要他赶紧去，她想立即要他。他明白这是一个饥渴的、失业的、孤独的，可能连租金都无法支付的女人。他告诉她，他不会去见她了，他们之间不合适，没有发展的空间。但她坚持说她很喜欢他，她想和他在一起。他决定她再打来电话就坚决不接。她怎么拨打他的电话，他就是不接。她后来还威胁他，发短信说，假如他不出现，她会告他强奸。这个时候，张辉已经知道这是一个品格低下的女人了，就决计不再理会她，任她想怎样就怎样吧。乔安娜通过电话和短信骚扰了他半个月，他不得不给这家征婚网站投诉她。网站就警告了乔安娜，认为她有诈骗嫌疑，然后，乔安娜就没有再联系他，也就没有她的消息了。

这使得张辉从此对网络相亲嗤之以鼻。他是第一次就出师不利，遇到了这么一个怪女人，实在是滑稽可笑。他不再相信网络相亲了，尽管的确有很多人依靠网络相亲成功了。他关闭了自己的页面，退出了那家相亲网，长舒了一口气。

八　渡

张辉的车子开过八渡桥的时候，姚夏雨心里想念的，正是张洲。她的体内一阵痛楚掠过，就像奔驰车一下就掠过了八渡桥，连八渡桥是什么样子都没有看清楚。

后来，姚夏雨想起来她和张洲副主席的交往细节的时候，她的心里还是很难过。她知道，他们两个人的关系有些扭曲，毕竟，他有家室。但她爱上了他，他也非常喜欢她。她也知道他不可能离婚，只能是与她保持情人的关系。可她被他征服了，从各个方面来说都是如此。除了张洲有家庭这一问题，其他方面来说，他是她认为自己遇到的完美的男人。何况，那么多女人都想贴上他这个手里有权的政府副主席，但是他从来不理会她们。他给她说了一些女人是如何下作到不断暗示可以献身给他的事。但他知道，她们都是有目的的，不像她，她从来都没有任何要求，她是真心喜欢他，他能够确定这一点。

当然，他喜欢她有他自己的方式。他需要他们这样的关系是保密状态，那么，她就守口如瓶。他喜欢她，有自己的方式，她从来都不问他要任何东西，但他出于爱惜和补偿心理，每个月都给她钱，总有个万儿八千的，一开始她坚决不要，后来也接受了，毕竟她需要生活，而女人的生活，越体面越好。还有东西，有稀罕的金银首饰，也有玉石翡翠挂件，每次他出国，也会给她带礼物。他的品位超群，买女人用的东西，都很懂行。那些化妆品、包包、衣服、鞋子，他都很懂牌子，也懂得尺码，买来都很适合她。她有些心醉神迷了。

他对自己的工作状态是讳莫如深的，但有时候也透露一点心里的感受给她，多数的时候，都是他在说，她只是听一听，从来不插话。比如，在政坛上的一些变化，北京的政局动向，他在这里的工作环境，谁是他的掣肘，谁在暗中捣乱，谁是他政坛的引路人，以及未来的发展空间，等等。他绝对不会向她提起自己的家庭，妻子女儿，他不会给她说这些。他还是给她所在的公司帮了不少忙，自然是因为她在那里，可是，连她的经理都不知道这一点，只是知道小姚的业务能力很强。现在他们的关系基本是这个样子的。

出于喜爱一个优秀男人的心理，有时候，姚夏雨会怀疑她和张洲的关系会不会有不好的结果。由于有前车之鉴，她担心自己总是给喜欢她的男人带来无妄之灾。她也反省自己，是不是喜欢的是张洲的权力带来的东西，包括他的自信、健朗、聪慧，其实是附着于权力之上的。他的身体强健，总是能使她高潮迭起，身体像弓一样屈伸。她知道他们两个人的关系一定会有一个尽头，但是她不知道这尽头在哪里，她也很享受和他的关系。他们每个星期都会幽会，在他们的爱巢中，他们像真正的秘密恋人那样，守口如瓶，又炽热如火。

半年多之后，他的权力之路又进了一步，进入了党委常委，权力的增加使他更加自信了，他对她的身体如何变得更加完美，提出了一些建议。他想让她去韩国整容，就出钱让她去了。第一次整容，是让她的脸看上去更加完美，眼睛、下巴、鼻梁、脸颊，都做了调整。她回到南宁的时候，他感觉她变了一个人，对她的身体爆发的激情几乎让她在他身下窒息。又过了几个月，他提出了新的整形建议，让她去将乳房整得更加饱满而富有弹性。第三次，是将她的屁股整形成了翘臀，这样她走路的时候，非常性感迷人，这让他性欲勃发，性趣盎然。他把她看成了自己的作品和某种欲望的投射。她也乐意这样，既然自己爱的男人喜欢自己变成这样，那么，她就让他改变她的身体，他有这个能力，有这个意愿，她就都满足他，这就是她爱他的方式。所以，她在韩国那边，有专门的整容师，那是由一个面容消瘦的四十岁男人为主刀大夫构成的整容小组为她服务。

姚夏雨感觉到，那个韩国主刀大夫有点怪异，他将她的整形看作是他在做作品，他认为她有着别的女人没有的能够成为最完美女人的体型，就如同张洲把她看作是他的玩偶一样。张洲，她伟大的情人，可以随心所欲地使用和修改她的身体，而主刀的金大夫，则是实施者，将她整形得更加完美。两个男人都痴迷于这种对她的身体的改变，和不同感觉的占有、建造和控制，她也乐得这种控制。

就这样一年多过去了，她越来越漂亮，漂亮得都有些不真实了。张洲的命运却忽然有了变化。有一天，中纪委来人找张洲谈话，他趁上厕所的时候跳楼而亡。

消息在几个小时之后就传到了姚夏雨的耳朵里，她感到很震惊，感到大祸临头了。她收拾好了东西，请了病假，第二天就跑到了深圳躲起来。然后，通过老关系转道韩国，投奔了那个整形师金大夫。她发现，自己真的是克男人，只要男人靠近她，没有不倒霉的。但是，反过来说，又有哪个男人不是自己倒霉的呢？她从来都没有去害任何一个男人，但是，他们却接连死亡，一个个死于非命：溺水、被杀、死刑判决和跳楼，这都和她无关，又和她有关，这是怎么回事？

要命的是，她到了韩国，吓得乱了方寸，投奔了那个韩国整容师金大夫，他将她拘禁在自己的屋子里，每天以各种方式折磨她，把她捆起来，给她喂饭，甚至是她来月经了，也要强行做爱，让她身体遭受了很大的打击。两个星期下来，她就备受摧残。有一种男人是变态的男人，似乎对蹂躏女人的肉体有着病态的爱好。金大夫就是这样一个男人，他捆着她，绑着她，让她的身体遭受蹂躏，之后再认真地修复她的身体，给她疗伤、剃毛，帮她恢复健康，修复创伤。这一过程是暗无天日的，姚夏雨没有想到自己竟然落到了这一可怕的地步，在韩国金大夫的地下室里，叫天天不应，叫地地不灵，她觉得这可能是上天对她的惩罚。

有一天，金大夫照样要蹂躏她，她虽然被绑着，却用头猛地撞倒了他，他倒下去的时候非常凑巧，一下子将屋子里一个大鱼缸给撞碎了。那也真是一个寸劲儿，也是命运垂青，刚好有一片锋利的鱼缸玻璃碎片飞下来，一下子切到了金大夫的脖子动脉上，金大夫圆睁着双眼，用手捂着喷出的血液，哀号着，抽搐着，就这么很快死在了她的面前。

她吓傻了。镇定下来之后，她发现机会来了，她用玻璃碎片割开绑着手的绳索，爬出门，报警了。警察立即赶来侦查现场，确定金大夫犯下了非法拘禁罪，然后，将她送到医院。

半个多月之后，身体恢复了健康但内心受到摧残的姚夏雨回到了中国，但是她没有回南宁，而是到了深圳，在一个小公司里担任文员。她隐姓埋名，默默生活，暗自恢复着心理伤害，直到有一天遇到了张辉。

九　渡

过了九渡桥，附近的山水就更加险峻和好看起来，这才进入十渡景区的核心地段了。张辉看到，九渡桥很宽阔，并排走几辆大车都没有问题。

如同要度过人生一个个渡口，后来，张辉忘记了乔安娜带给他的不快感，继续走在相亲的路上。他发现，这个城市的大龄单身男女有那么多，而且竟然还劳烦到了让老爸老妈代为相亲的地步。比如，在中山公园里的一个相亲会上，到处都悬挂着一些俊男靓女的照片，但那照片下面站着的，不是照片上的本人，而是那男孩女孩的父亲或者母亲。儿女很忙，父辈就出面代劳，帮助儿女寻觅着未来的女婿儿媳。看到那么多老头老太太在互相寒暄、试探、拉扯，张辉觉得，这事儿放到全世界都是奇观啊。

张辉也继续认识着一些奇葩女。比如，他因为买葡萄酒，偶然认识了一个从西班牙回到国内的葡萄酒代理商，那姑娘姓黄，是一个湖南妹子，人长得小巧玲珑，但非常丰满聪颖泼辣。她高中毕业后曾经当过兵，没当三天兵忽然就不想干了，从湖南常德的部队基地退伍，一下子跑到了西班牙去留学了。在那里，一开始，她找的工作竟然是住在一幢郊区别墅里，帮助一个越南人黑帮头子看管他的两个老婆，盯住她们，叫她们不要乱窜，因为，这黄姑娘的英语好，在马德里到处走没有问题。黄姑娘就依靠帮助看管越南黑帮头子的两个老婆，拿到了第一笔生活费，她还快速学习了西班牙语。后来，她就认识了与西班牙皇室沾亲的一些人，没几下，就成了西班牙一些品牌红酒的代理商，再度回到了中国。别看这个黄姑娘的个子小，但是她的酒量很大。一开始，张辉还很喜欢她，但是她对他有一个考验，张辉没有过关。这个考验没过关，他们就不再联系了。怎么说呢，说起来怪不好意思的，那就是，这黄姑娘考验张辉到底是不是喜欢她，只有一个要求，就是她大便的时候，他也要必须蹲在旁边，闻她拉屎的味道。

这一招一下子把张辉给难住了。这黄姑娘的确可爱聪慧，泼辣能干。但是要证明对她的爱，需要他在她大便的时候蹲在旁边，闻她的臭屎味儿，这简直是对人的侮辱，那他就受不了了。他心里说，你妈的，你真变态啊，是谁教你这么想的？你自己的脑子里是不是都是屎呢？这是什么女人啊？要是我大便的时候，一个女的蹲在我身边，我根本就拉不出来。这女的还能拉出来！他简直是服了，也崩溃了，他就闪了，不敢再理会黄姑娘了。

后来，黄姑娘因为做酒的代理，不知道怎么牵扯到了国家发展改革委的腐败窝案里，结果跟着一个司长的案子，一起协助调查，最后进了监狱。看来，张辉庆幸自己没有去闻她的屎味，是完全正确的。本来嘛，这事本身就过于荒诞了。奇葩女实在是多啊。

有趣的是，在一个饭局上，张辉认识了青年女歌手武强瑛。武强瑛毕业于音乐学院，是唱民族唱法的，她个子并不高，但是胸部的共鸣很大，能唱出非常高的音阶，是民族唱法的新的佼佼者。一开始，张辉感觉他和武强瑛在各方面差距比较大，因为她家庭条件太好了。饭局上，卸妆之后的武强瑛，不像在舞台上那么英姿勃发，尤其是舞台上要穿上那种拖地的、有裙撑撑起来的长裙，显得大方、典雅、高贵和不可接近。日常生活中，她表现得性格简单直率，还有些愣愣的感觉。张辉记得，那个饭局是在冬天里的一天。这俩人挨着坐，武强瑛似乎对他很有好感，老是和他开玩笑。外面正下着大雪，武强瑛看看时间不早了，就要回家，刚好她妈妈不在北京，他就开车送她回家，路上他和她聊得很好。

他们就这么多少有些来往了。武强瑛是部队文工团的青年演员，她不像有些女演员那样，给一些有权有势的男人做情人，甚至当公共情人，可以说是没有廉耻，只有金钱和利益。武强瑛没有必要这么做，她的家族出了很多能人，她的大舅是某个军区的退役中将，叔叔是国务院某个部的副部长，堂哥是一个基金会的理事长，父亲是一家上市公司董事长，母亲也是大学文艺系的教授，这样的家庭实力雄厚，政界、商业界、文化界的关系都很多，一般人不敢招惹。

武强瑛后来老是给他打电话，张辉就觉得奇怪了。他就问她，你老给我打电话，什么意思？她说，我喜欢你啊。张辉问，你喜欢我？她说，是啊，因为你什么都懂，杂七杂八的知识都懂得，就像百科全书一样。现在，我求你呢，你要帮我，刚好最近电视台举办一个青年歌手大赛，其中有一个环节是综合知识问答环节，这是要考歌手的文化素质的，你必须帮帮我。张辉问，怎么帮？武强瑛笑了，你呀，就坐到观众席的第一排，等到评委提问的时候，假如那个题的标准答案是A，你就使劲咳嗽一声，是B，就大声咳嗽两声，是C，就赶紧咳嗽三声，是D，就保持沉默。我就懂了，我就知道怎么回答了。

张辉觉得这个事情很好玩，这个姑娘很可爱，就答应了。

那一天，电视台的演播大厅里坐满了观众，在观众席的正中间，还坐着二十多个评委。唱歌比赛环节完了，张辉看到武强瑛的确表现优异，她获得了民族唱法的第二名。等到知识问答环节，轮到武强瑛出场了，她抓出一道题，主持人就一边问一边计算时间的流逝，武强瑛在那里思索，张辉就在前排使劲咳嗽。他的咳嗽发挥作用了，她回答了好几道题都是正确的。但很快，工作人员发现了蹊跷，又不好说什么，就让他不许咳嗽。

张辉不理会人家，他有任务，就继续咳嗽，因为武强瑛在台上眼巴巴等着听他的咳嗽呢。可最终，张辉还是被警觉的现场工作人员赶出去了。

但后来他们的交往中，张辉觉得他和武强瑛之间的差距很大，她的家族大、势力大、实力强，与张辉这个小京漂是不合适的，他选择了主动撤离。为此，武强瑛还伤感了好一阵子呢。

然后，就是张辉去深圳出差帮助那里的机构培训，认识了姚夏雨。他们熟识的那天晚上，在深圳的一处海边小山上，看着不远处的港湾里的渔火闪烁和海鲜餐厅的人头攒动，他们坐在那里，忽然感觉彼此很近，有些相见恨晚的感觉。

他对她说，等你有时间的时候，你来北京看我吧，我带你去十渡看看，那里可以蹦极，我们从高空跳下来，玩儿个蹦极，玩儿的就是心跳，怎么样？

姚夏雨看着眼前的这个不知深浅的男人，这个热情的、活泼的男人，她心有所动，她说，好啊，我也很想和你一起从悬崖上跳下去。

十　渡

一渡一渡又一渡，人生渡口很难渡，渡过渡口又有渡，渡来渡去顺河流。张辉吟诵着顺口溜，将车子的速度控制下来，因为山势高峻，山路崎岖。他们到达十渡的时候，天色非常好，天空晴朗，白云缭绕，十渡景区热闹非凡。在一面悬崖之下，是一面由橡胶坝拦截的湖泊，湖泊之上，到处都是游人在玩耍，划船的、戏水的、蹦极的。

张辉找好了停车位，下了车，骄阳似火，现在的时间已经是上午十一点多了。张辉开车走了一路，感觉到尿憋，就去厕所。姚夏雨也跟着他一起去厕所。他们看见，湖边的餐厅、烧烤都很多，烤肉的香气四溢，在欢快、俗艳的音乐声中飘荡起来。

湖面上，一只只鸭形脚踏船在来回奔走，船里面坐着情侣或者一家几口，一幅标准的旅游景区景象。

看到十渡是这个样子，姚夏雨的内心是失望的。她见过很多壮丽的、华美的、丰富的、险峻的、俊秀的山川风景，可像十渡这种北京郊区的土里土气和热闹俗气，真是小景色小玩闹，又喧嚣，景区又狭小，让她感到很失望。但是她不便直说，怕伤了张辉的好心。毕竟，遇到张辉之后，她的心境在变好，内心的创伤在缓慢地恢复，而且，他邀请她来到北京，就是为了他们的未来发展，她也有所期待，她也急迫地想要靠岸。

她不可能将自己的过去都告诉张辉，因为，她害怕他会认为她是妨害男人的，会给男人带来厄运的。一路回想起来，那些与她有过情感或交往的男人，淹死的（不要忘记了，是她拿脚踹徐国柱，让他死在水里的）、被杀的（杨少楠）、枪毙的（周峰）、跳楼的（张洲）、被玻璃缸鱼缸割破血管失血而死的（金大夫），这些人加起来，有五个了。姚夏雨一时都有些恍惚和害怕，怎么她这一路走来，十多年的时间里，这些男人以如此惨烈的方式和她告别。但是，她又是那么无辜和无助。他们死了，只有她才是真正的受害者，忍受着他们的死亡所带来的恐惧。男人以他们各自死亡的方式，让她背负了沉重的、她根本就无法向任何人包括自己的父母诉说的，那种隐秘的罪恶和负疚感。

但由此使得姚夏雨的心肠也硬了起来。她父母亲在她上大学之后，就离婚了，而且很快各自组成了新的家庭，各自又有了新生活和新的家庭成员。所以，作为家里的独女，她和父母亲越来越疏远，仿佛这世界上就只有她一个人在独行。这种感觉，她在上海那家媒体实习的时候，感受更加强烈，尤其是后来张洲跳楼、金大夫死亡之后，她就觉得，从此，她将背负秘密，行走在人世，任何人都不要知道她身上发生的所有这些事，这些可怕的秘密，与她的成长有关的秘密。

"我饿了，我们吃点东西？烤肉怎么样？"姚夏雨拉着他的手。他们走向一家餐厅，去吃烤肉串和凉面。北方的天气好在无论夏天多么热，只要在阴凉下，就会凉快很多。他们坐在阴凉的伞篷下，看着来来往往的人。有那么多人都来到这十渡景区，可是，这十渡，有那么好吗？没有那么好。其实，除了这青山绿水，山势险峻，十渡真是没有什么好玩的。

忽然，有人尖叫，有人喝彩，他们看过去，看到有人正在玩儿蹦极。这可能是十渡最有趣、最刺激的旅游项目了吧。蹦极，人在脚上身上拴着绳子，从高处扑向湖面，从几十米、一百多米高的悬崖上扑下来，一瞬间，不知道人体的感觉会怎么样。

姚夏雨忽然有些兴奋了："咱们去玩儿蹦极吧。就像你曾经在深圳说过的，咱们一起从悬崖上跳下去。"

"好啊，去蹦极！"张辉也兴奋起来了，"我们绑在一起，一起跳下去。"

姚夏雨看了张辉一眼，忽然，她有一种不好的预感，她担心，又要出事了。有一种第六感忽然在她的体内乱窜，她害怕的是，当她和他绑在一起蹦极的时候，他，张辉会掉下去，他会死。她看着张辉，想在这一刻永远记住他脸上的表情、他的微笑、他的生命体征、他的味道、他对她的温存。她害怕等一会儿这些就都没有了，就像那些死去的男人那样，他们进入她的生命里，然后再离开，却将阴影背负和投射到了她的身上。

她的眼睛在这一刻模糊了，她拉着他的手，说："亲爱的，你确定？"

张辉很肯定地说："我确定，我们绑在一起，跳下去。"

姚夏雨看着他，感到很感激。她的眼睛湿润了，她觉得这男人很好。

他们拉着手，坐缆车上山，走到了蹦极台，在那里，有专业的蹦极教练，给他们讲解蹦极的要领。他们绑在一起的要求也很容易满足，蹦极教练似乎对他们绑在一起跳，一点都不惊奇。姚夏雨暗暗祈祷不要出事，她拉着张辉的手在出汗。

从山上向下看，那潭湖泊是那么碧绿，游船小巧如鸭子在戏水。彩旗飘扬的就餐区，传来欢快俗艳的音乐声，这一切都是那么祥和欢乐。往更远的地方看，是十渡风景区外那高拔的大山，将阴影投向了大地，将这里包裹起来，形成了喀斯特地貌。有一条缆车线通向那更高的山。

这时，北京西南郊太行山余脉的险峻和高拔气质，激荡了张辉的豪气。他拉着她的手，感觉到她出汗了。

他说："不要紧张，有我呢，我会抱着你，我们一起跳下去。"

蹦极教练绑好了他们，还跟他们开着玩笑，说看看张辉会不会尿裤子，因为现在一些男的玩儿蹦极，比女人更容易尿裤子。

他们绑好了，手拉着手走向蹦极台。

蹦极教练喊了"一，二，三"，然后，将他们俩一推，他们就飞出去了。

这一刻，似乎所有的人都在看着他们。从他们的角度看，湖面在迅速地扑向他们，血压瞬间升高，风声将耳朵灌满，什么都听不见了。速度决定了人奔向大地的形态，身体内部有一种压力在喷薄而出。姚夏雨这一刻在尖叫，她的叫声是那么尖厉、害怕和欣悦，她感觉可能会出事，张辉身上的绳子会断，她非常害怕，非常紧张地紧紧地抱着他，闭上了眼睛，不要断，不要断——他和她绑在一起，也抱在一起，不知道这绳子会不会断，此刻，他们绑在一起，飞在空中，将那一刹那变成了凝固的时间，变成了永恒——

我远远地看着他们从天而降，飞了下来，只有我知道他们身上发生的所有故事，他们身上携带的那些秘密。在那一瞬间，我很担心他们身上的绳索会断了，出现意外，张辉会摔死，姚夏雨会摔成重伤。但是，我要告诉你，没有，是的，没有意外，他们最后弹跳了几下，安全地降落到了水面的一艘小船上。他们活着，然后，继续着他们的生活。

因为，所有的可能性都是敞开的。

大　叔

一

　　生活中所有的变化，都是始料未及的，这是黄斌的感叹。比如，他就从来都没有想到过自己会离婚，而且还结了两次婚。

　　此前，黄斌一共有两次婚姻，第一次是跟自己的中学女同学结的婚，那时他结婚很早，刚刚二十二岁，就结婚了，第二年，夫妻俩生了个儿子，现在，这个儿子已经二十一岁了，大学都已经毕业了。五年前，他和前妻离婚了，又娶了现在这个妻子，过了一年，他们生了一个女儿，现在是四岁，非常可爱。他的前妻带着大儿子也住在附近，前后两任妻子的关系还不错，前妻没有再婚，说不再婚是为了带大她和黄斌的儿子。不管如何，她确实一直都没有再婚，几乎所有的精力都用来培养儿子了，儿子大了，开始吃斋念佛了，这一点让黄斌很感动，所以，当初就给了前妻一套房子，其他生活开支也一直都是由黄斌支付。

　　黄斌的第二任妻子比他小十岁，结婚不久，两个人就开始吵架了，有时候还吵得很凶。他的这第二任老婆脾气暴躁，多少有些歇斯底里，但无论怎么和他吵，都不会和他闹到离婚的地步。所以，说起来，现在的他是儿女双全，父母双全，前后两任妻子的父母也都是双全的，大家全都生活在相距不远的几套房子里，彼此还比较和谐。按北京话来讲，黄斌这种双全状态，可以说是"全乎人儿"，走到哪里会带来喜庆气氛，人家都要请他吃饭的。但他的心里总是有一种空落感，这种感觉像荒芜的原野一样在他的心里弥漫，逐渐吞噬了他的来自家庭生活的细碎的幸福感。

　　黄斌是一个自由职业者，20世纪90年代初就来到北京，住在北京南部郊区，那里过去是大兴县，现在是大兴区了。为了谋生，20世纪90年代里，他为出版商写了很多畅销小说，仿冒过那些港台著名通俗小说家的名，比如"瑶琼、舒琦、全庸、金勇、古必、梁习生"等，与琼瑶、金庸、古龙、梁羽生的名字是那么像，不熟悉的读者一定会上当。很快，那些比较低级的通俗出版物在市场上失去了号召力，影视业很快异军突起了，影视业的钱比较多，写作者屁股底下能挣到的钱少，他就给影视公司编写影视剧，主要写的是电视连续剧剧本。那些年，电视剧剧本的价格一路飞涨，他的价格，由每集五千元涨到了每集十万元了。所以，现在，一年里他只要接一部戏，就能赚到几百万。

　　常年与影视公司打交道，他深知这一行当里骗子很多，不守信用、空手套白狼、虚与委蛇的人很多，所以，签订合同的时候他非常细心，因此较少受骗上当。顶多有的剧本最后一笔钱，比如百分之三十的最终款项拿不到而已。所以，供养前妻和大儿子、现妻和小女儿的所有花销，他都没有经济上的困顿。

但黄斌挣的都是辛苦钱，眼看着妻子、孩子都过得不错，他心里的荒芜感却在增加，他也不知道这是怎么回事。是不是前妻现在吃斋念佛，每天去跳广场舞、练太极拳、打坐禅修，那种佛教意识间接地带给他一种人生的空寂感？他觉得不是。是不是第二任妻子把钱管得很严，时不时还歇斯底里发作，让他觉得自己的女人如此神经质所带来的恐惧感导致的？他说不上，总之，就是一种荒芜和不舒服的感觉在心里弥漫。

所以，有时候他就喜欢跟着剧组出去拍戏，目的是散散心。跟剧组，自然会在一种演戏的封闭气氛里，人人都有一种半疯半癫的状态。一般情况下，剧组里男男女女很多，小的几十人，大的几百人，那就非常热闹了。跟组可以让他消弭心里的荒芜感，让他接触到很多新鲜的人和事。尤其是，想通过影视剧成名成家赚大钱的姑娘小伙子很多，都是年轻人，都爱围着主创人员，那种感觉很好。

黄斌这才发现，他现在四十岁出头，已经是一个标准的中年人了。可虽然是大叔，反而更受一些年轻姑娘的喜爱。在这些挖空心思想着上位成大名赚大钱的演员小丫头的嘴里，他就是最可爱的大叔。一开始，在剧组里，他还躲着这些扑过来的小姑娘。但是在影视基地，一到收工的时候，他从导演那里出来，走在影视基地人工布景的街巷里，就会很孤独寂寞。他一会儿走在民国的街巷里，一会儿走在大唐的殿宇中，一会儿走在宋朝的瓦肆里，这种时空错乱的感觉让他感到郁闷和抓狂，于是，他就对着空无一人的大殿使劲嘶吼，也没有人搭理他。

在这种特别的演戏的环境里，黄斌觉得人人都是疯疯癫癫和不怎么正常的。俗话说，演员是疯子，导演是骗子，观众是傻子，这是肯定的。但演出结束，人出了戏，人人又都是孤独寂寞的。于是，有一次一个在戏里扮演小丫鬟的小姑娘，缠了他一个星期，终于把他拿下了。在他房间里与他做爱时，她骑在他身上扬鞭奋蹄，一字字地叫他："黄、叔、叔、你、真、黄！"

这让他更加激情爆发，斗志昂扬。黄斌这才发现，在现在的社会，少女爱大叔，已经是一个时髦的事情了。大叔，这一称呼到了今天，实在是有了新的含义在里面了。大叔，意味着成熟、稳重、体贴、有经济实力，意味着宽怀、大气、包容、有地位，意味着稳定、靠山，不再像小男孩那样不靠谱。大叔的春天到了！作为大叔，黄斌有时候感到扬眉吐气、意气风发，在剧组里有那么多入戏出戏的姑娘围着他，让他感到有些恍若隔世。可是，虽然有小姑娘围着他，一想到前妻的吃斋念佛和现妻的歇斯底里，他就立即感到委顿不已了。

这剧组里也不光都是疯癫和花心无所谓的男女。大家其实都是为了工作，演出一部戏，都是很投入的，反倒出戏之后，对现实中发生的真实情感有些陌生。在一部谍战戏里，黄斌看到一个很不错的小姑娘，她长得很清秀、文雅。看到这个孩子清雅、美丽、温婉，他有些心动，就假装漫不经心地和她接触了一下，了解到了她的基本情况。

她叫任露露，还在某所大学的艺术学院读大学四年级，没有男朋友。在这部戏里，她出演一个民国的女学生领袖。黄斌忽然觉得，把她介绍给自己那个刚刚大学毕业，在一家网络公司工作的大儿子做女朋友，会比较好。这等于是他先看上了一个儿媳妇。

他给儿子打电话："儿子，我在跟组的时候，见到一个姑娘，我觉得很不错，适合你。她还在北京一所大学的艺术学院上四年级，没有男朋友，等戏拍完了，回去介绍你做女朋友吧。"

电话里，儿子哼了一声，并不领情："行吧。见见也行。"

他这个儿子，从上高中的时候就开始谈恋爱，先后处了三四个女朋友了，虽然才二十一岁，但对女孩子比较了解，是一个很挑剔的家伙。所以，黄斌的心里也没有底——老爸觉得人家姑娘好，不见得儿子觉得好，就会喜欢。还是看他们自己的缘分吧。他就又找了机会跟任露露说了一下这个事情，任露露还有些不好意思，但答应见一见他儿子。

一个多月过去，影视基地的内景戏都拍完了，回到了北京，天气还是寒风料峭的。黄斌就约了任露露，带上儿子，在自己家附近的一家汉拿山餐厅吃烧烤。三个人落座，儿子见到姑娘打扮得花枝招展的，却并没有表现出应有的热情。

任露露倒是落落大方，行为举止都很得体。关键是，她总是笑吟吟的，那副样子让他很感动。他儿子是漫不经心，只顾自己大吃烤肉，任露露在一旁拿着夹子烤肉、夹肉，帮助他们父子俩消灭那些东西，耐心、细致，动作娴熟。

吃完了饭，任露露走了，黄斌问他儿子："感觉怎么样？"

儿子说："不怎么样。不适合我。她是个很倔强的女人，我能感觉到。"

"你这么有眼力？我不信。我觉得挺好的啊，你看她，一副笑盈盈的样子，很喜兴啊。性格也好，长得也好。怎么不合适你了？"

儿子说："爸，可能她是你喜欢的类型，不是我喜欢的。我对她一点感觉都没有。"

黄斌就觉得很失望，不知道这儿子咋想的，怎么这么难弄。后来，他给任露露打电话，说他儿子现在不愿意谈恋爱。她说："黄老师，你那个儿子太幼稚了，我不喜欢。他还比我小一岁，太小了。我喜欢成熟型的，比如，像黄老师您这样的。我是大叔控呢。"

任露露这么一说，让黄斌的心里一动。莫非这任露露真是喜欢大叔的大叔控？他有些恍惚了，感觉脚下发飘。电话里，任露露接着问："黄老师，您喜欢溜冰吗？"

黄斌想起来小时候在东北溜冰场上叱咤风云的记忆来，便说："当然啊，我溜冰可是一把好手。"

"那咱们明天去溜冰好不好？我现在也没有什么课了，很自由的。"

黄斌的心就狂跳了起来，这等于是她在约他去溜冰了。这是咋回事啊？给儿子介绍的不成，莫非老爸我还对她的眼？黄斌的心突突跳，但是压抑不住一种要向前冲的感觉，内心的荒芜感忽然减少了。

二

　　那一天，他们俩——黄斌和任露露，一个大叔和一个少女，当然也不算少女了，都二十二岁了，还是少女？基本算是少女吧——在溜冰场玩儿得很嗨皮。黄斌是东北人，打小在冰天雪地里长大，溜冰玩爬犁，是最擅长的，他对冰刀的性能掌握得好极了，穿上冰鞋后更是如虎添翼，在冰面上来去如风。任露露却是个新手，因此，在溜冰的时候她是前仰后合，又惊又喜，大呼小叫，一惊一乍的，都是黄斌在一边施加援手和帮手，抓住她，扶住她，托住她，抱住她，拉着她，追着她，带着她，在那里溜冰。这男人和女人的肢体接触，一定会在他们的心里产生感应和相应的情绪。所以，这一场黄斌和任露露的滑冰，既检验了黄斌大叔本人的活力四射，比实际年龄年轻，也印证了任露露对他这个大叔的欣赏和喜欢，溜完了冰，她看他的眼神就不对了。

　　然后呢？然后，他们在下一个周末，还约着去爬了一次山。黄斌给老婆撒谎说，自己是去郊区开会，开一个影视剧策划会。像这样的影视剧策划会，的确是做一出影视剧最常见的方法，往往是制片人、导演等主要的创作人员与编剧一起，商量、策划一出新戏的小范围会议。黄斌是经常要开这样的策划会的，所以，他的老婆——第二任老婆也就没有起疑心。

黄斌开着他那辆斯巴鲁越野车，到任露露学校门口接她。她已经走出来在校门口旁边的便道上等他了。上了车，两个人有说有笑，然后，他驱车直奔慕田峪长城。

任露露穿着一身蓝色的运动服，脚蹬白色运动鞋。虽然是周末，但这个季节里慕田峪长城游览区的游人很少。到了山下的停车场，停好了车子，带好了水，他们一起向入口走去。和任露露在一起，黄斌感觉很有活力，也很兴奋。他决意不去坐索道，为了展现自己身体强健，说要和她比赛爬山，两人一起从山路上向山上的长城垛攀爬。

任露露毕竟年轻，娇艳如花，人家才二十二岁，体力也不会差，一开始是她蹦蹦跳跳地跑在前面，把气喘吁吁的黄斌远远地落在了后面。黄斌体重有一百六十斤，他戏称自己是扛着这一百六十斤的大肥肉在一步一步往山上爬。看着在前方台阶上站着等待他的英姿勃发、脸蛋红扑扑的任露露，他还是觉得自己老了，这大叔爱少女的事情，有点做不下来了。可是，大叔的能耐就是比拼耐力，有长劲儿，再往上爬，任露露就不行了，她腿软，耐力不行，有体力没耐力，这是一些年轻人惯常的脾性，就是前面几下子。眼看着黄斌一步步地追上来，按照一个匀速的节奏在缓慢攀爬，任露露反而有些跟不上了。

"来，该我拉着你走了。"现在，轮到黄斌展现体能了。他伸出手，拉着娇喘连连的任露露，攀越到慕田峪长城一处城墙垛的箭楼上。任露露身上那清新、淡雅的气息随着她的喘息散发了出来，他闻到了，感觉非常好。站在长城的箭楼上，两个人四下望去，残雪还停留在一些山石的根部，满山枯萎的灌木丛像是垂死的野兽，蹲伏在山坡上。莽莽苍苍的北方大山的山脊线上，长城就像一道弯曲的屏障，一路向着西边而去，上上下下，如同僵死的游龙一样生动而无用地逶迤而去。

这一场景在黄斌的心里唤起的，是一种很复杂的心情。那就是，他觉得自己这一辈子都在给女人和孩子打工，都在家庭的环境里深陷，从来都没有挣脱过。这种感觉到今天，怎么那么糟糕？好在现在是他和任露露在一起。任露露那青春活力的体态，修长的腿，有弹性，有线条，活泼的乳房在轻微跳跃。这些感觉和在长城上的那种奔放和自由搅和在一起，使他内心萌发了一种很新鲜的感受。长久以来，被生活、生存、婚姻和孩子的压力挤压，他的身上背负了很多东西，但任露露作为年轻女孩子的感觉，让他体会到了什么是生命年轻的活力。

在茫茫苍苍的慕田峪长城，爬了一个城垛又一个城垛，走了一处又一处箭楼，远处的风景影响着近处的人，黄斌和任露露手拉手，彼此的距离在迅速靠近。

下山的时候，他们坐了索道，这样可以快速地下山去。爬山爬山，只有在向上爬的时候才是饱览山色之美的过程。在缆车的车厢里，外面的凉风吹进来，黄斌拉住了她的手，感觉她的手很凉。她看着他，红红的嘴唇翘起来，让他情不自禁就俯身吻了一下。她的嘴唇软软的，仿佛不存在，可是分明又是存在的，哈着热气的嘴唇和冰凉的小手形成了鲜明的对比，这让他心旌摇动。

缆车很快就到站了，他们出来了，他感到浑身很轻松，很有劲儿。到了停车场，开着车子沿着下山路往下走。

任露露说："我今天不想回宿舍了。我想和你在一起。"

黄斌的心里动了一下："你是说，和我在一起，今天晚上？"

任露露看着他："嗯，怎么啦？"

黄斌嘟囔着："你还小呢。"

任露露笑了："我又不是处女了，我怎么就小了？"

黄斌心里有一种复杂的情绪涌上来。"咱们先去吃饭，去吃虹鳟鱼吧，烤虹鳟鱼。"

任露露欢呼起来："我就爱吃孜然烤鱼。孜然烤虹鳟鱼，肯定好吃。"

在下山路上，有些地段分布着很多餐馆。还没有到旅游旺季，这些餐馆的生意是有一搭没一搭的。他们在某家餐馆门口停下来。进去之后，看到吃饭的游客很少，而摆满了绿植的餐厅却很大，因此，他们坐在那里感到餐厅非常空旷。好在今天他们能够吃到虹鳟鱼，虹鳟鱼是冷水鱼，又是无鳞鱼，肉质紧致，刺少，烤出来口味佳。黄斌发挥了他作为大叔的长处，细心地将烤鱼的鱼骨头完全和鱼肉剥离开来，虹鳟鱼的鱼骨头完整地呈现在鱼肉的边上。然后，任露露夹着喷香的鱼肉，笑吟吟地吃着，看着他："孜然烤虹鳟鱼，的确好吃。吃完了鱼，我就要吃你啦。"

黄斌被任露露这种热辣的表述弄得有点小尴尬。他不是没见过女人，也不是没有性爱经验，但与"90后"相处，对于他还是头一遭。毕竟他比她大二十多岁，这种感觉，像是一个幽暗而美丽的深渊在吸引他，但他又有些畏缩。

　　"吃我？我老不咔嚓的，会好吃？"他笑着说。

　　"那你等着，等我好好吃你。"任露露像个花痴一样嚼着一片焦香的鱼肉，看着他，嘴角流出来一点鱼肉的油。

　　他们在怀柔的一家宾馆开了房，这天下午就住了进去。这是一个标准间，有两张床，但他们俩还是挤在了一张床上。黄斌感到惊奇的是，原先他想的他们之间的互动一定是他主动，因为他有婚姻经验，可是，不，是任露露很快就将他扑倒在了床上，是任露露而不是他，将他的衣服剥去，是她而不是他，将他按倒在那张弹性很差的床上，然后，把他给入侵了。

　　说是她入侵他，当然实际上还是他侵入了她的体内。可是，是她掌握了主动。任露露半闭着眼睛，歪着脖子，仿佛很享受这一刻的驾驭感，她缓慢地上下升腾，胸前那两朵乳房的白云在飘摇，在近视眼黄斌眼里，的确像两朵白云一样忽左忽右地到处乱跑。他想抓住这两朵云，但是这云朵太调皮，太柔软，还在四下乱跑，他根本就抓不住，刚刚摸在手上，就滑走了。不过，很快，他顾不得这些了，他肌肉紧绷，感到自己有些控制不住了。

　　她感觉到了这一点，她停下了动作，放松了内部的肌肉，等待他的激动平静下来："慢点，别着急，别着急。"

他平静了一点。这时，她忽然翻身将他挑动起来，现在，他压在了她的身上。这也说明，任露露根本就不像他想象的那样，是一个纯情的、纯净的淑女，而是一个性经验丰富、狂野、喜欢主动尝试，并且有着不凡性经验的"90后"。

现在，是大叔遇到了长大一点的萝莉，可这个萝莉根本就没有把他当作大叔，而是把他当作了要擒获的小羔羊。

她的身体散发着浓烈的情欲气息。两个人白天爬山的时候，身上的汗水半干半湿的，带着咸腥味儿，现在想起来，他们来不及去冲洗就翻滚在了一起。她的舌头则在寻找着他的皮肤，即使他的皮肤是盐碱地，那么，她也是那喜欢盐碱地的小羊羔。她的声音柔软、尖厉。他缓慢地亲近她，她星眼流眄，半开半闭，一副很陶醉的样子，他感到自己探索着她那灼热的地球内部，岩浆喷涌，如同浇筑着的、供铺设新道路所使用的水泥一样在翻腾。爱液在汩汩地浇灌着情意的花朵，意识里有沼泽地在冒着气泡。纷飞的蝴蝶和昆虫迷了路，大风袭来，吹散了花瓣，让鸟的翅膀在风中更加招展。

他现在占据了主动，不如说，是她主动选择了退却，以退为进，让他表面上在掌握这个节奏。她太懂这些了，现在的少女可不再是白雪公主时期的少女了，现在的少女就是大叔的杀手，就是男人的坟墓。即使男人完蛋了，她也要在你的坟头插上胜利的鲜花。少女可不管这一切，大叔，你缴械投降吧！但是大叔也不是好惹的，大叔经验丰富，大叔老奸巨猾，大叔是不会随便就范的。他缓慢有力地抵近她，而她却是有容乃大，能够包容他所有的莽撞。他想惩罚她，但是她想的却是让他丢盔卸甲，委顿萎靡，狼狈逃窜。有一会儿，他控制不住自己了，可是她说："慢点，慢点……你等等，我快了，快了……"可是，她就是不容易到达高潮，他必须控制好，必须等到她那遥远的高潮的到来。

三

那一次，黄斌和任露露在怀柔爬了慕田峪长城，两个人开房求欢之后，他们的关系进一步地升温了。这是很自然的事情。一个男人和一个女人一旦上了床，有了情爱的经历，那么他们的关系就不一样了。不早就有人说过——说是张爱玲说的，通向一个女人的心灵最近的通道，就是她的阴道。黄斌通过了这一幽暗的通道，他洞达了任露露那暴风雨般纷乱和狂躁的灵魂和内心世界。

在和任露露的攀谈闲聊中，黄斌得知了这个二十二岁的女孩子的性经验很丰富的原因。在上高中的时候，她就被一个当地的小官僚所勾引，献出了自己的处女身，那个官僚将她当作性爱试验品，许之以金钱和实物，带给她的，则是肉体的狂迷。这一段经历是她记忆里最为深刻的经验了。一个大他二十岁的地方小官僚，将一个十七岁的未成年少女导向了这个被金钱、欲望和权力所污染的成年人的世界。她被他迷惑，爱过他，但是也被他蔑视和蹂躏，所以她后来恨他。

后来，那个小官僚在反腐败行动中进了监狱。纪委的人还调查到她这里，获得了那个小官僚花在她身上大概有多少钱的供述。这成了小官僚道德败坏的一个例证，好在为了保密，对她的证词是采取了秘密取证的方法。

进入大学读书后，她交了男朋友，但是，同龄的男孩很难和她建立对等的恋爱关系，她总觉得他们很幼稚。大三的时候，她就开始外出参与拍戏，在一些影视剧里扮演了次要角色，和一个中年导演也曾经恋爱过。经过了两次与大她很多岁的成年人的恋爱，她完全不再适应和同龄的男孩交往了。黄斌这下懂了，难怪她看不上黄斌的儿子，反而对黄斌产生了兴趣。

这都是她告诉他的，也许，还有些经历，她并没有告诉他。她与男人打交道的情况一定很复杂，他甚至怀疑，她在欢场也待过，就是夜总会那样的地方。但这一点他不能确定，她也没有说过。女大学生在夜总会兼职的，还是有的。他觉得，她有着难以言表的、超越了她的年龄的成熟，那种成熟感是她作为女孩子，青春期有过蹉跌造成的，是她内心的隐痛造成的情感阴影，这阴影密布在她的内心，但从外表则一点都看不出来，她看上去清纯可人，笑靥如花。

她喜欢装扮自己，戴美瞳使瞳仁显得好看而大，戴丰胸乳罩，使她的胸部看起来大而挺立。她还给自己的嘴唇打针，让嘴唇肿起来，就像是小女孩的那种肿肿的嘴唇，显得天真、可爱、幼稚、性感。和他在一起，她就像一个超级榨汁机，让他在不断地射精中想到了"精尽而亡"这四个可怕的字。一晚上过去，五六次的鏖战，一次次的颓丧和经过她催逼的再度雄起，使他真的感到自己快要化成骨灰了。他也感到，自己有时候力不从心，不仅是身体上的，也还是心理上的，不仅是肉体上的，更是精神上的——他们不是一代人，一个是"70后"大叔，另外一个，是娇嫩的"90后"少女。

任露露似乎没有想到那么多，她敢爱敢恨，喜欢就是喜欢，不计后果，勇于飞蛾投火。她就是喜欢他，哪怕和他只有一天的情爱，也要把握好这一天，在短暂的时间里，迸发出生命的激情。

这就是男人和女人的最大区别了。衰朽的大叔级的男人啊，是那么瞻前顾后，首鼠两端，前怕狼后怕虎——话说回来，的确也是前怕狼后怕虎，黄斌想，自己好端端地过着生活，虽然庸常但是平静，怎么这就又进入第三段感情的热火朝天里了呢？他百思不得其解，是自己意志力薄弱？是自己软弱不堪？这一点是肯定的，他是很软弱，是经不起诱惑。这也是男人的通病——在年轻漂亮的女孩面前，男人大都要败北，要乖乖投降。但这里面总有些不对劲的地方，为啥本来给他儿子介绍的对象，现在变成了他的女朋友，甚至是他的情人？他们的这一关系，是天意，还是上帝要给他的惩罚？他是想吃下这块小鲜肉，还是想赶紧吐出来？是的，小鲜肉好吃、很嫩，也很咸腥，可他这个大叔不是很贱吗？忍不住要吃那一口，那鲜美的咸和腥，结果好了，就要精尽而亡了，就要妻离子散了，就要再度失败了，就要家庭崩解了。这就是他这个中年大叔内心纠结的地方，猥琐和谄媚的地方，衰败、软弱和无耻的地方，害怕死亡和渴望抓住青春的小尾巴的潜在心理在作怪的无所适从的地方，所以，想来想去，他不知道怎么办。怎么办？只有天知道。

任露露的家庭是一个破碎的家庭，父母离婚后，母亲去世了。她有一个弟弟，比她小一岁，在四川上学。她的父亲是一家小公司的经理，长得很帅气，在她上初中的时候，很早就把她母亲和这两个孩子抛弃了，一个人从常德跑到了西安，在那里建立了一家装修公司。过了几年，母亲得病去世了，而父亲是她感到困惑的亲人，她对父亲是爱恨交织，却无法摆脱对他的思念。

这都是他慢慢才知道的，和她在一起，她表面上那种娴雅文静的气质，都是给外人看的。一旦进入室内，在房间里，则荡然无存，她表现得抑郁而凶狠，那种要他的劲头真可以说是敲骨吸髓。黄斌感觉，她表面再萌，再可爱，但内心却是一个缺乏爱的女人，她在寻找爱，一种更为正常的爱。可从她的经历来看，她一直没有得到。她缺乏安全感，也缺乏信任感，就像孤独的芦苇，在世界上飘荡。

可能是黄斌的成熟和略微的羞怯相混合的气质，吸引了任露露。自从两个人有了亲密关系之后，她就经常希望见到黄斌，但黄斌有家庭，有孩子，不能自由地出来。不过，总是有些机会的。但他们的幽会又使黄斌陷入一种罪恶的道德耻感当中。他进退维谷，不知道如何更好。

成年男女（非亲属）之间有四种关系，这是他内心总结的：夫妻关系，同事关系，情人关系，买卖关系。这几种关系都是互相无法替代的。夫妻关系就是夫妻关系，不是买卖关系。当然，有人说这是长期买卖关系，这把婚姻的神圣和相依为命的价值给否定了，是不对的。同事关系一旦搞成别的关系就会乱。买卖关系最简单，就是付钱买卖，一般都是男人买女人。妓女与嫖客就是这种关系。但大都是一次性和几次性，就完结了，干脆利落。可纯粹肉体的关系，无法替代有感情因素的夫妻关系和情人关系。但情人关系，情人变成老公老婆了，这情人就不是情人了，就是老公老婆了，这就变化了。

有一天，他们躺在了一起，他神色凝重，问她："我们怎么办？我们有未来吗？"

任露露侧身压住他，逼视他："当然有啊，我要嫁给你。"

他语塞了。可以说，他是崩溃了。当然，也是醉了。他没有想到，自己是何德何能，总是有年轻姑娘喜欢他。

"我要嫁给你。"她又看着他，以为他不相信，又强调了一次。

他嗫嚅着，说："我……我有老婆啊，你是知道的。我……我怎么办？"

任露露看了他一会儿，就又躺下了，把自己躺直了，望着天花板。"你知道应该怎么做。反正，我就跟着你了。"

"你还年轻，没定性的，你就确定要跟我？"他说了实话。

任露露哭了："我当然确定，我确定。"

"我都结两次婚了。其实，结不结的，不重要，再说，你还年轻啊，你可以——"

任露露更加恼怒了："别再说了，我就想和你结婚。我就想和你结婚。"然后，她把他的身体缠得更紧了。她让他又有了欲念在浮动，他们很快进入新一轮的寻求身体一起达到的高潮中。他发现，任露露很难短时间到达高潮，需要他缓慢地、有力地控制节奏。

后来，他问她，为什么你那么不容易到达高潮？她说，她有一个男人的替代品——电动棒，阴茎的化身，硅胶制品，通电之后，可以伸缩、旋转，又柔软又坚硬，可进可退，她每个月总是在被窝里用这个东西自慰几次，想象和男人在一起的状态，在这电动棒的刺激下，她很快就达到了高潮。相反，和他这个真正的男人做爱，反而不那么容易达到。

"你异化了，电动棒代替了男人。高潮重要吗？"他问。

"你觉得呢？你们男人呢？"

"男人的本能是繁殖基因，只要射精了，高潮就来了。就是那一瞬间，那么十几秒、几十秒。和你们不一样。"

任露露拥着他，希望他再次雄起，但他很疲软。

任露露有和他持续作战的能力和愿望，就像果汁机一样将他榨净。所以，每次和她在一起，第二天他都是灰头土脸，筋疲力尽，走路发飘的。与比自己年轻二十多岁的女孩相恋，身体首先要吃得消才行。

当最终任露露提出来要嫁给他，要和他结婚时，他是真的犹豫不决了。

四

婚姻是什么？很多人都有精彩的形容。对于黄斌来说，婚姻带给他一种难得的稳定感和确定感。一些男人不需要这种稳定和确定的感觉，他需要。所以，第一次婚姻给他的那种感觉就是好的。但他怎么离婚了呢？是因为他第一个老婆的好朋友，成了他第二个老婆。这第二个老婆比他第一个老婆年轻十岁，经常到他们家里来玩儿，一来二去，他就被她主动勾引上床了。

这就被第一个老婆发现了。大吵了一架，然后，第一个老婆就负气出门了。她生气的不光是自己的老公如此软弱，生气的还有自己的密友去抢了自己的老公。她这是引狼入室啊！

他就索性和这第二个女友同居了。经过了一番折腾，把这个女人娶进门了，他的前妻拿走了所有的财产，连同大儿子的抚养权，他只有交钱的份儿。他要从头再来。果然，他依靠笔杆子，很快挣到了房子车子票子，老婆也生下了孩子，并且与前妻握手言和，关系不错。前妻后来想通了，也没有改嫁，而是住在他们附近，还常常来往，她们还是像过去那样，成了密友。看着自己的现任老婆和前妻没有成为敌人，黄斌也很称道，觉得这俩女人都是奇葩。

现任老婆甚至很大度地说："要是你想上你的大老婆一下，我也没有意见。我说的可是真的。我们俩本来就是闺密，再说，是她把你让给我的，是不是？"

即使她说的是真的，他也不会做。他呵呵笑了："不会，她都更年期前期了，那不可能。"他看着老婆指天发誓。但老婆似乎很开通，并不非常在意男人有点什么非分之想，她觉得，男人天生就是喜欢拈花惹草的，就是要到处喷洒自己的基因的。

因此，黄斌感觉到他和任露露的交往，老婆不是没有察觉到，而是可能并不在意。但他无法预测现任老婆知道这件事后的反应。她热情而脾气暴躁，大度而刚烈，不好说会不会鱼死网破到了一起毁灭的地步，反正一想到这一结果，黄斌就有些毛骨悚然了。但任露露提出来要他离婚，然后和她结婚，这个事情却让他陷入困境中。

现在，为了和任露露约见，他还要撒各种谎，比如，去开影视剧策划会是老套路了，其他的还有，带着孩子娟娟说是去上一些课外辅导课，他真的带女儿去学画画了，在少年宫，他的小女儿娟娟也认识了任露露。他还告诉老婆，要给大儿子介绍对象，又带着大儿子，假装再继续和任露露见面聊一聊，撮合一下，但儿子一见到任露露，坐了没有多久，就跑了。就剩下他和任露露了。

任露露笑了："不厚道，怎么能拿你儿子当挡箭牌呢？你看你家那个小公鸡，吓得落荒而逃了。还是他爹靠谱。你现在知道我为什么不喜欢你的儿子了吧。就是太嫩了，太不懂事了。"

他本来想说，是你与成年男人打交道太多，失去了欣赏同龄人的兴趣，口味变得太重了，但这会让她勃然大怒，他知道那是她的隐痛，他最好不要去触碰。而且，他应该做的，是去抚平她内心的创伤，擦拭掉她内心的阴影。

他感觉和任露露没有前途，不会有结局了，就开始逐渐放松和任露露约会的节奏。任露露察觉到了。本来他们是三天一见，后来，延长到了一周一见，可这一周一见还在继续拉长着节奏。

大叔黄斌的这个故意拉长的节奏，让少女任露露明显感觉到了。所以，她和他见面之后，就加倍地索取他身体的精魄。

他感觉到自己面黄肌瘦，都有些脱形了。

老婆发现了："你最近怎么看着无精打采的？你可是有一个月都没有碰我一下了。"

黄斌就觉得无法面对："我最近感到老得很快。"

老婆有意无意地说："大叔爱少女，你是不是被哪个少女给缠上了？碰上大叔，人家少女可都是采阳补阴的哈。"

黄斌就打哈哈，岔开话题，说别的了。但他就开始有些躲着任露露了。任露露就很着急。有一天，她就去黄斌的女儿娟娟的幼儿园，在黄斌前去接孩子之前，就把娟娟接走了。因为，她早就认识任露露，叫她露露姐姐。结果黄斌去接娟娟，幼儿园阿姨说孩子已经被一个穿黄衣服的他家亲戚接走了。

黄斌大吃一惊。他很快就想到了任露露，他觉得，这是任露露在给他一个警示，那就是，她能把他的孩子接走，去随意处置。

他赶紧给她打电话，问她是不是把孩子接走了。"是的啊，我带她到国家大剧院门前的水池边，正玩耍呢。"

他压低嗓子说："你必须把她以最快的速度送回来。听见没有？"

任露露忽然非常倔强地说："不要威胁我。我要是不送回来呢？"

黄斌顿了一下，他觉得现在不是激怒任露露的时候："哎呀，行了，露露，求你了，别胡闹了。她妈妈都急死了，你得把孩子送回来啊。我去换回她，好不好？"

任露露说："哈哈好。那你得答应我，你和我结婚。我也会对孩子好。不过，可能我也要生一个孩子。不，我要生两个。"

黄斌急得都快哭了："好好，都答应，都答应。你先把娟娟给我送回来。"

娟娟被送回来了。在陶然亭公园的门口，任露露打车到了，看到了急得像热锅上的蚂蚁一样乱窜的黄斌。她对娟娟说："你看见你爸没？就在那边，看，是不是？"

娟娟认出来老爸了，任露露把她放下了车，看着她向她爸爸黄斌跑过去，然后让出租车司机开车离开了。

五

自从那次任露露去幼儿园接过一次娟娟之后，黄斌就认识到任露露的危险性了。任露露是要下狠手了。这一点他没有想到，这个表面清秀、柔弱的女孩子，对他这个她想得到的大叔，能够做出如此明显的威胁性的举动，而且，一招制敌，那就是，威胁他的孩子。

黄斌承认这是很高的一招。虽然这一事情没有暴露，老婆不知道其危险，娟娟也没有透露过她曾被任露露接走去玩的情况。

黄斌觉得事情变得麻烦了，他与幼儿园的老师交流了这件事。幼儿园的老师还以为任露露是他家的亲戚呢。这就是出现了漏洞，说明任露露一旦得不到他，就会鱼死网破。

这是一个疯狂的少女，爱上了一个萎靡不振的大叔，黄斌哭笑不得，也不知道自己哪里好，哪个地方能够配上这个年轻的女孩子。他要和她好好谈谈。我要和这个世界谈谈，我要和少女谈谈，你究竟想怎么对待大叔？

"我就是喜欢你，我就是爱你，我就是要和你在一起。"任露露没商量的口吻，让他毫无办法。

在她的逼迫下，他试着向妻子——道出了实情，还提出了离婚的可能性。

到了这里，生活开始向我们展现其多种可能性了。一种结果是悲剧：

老婆看着他："这不可能，除非你把我杀了。再说了，她？一个女孩子，她要是再威胁我家娟娟，我们就要向公安局报警了。你不要怕她。你呀你，就是一个傻子，大叔上了少女的当！这事我不怪你，但你要悬崖勒马。"

在这一关键时刻，老婆大度到了并没有大哭大闹，相反却非常镇静，没有把黄斌推向任露露。这让黄斌感慨万千。黄斌给任露露打电话，说她谈过了，妻子不愿意离婚，劝她另外找个更合适的男朋友去。从那时起，黄斌就躲着任露露，电话也不接，后来干脆换了电话号码。就这样大概有三个月的时间，黄斌觉得，任露露一定是忘记了和他的这段情感。但是，有一天，他去接娟娟，发现这一次娟娟真的不见了。除了被任露露接走，还能有别的情况吗？

黄斌立即报警了。两天之后，娟娟的尸体在通惠河的橡皮坝那里被发现。

任露露后来也被抓住了。她在左思右想之后，试图在住处上吊，但绳子断了。破门而入的警察抓获了她。她最终被鉴定为精神病患者而逃脱了刑罚，湖南的老家人派她的父亲从西安来接走了她，将她送入精神病院。她家里有遗传性的家族精神病，抑郁狂躁症、妄想症和被迫害妄想狂，在这个家族里层出不穷。

黄斌经过了很长时间，才从这一次的大叔爱少女、失去小女儿的惨痛和悲剧事件里复苏过来。这已经是来年的秋天，他的妻子又怀孕了，最后将他从那种生命凋谢的伤感中拉了回来。

另一种结局是喜剧：他的老婆勃然大怒，完全无法接受他的不忠，经过了一番折腾，他和她离婚了。不久，黄斌和任露露同居了，然后，他们结婚了，一年后，生了一对可爱的龙凤胎，他们过得很好。后来，黄斌的第二任老婆原谅了他的不忠，她也接受了任露露的友谊，他们住得都不远，黄斌的大老婆、二老婆、三老婆互相串门，一起打麻将、逛街、做饭，每个人都带着和黄斌生的孩子，成了一个大家庭。

有一天，当第二个老婆开玩笑说，能不能把黄斌借我一个晚上的时候，任露露笑了："拿去吧，他本来就是你的，我现在就不想要他了。那一对儿宝贝已经把我累坏了，我可没时间管他了。"所有的女人都哈哈大笑了，黄斌一个人在屋子里，哭笑不得，笔耕不已，奋斗不止。

入　迷

　　"入迷"是一家伊朗餐厅的名字，位置在北京三里屯街东侧的街口。马路对面是兆龙饭店和现在已经消失不见的太平洋百货商场。每天，有无数路人都会注意到它的标牌"入迷"，这个餐厅的名字很吸引人，是起自古代波斯最有名的诗人鲁米。波斯诗人鲁米这些年的诗集在欧美很热卖，鲁米因此被简化为心灵鸡汤式的诗人了。

　　这家在北京的伊朗美食餐厅起谐音名为"入迷"，实在是十分巧妙。"入迷"餐厅旁边还有两家伊斯兰风味的餐厅，一家是"土耳其妈妈"餐厅，有上好的烤肉，另外的一家是"一千零一夜"。这两家伊斯兰风味的餐厅，分别售卖来自伊朗、土耳其和阿拉伯半岛国家的美食，你要是想品尝伊斯兰风味的美食，去这两家餐厅都很好。

　　牟宗思很喜欢鲁米的诗。其实也是跟风，最近，因为某个女草根诗人带动了一种诗歌潮流，所以，阅读和朗诵诗歌忽然在大城市里变得流行了。波斯诗人鲁米的诗带有着哲理和生活的智慧，也很对牟宗思的口味。比如，这一首《在春天的时候，到果园去一游吧》：

> 在石榴花丛中，
> 那里有光，有酒，有石榴花。

> 你不来的话，这一切都了无意义。
> 你来了的话，这一切也会变得了无意义。

牟宗思就想，为什么你来了或者不来，这一切都了无意义呢？这就是鲁米的高明之处了。你不来，世间美丽事物无法分享，那么一切了无意义。你来了，恋人的眼睛里只有对方，那些世间美丽事物同样了无意义。是不是我可以这样理解呢？牟宗思这么想着，看着窗外渐渐降临下来的暮色，就很想去外面走走。

牟宗思一个人出了家门，顺着团结湖公园往北边走，走到了十字路口，脚带着身体，和人群一起过了马路，"中国式过马路"，人团成一堆儿一伙儿，就那么不管不顾红绿灯就走过去了。这其实是对中国人过马路的妖魔化。起码，在北京和上海等大城市，人们过马路还是比较注意红绿灯的，倒是一些地方的信号灯设置不合理，没有按照以人为本、以人为先的办法，比如，人行道的绿灯亮了，但右拐的机动车一辆接一辆地使劲走，阻挡住了人行道上的人，那又算是谁的错？当然是车的错，车不让人，开车的人太自私，这就是大城市的现状。

现在，是夏天的光景，牟宗思感到很饿，这个时候，他看到在往三里屯街边走的路边上，有很多藏族人摆开了小摊子，小摊子上都是各种饰物，这些饰物五花八门，行人大部分都是匆匆而过。牟宗思就想，这些藏族人在大城市里卖这些玩意儿，能养活自己吗？有人买吗？走着走着，他一抬头，就看见了"入迷"餐厅。从"入迷"餐厅里飘出来一股烤肉的香气，他看到，在餐厅外的就餐区，很多餐桌边都坐满了谈笑风生的人，大家都在大快朵颐，他不禁口水直流，就更加饥肠辘辘了，于是，他就进去了。

牟宗思有过一段短暂的，不到两年的婚姻，这还是在五六年前，他的老婆是学葡萄牙语的，他是学英语的，他们都是外国语大学毕业的校友，毕业之后，他们就同居了，接着，也就结婚了。学外语的人有一个特点，就是学哪国的语言，气质、价值取向和生活方式都要向哪个国家的文化靠拢。

比如说，学英语的，就像英美国家的人一样，随性，开放，洒脱，自由主义，奔放，也很务实。学法语的，浪漫，小气，修饰，繁复，矫揉造作和细腻柔情，自私自利到自恋自怜，优柔寡断，文艺腔文艺范儿十足。学德语的，古板认真一丝不苟，僵硬呆板，一条道走到黑，一根筋走到头不拐弯。学日语的，点头哈腰，虚与委蛇，笑面虎，笑里藏刀，退避三舍，温文尔雅，小变态加敏感细腻到让你崩溃。学西班牙语和葡萄牙语的，叽里呱啦，大大咧咧，懒惰，随性，浪漫，性感，贪吃，好色，爱睡觉。与学习意大利语的差不多，意大利语听着也是嘎嘣脆的，叮当作响，不优雅，但是干脆、抒情、幽默和感伤。学俄语的，笨重，内省，野蛮，虔敬，沉着，顽固，滞重。啊哈，语言是行为之指南，内化于人的意识，又指导了一个人的行为规范和世界观，语言的力量是很大的，它潜移默化地改变了一个人的所有的一切。

牟宗思在大学一年级，还交过一个学习日语的女朋友，女朋友以日本人的坚忍、细腻和变态到可怕的温存，将他牢牢地把控在自己的手心里。这不断地激起了他的反抗情绪和反抗举动，由于他的反抗伤了姑娘的自尊，最终，他还是和她分开了。然后，到了大四，他认识了一个学葡萄牙语的黑头发高个子姑娘，两个人谈得很好。后来两个人毕业了，也结婚了。这就是他简单的感情经历。

几年之后，他们逐渐感觉婚姻生活开始变得有些乏味，两人又不想要孩子，就一直在各自的专业领域奋斗，不断地精进，但两个人在床上的激情越来越少了，慢慢地就感觉像亲兄妹了。

所以，当有一天，老婆提出来要和他离婚，然后去巴西留学深造的时候，牟宗思也就没有觉得怎么奇怪的了。他放她走了，正如，他自己也一同解放了一样。

老婆走了，他才发现自己更加想念老婆的好，虽然这种念好在几年的时间里也逐渐地黯淡下来。他开始相亲了。这不，单身已经好几年了，他一直奔走在相亲的大路上。牟宗思其实并不喜欢自由，因此，当自由真的来到了他身上的时候，他还是很不适应的。一个人，一旦一直被枷锁控制着，枷锁真的没有了的时候，那个不适应，那个纠结以及以为枷锁一直还在的感觉，都是很古怪的。这就是习惯使然了，这就是习惯势力了。但是，相亲这件事，虽然大部分相亲对象都是朋友介绍的，可是相亲的效果却不好，各种奇葩女人他都见到了，就是都觉得不合适，不合适。他这才发现，有一个很有趣的说法：地球上每个月七天流血还不死的动物，就是女人，你想想，那女人就会有多么可怕。确实啊，每个月七天流血都不死的动物——女人，这简直是太奇葩了，她们真的是古怪的动物啊。

所以，相亲相到了现在，牟宗思一直还是单身的。

牟宗思进到餐厅里，一个黑眼睛高鼻梁的模样很像伊朗女人的服务员引导他，在一个安静的座位上坐下来。餐厅里几乎每个餐桌边都坐着人，到处都是满员，似乎每家餐厅都是满的，北京吃饭的人怎么这么多！他感到了失落和愤懑。

他在一张小桌子边坐了下来，环顾餐厅，发现这家餐厅里来了两拨伊朗客人，从装束上可以看出来。世俗化的伊朗人性情开朗，喜欢穿西装，留胡子，连鬓，眉毛很黑，眼睛很大，很幽深。他们的笑声、说话声都很爽朗。有两个长条桌子边，坐了十多个人，显然他们都是一起来的。

牟宗思去洗手间洗手，回来路上看了一眼旁边那伙人餐桌上的吃食。他们要的东西都上来了。看看他们吃了什么——他们点的是一种很大的托盘，比一般的脸盆还大，上面放满了精心搭配的烤肉——看来，入迷餐厅最拿手的，就是烤肉了。这些烤肉以牛肉、羊肉、鸡肉和鱼肉为主，在烤肉的下面搭配了米饭。米饭上浇了一些黄色的什么东西，还配有蔬菜沙拉、土豆泥，以及特制的酸奶，这样的搭配实在可以说是很好的。

他坐下来，叫来服务员，也点了米饭配烤肉、蔬菜沙拉、一种由大麦酿制的不含酒精的饮料和酸奶，构成了一顿丰盛的佳肴食谱。

忽然，一个金发女子进来了，她也在找桌子，但是餐厅里满员了。服务员抱歉地告诉她这一点。她正要走，他看见了她，他的眼睛一亮，因为，他认识她。他对服务员说："嘿，假如她不介意，可以和我并在一桌。"然后，他站了起来。

那个金发姑娘见到了他，很吃惊地笑了："嘿，牟牟——宗，思？"她费劲地挤出来这几个汉字，因为，牟宗思的名字即使是中国人念起来也是很费周折的。牟宗思点了点头："是我啊，凯蒂，请你坐到我这里来。"

美国金发姑娘凯蒂走过来和他拥抱，并且坐了下来。

他和金发姑娘凯蒂在去年秋天在庐山就认识了。那是"新东西方"学校搞的一次英语教学会议，请来的，都是在中国教授英语的外教，和在"新东西方"学校教授英语的中国老师。牟宗思在大学里教授大学英语，他也受邀来到了庐山。就是在那次英语教学会上，他们认识了。几天的会议很紧凑，他们彼此留下了电话号码，但是回来后虽然在一个城市里，他们之间也没有什么联系，每个人都很忙，都像无头苍蝇一样在奔忙。

但今天，在入迷餐厅里的巧遇，让牟宗思很兴奋。凯蒂的一头金发和闪亮的大眼睛，还有火辣的身材，出现在一个西亚风味的餐厅里，周围都是伊朗人、中亚人和中国人在吃饭，只有他和她坐在一起，显得她很扎眼，很让他感觉良好。

"凯蒂，见到你太高兴了。今天我请客，你想吃点什么？随便你。"牟宗思兴奋起来了。

"我？好吧，你请我，你说过请我的，在庐山上，对不对？哈哈，那我吃小羊腿配米饭吧，再来一碗酸奶。你呢？想吃什么？"凯蒂的白皮肤泛着红，她的每个部位都长得很合适，也很夸张：大长腿、丰满的胸部、翘臀、金发大眼睛、高鼻子，就像美国做什么事情都很夸张一样。

他们点完了菜肴，就聊天。凯蒂现在在给一家留学机构做顾问，还在一些学校里教英语。这样他们俩都在教英语，自然有很多话要说，先说各自最近的经历，接着，讲在中国教英语的感觉。他们还谈到了创立"疯狂英语"教学法的李阳，以及，李阳的"家庭暴力"纠纷和离婚诉讼的新闻。他们聊了很多，彼此忽然感觉很亲近。

一男一女两个人假如在合适的时机相遇，那他们会迅速地靠近。牟宗思后来得知，他的前妻去了巴西之后，嫁给了一个在巴西工作的葡萄牙外交官，而他们还是在北京认识的。他心里就有些愤愤然。凯蒂刚刚和在北京留学的美国男友分手，心情郁闷，一个人在街上溜达，和牟宗思一样，闻到了入迷餐厅里的饭菜香气，就进来了，然后，孤男寡女就坐在一起了，就聊起来，并且越聊越火热了。

这顿饭两个人吃得很开心。吃完了饭，他们的胃里有羊腿肉、牛肉拌米饭，还有酸奶帮助消化，热量高营养丰富，决定一起走走路，就沿着三里屯的酒吧街往北边走。他们看到，现在的三里屯酒吧街已经不像过去那么繁华了，但是气氛犹在，商业设施更多更丰富了，店铺林立，灯光溢彩。他俩慢慢走着，说着，感到很投机。一路走到了亮马河边，可以看到河边那些酒店和写字楼的错落的身影，和如同美人的长发一样随风摆动的美人柳的长长的枝条，这个夏夜是温情的、热烈的。

散步散得差不多了，凯蒂邀请她去附近她的公寓房间里喝咖啡。她的邀请让他感到很开心，因为，一个单身女人邀请你去她那里，那就什么都有可能发生了。

她就租住在亮马河边的一幢公寓里，那座公寓因为还有一些外交使馆的雇员居住，有门禁系统，门卫森严。不过，凯蒂带他进去，并不费什么力气，他们就一起进去了。出了电梯的时候，凯蒂非常自然地已经拉着他的手了。

凯蒂的房子不大，是两个居室的那种公寓，一间住人，一间用来作为书房。还有小厨房、洗手间和储物间，麻雀虽小，五脏俱全。凯蒂先开了一瓶红酒，给两个人各自倒了一杯。红酒的那种玫瑰深红似乎带有一种寓意，只是这寓意太隐晦，他还看不明白。他一饮而尽了。

凯蒂说："还要吗？"

"不要了，喝点水吧。"

凯蒂去厨房忙活了一阵子，端上来了咖啡，是她现磨制的。

"我喝了咖啡，睡不着觉，容易兴奋。"牟宗思说。

凯蒂笑了："容易兴奋？哈哈，男人兴奋了，女人就遭殃了。"凯蒂的双关语让牟宗思觉得是暗示和挑逗。也许什么也没有，这不过就是老相识凯蒂的说话风格罢了。

"没有关系，咖啡也可以哈，咖啡就咖啡。"

他们就坐在客厅里的沙发上喝咖啡，还有小提琴的音乐在伴奏。喝着喝着，凯蒂忽然说，她这里还有一点大麻，可以抽一抽试试。

牟宗思觉得很新鲜，现在，从他的内心感受来讲，他和凯蒂今天肯定要发生一些什么了，不过，这一过程还在进行中，无非是在哪个节点上推进。这拉手、喝咖啡，坐在沙发上近到能够看到凯蒂那长长的睫毛、乳沟，以及带有性意味的玩笑话，就是一种步骤，暗示了两个人的亲近。再说了，美国姑娘凯蒂的大方、开朗，都是牟宗思喜欢的。他们先是喝了咖啡，然后，就是对大麻尝试的提议，这是什么节奏啊？

凯蒂把一点大麻卷到了一支香烟里，然后给他点燃，自己也点燃了一根。有一种很奇异的香气在房间里弥漫开来。他有一种飘乎乎的飞升感。这种感觉很奇妙，很愉悦，很飘忽，带着香气。忽然，他看到在凯蒂的屋子里，有一本鲁米的诗集《在春天走进果园》，就拿起来翻，翻到了一首诗，就念道：

我们是镜子，同时也是镜中的脸

我们此刻正品尝着永恒的滋味。

我们是痛苦，也同时是

止痛药。

我们是甘甜的凉水，也是

倒水的坛子。

凯蒂一把抢过来诗集，随便翻到了一页，也念了起来：

爱之道不在于精巧的论证

门被荒废了。

鸟儿们在天际

自由自在地盘旋。

它们是怎么学会飞的？

它们掉下来，又掉下来，

终于获得了翅膀。

　　在凯蒂这里，朗读鲁米，两个人的亲近感在滋生和泛滥。一种奇异的烟草香在弥漫，牟宗思感到自己在飞翔，停靠在很高的地方，他能够看见很辽远的景色，是壮丽的、璀璨的。他过去从来没有接触过大麻，他知道，这在一些国家合法。大麻是植物，而现在吸毒的人吸的，都是提炼出来的冰毒一类的合成物。他听说了一个关于吸毒的事，那是他们真正吸毒的人做的事情：吸毒者拿到了一块肥皂大小的"虎牌"毒品，那是经过提纯的海洛因，然后在酒店里包一个很大的套间，邀请了一堆男男女女，几天的时间里，把这块"虎牌香皂"吸食完毕，其间，这些男女在一起，什么事情都能干出来。性交的快感都抵不上吸食毒品的快乐。那才是吸毒者的疯狂和极端。

忽然，牟宗思看到凯蒂将自己的小衬衣脱掉了，只有文胸还束缚着乳房。但她又解开了并甩掉了那件白色的文胸，一对稍微有些下垂，但是乳晕粉红的美丽乳房露了出来。她还麻利地脱掉了牛仔裤，他看到，她穿的是一条细细的性感的丁字裤。

哎呀，这阵势是要干吗？他有些发窘了。

这时，凯蒂过来，命令他："脱。"

他看着她，斜躺在沙发上，一件件脱掉了自己的衣服。两个人现在在公寓里，都是裸体的了。他发现自己在面对凯蒂的时候，阴茎是疲软的，没有硬起来。奇怪了，他觉得这很奇怪。凯蒂并不注意这些，她将音乐换成了摇滚，拉他起来，原来不是拉他做爱，是两个人跳舞，跳裸体的舞蹈。"这样我们会更加自然，对不对？"凯蒂笑着对他说，"你是不是不紧张了？"牟宗思不知道怎么回答她。中国男人一旦裸体了，在任何地方都是紧张的。跳了一会儿，他们坐下来继续喝酒，抽大麻，聊天，朗诵诗歌，包括鲁米的诗歌。他们是裸体的，但是这裸体并不是做爱的前奏。牟宗思逐渐发现，原来，解除了衣服的束缚，他感到更加自在。这也是凯蒂教给他的。他们不穿衣服，不过是为了更加自由，不是为了滥交。他们最终没有做爱，盘腿坐着，看着对方，喝了不少酒，他不胜酒力，一瓶红酒就让他头晕，他和凯蒂说话，说了很多，到后来他就睡着了，躺在沙发上睡着了。

等到牟宗思醒过来，他发现身上有一张毛毯，他的身体在毛毯下面被保护得很好，没有着凉。听声音，凯蒂早就起来了，在厨房里忙活做早餐。他赶紧穿好了衣服，走到厨房那里看凯蒂忙活。"要不要我帮忙？"

"不要。美国女人也是很会下厨房的。"凯蒂冲他一笑。

那天的早餐，他吃到了煎鸡蛋、面包、牛奶和香肠，一顿纯粹西式的早餐。他还闻到了一股子中药的气味，也从厨房里飘出来。

他指着一个陶土的药罐子问："这是什么？"

凯蒂笑了："中药啊。我要喝中药。是中医医生给我开的。"

"你不是好好的吗？我看你身体很好啊。"他笑了。

凯蒂递给他盘子和杯子，一边往餐桌跟前走："我有些月经不调，我要用你们的中医来调整经期，这样，为下一步结婚要孩子做准备。"

牟宗思吓了一跳："结婚，要孩子？"

凯蒂说："你这个傻瓜，我还没有结婚，我当然要结婚，生孩子啦。我的月经期不准，我要调理月经，使我的排卵正常，这样我——假如和你，或者和别的男人，不管是谁吧，结婚了，我就要生孩子了。"

牟宗思明白了。凯蒂是要结婚的，而且，显然，凯蒂是喜欢他的。最好是，和他也生一个或者几个孩子。

自从那天之后，他们交往的热度迅速升温。因为从团结湖他的住处，到亮马桥她的住处，走路也就二十多分钟，所以，他们就经常在一起了。两个人又都是教英语的，一个是大学老师，一个是洋京漂，他们俩有前缘，又有后来的这次机缘，所以两个人的交往是很快就亲密起来了。

此前，牟宗思虽然学的是英文专业，但是他从来都没有想到过自己应该交一个说英语的国家的白人女友。现在，凯蒂来了，虽然她经期不准，但是她在调理它。他发现，凯蒂是一个相对传统的姑娘。美国姑娘不是你一想到她，人家就性开放。美国姑娘也有各式各样的。但自立是美国姑娘的基本特点。他首先意识到，凯蒂倒是能够做到性平等。也就是不把和他上床作为一个多么大的事情，因为，他们互相喜欢，这个事情就会自然发生。

随着两个人的接触，牟宗思感觉到，美国姑娘真好！就是你不会觉得有那么大的负担和不方便。他了解到，她的父母亲是外交官，过去常驻香港，她小时候在香港度过了很多年，回到美国上了大学，之后又来到北京读中文，又回到美国，又回来了，她在美国有点不习惯了。"东亚太热闹了，太好玩了，美国太没有意思了。"她说。他前后在北京也生活了有七八年了，是个北京通。比如，她很了解中国人的优点缺点、社会环境和制度，在北京生活得如鱼得水。现在，她三十二岁了，感觉自己越来越大了，需要结婚了，这是她很着急的事情。所以才要调理经期。

但这难道不是牟宗思着急的事情吗？即使不是他着急的，也是他父母亲着急的事情啊。父母亲虽然没有和他住一起，他们住在亚运村，每个星期他都要去看望他们一次。他们现在都退休了，又只有这么一个儿子，自然非常着急。

"你都四十二岁了，连个孩子都没有。也不知道你们当初是怎么回事！"母亲抱怨他第一次结婚不慎重。

牟宗思觉得和凯蒂在一起，是一种奇特的缘分，是一件非常重要的事情。不是不能考虑到婚姻。凯蒂潜在的想法也是这样，她很盼望找一个中国男人做丈夫。中国男人有中国男人的优点，比如，牟宗思很擅长做菜，他小时候就看着父亲给母亲做菜，长大之后常常亲自下厨，他的前妻对这一点是最为赞叹的。而凯蒂很喜欢吃他做的菜，虽然很多动物肉她是不吃的，比如兔子和鸽子，她也不吃动物的内脏，除了鹅肝和羊腰子。

随着时间的推移，他们两个人在一起的时间越来越长，越来越多，这就说明两个人是亲密的，关系越来越好了。就像鲁米的一首诗那样：

> 你分了我的心，
> 你的不在煽起了我的爱。
> 别问怎样。

然后你来了。

"不要……"我说。

"不要……"你答。

不要问为什么，

这令我欢快。

当爱情到来的时候，男女身心的愉悦是无以言表的，那就是，不要问我为什么，这令我欢快，鲁米更为简洁地表达了那种境界，爱的境界。牟宗思和凯蒂在一起，找到了一种亲密的爱情，他现在为她熬中药和骨头汤，给她炖牛排，这些都是他体贴她，表现中国男人优点的地方。

凯蒂是一个很独立的女人，在经济上与牟宗思的关系也是如此，不愿意花他的钱。不过，中国男人和美国女人在一起，不是没有问题，比如，文化上的碰撞，也会是自然的。两个人在亲密接触了一段时间之后，就发生了第一次争吵。争吵的原因，是关于美国对中东局势的影响。伊拉克战争结束之后，是埃及的茉莉花革命，一个小贩的死发生了连锁反应，导致了埃及穆巴拉克政府的垮台，然后，是一系列的中东、北非国家的民主化浪潮，几年下来，中东、北非的阿拉伯世界更加混乱了。

牟宗思认为，这都是美国搞乱的，美国在搞乱世界。这个时候，美国姑娘凯蒂不干了，她认为，是这些国家的人自己没有搞好，是独裁者搞坏了，中东、北非现在有乱局，但这还在一个更大的民主化的过程中，需要时间，并且，是美国引领他们走上了一条正确的道路。美国才是伟大的！

然后，两个人就吵起来了。刚才两个人还亲热地做爱，两个人的身体还那么亲密地你在我里面、我在你上面，现在，却吵得面红耳赤，吵架的原因却是和他们俩的生活一毛钱的关系都没有的国家荣誉和国家评价。而牟宗思指责凯蒂的一句话刺伤了她："你的观点，还是有一种美国人的文化傲慢。"

凯蒂生气了："你出去！我才没有傲慢，是你有着男人的傲慢！你走！我不想见你了！"

牟宗思愣了一下，他是一个自尊心很强的男人。然后，他就整理好衣服，穿好鞋子走出了那栋外交公寓。

回到了自己的住处，牟宗思心里也很恼火，本来，两个人的关系正在向好的方向发展，现在却为这些八竿子打不着的阿拉伯之春的那些烂事，两个人之间产生了价值观和历史观、政治观和文化观的严重分歧，导致了严重的吵架。毕竟，凯蒂是美国人，美国人是世界的霸主，他们总是不知不觉就流露出文化的偏见和傲慢，而中国是正在上升的国家，全球老二，老二和老大之间，必定有些架要吵，他想。先不理会她了，他那天晚上也没有打电话给她。

这天夜里，他做了一个梦，梦见在入迷餐厅里，他一个人在那里坐着，就像他和凯蒂重逢一样的场景，凯蒂进来了，他站起来，向她打招呼，但是凯蒂根本就不理会他："我不认识你，走开。"她也似乎变得陌生了。他再仔细辨认她的时候，餐厅的服务员被她叫来，阻挡他的骚扰。他眼睁睁看着凯蒂坐在另外一边靠近窗户的位置在那里吃饭，冷若冰霜，就像他们从来都不认识一样。

早晨的时候他醒过来，感到胸口很憋闷。他忽然非常想念她，就给她的手机打电话。可她的手机是关着的。

这就比较奇怪了，因为，她的手机是从来都不关，二十四小时开机，她的父母亲有时候会从美国打过来。他继续打，还是关机，关机。

到了下午，他去那幢公寓找凯蒂。公寓楼的管理员说，昨天看见凯蒂出门之后，就再也没有回来。"难道你们不在一起？"那个观察力很强的公寓管理员觉得很奇怪，既然你们是恋人，你还问我她去哪里了？你难道不知道吗？你是最应该知道的。

是的，凯蒂不见了。他有点紧张了，就继续打她的电话，还是关机。这不像是她的风格啊，为那么一点烂事吵架，就值得生这么大的气，发这么大的火？阿拉伯之春，随便他们怎么搞吧，与美国、中国一毛钱的关系都没有，好了吧？与我们更是一毛的关系都没有，好了吧？为那些事情吵架，太不值得了。他在脑海里不断地给凯蒂道歉，但没有任何信息和迹象显示，凯蒂到了哪里。

过了一天，有两个人上门了。当时，他在学校的办公室开每周的例会，有一个教学秘书走过来说，外面有人找他。

　　他下了楼，看见有两个人站在那里等待他，表情很严肃。其中一个亮了证件，是警察。都是中年人，穿着便衣，开着一辆很不起眼的伊兰特现代轿车。就是他们把他叫下来的，就在汽车里谈。他们两个人，一个的脸是长的，还有一颗黑痣在下巴上，单眼皮，表情严肃；另一个，脸是圆的，额头的几道皱纹很明显，稍微有点秃顶，但眼睛很大。

　　"你认识这个人吗？"他们其中一个亮出了凯蒂的照片。

　　"认识，她是我的女朋友，美国姑娘凯蒂，我正在找她呢。"牟宗思感觉大事不妙。

　　"她失踪了。她所在的学校联系不到她，就报案了。你既然是她的男朋友，你应该知道她到哪里去了。"

　　牟宗思一下子蒙了。他说了他和她吵架之后，他就走了，然后，他也去找过她，但是她消失了，不知道去哪里了。"我也在找她，真的不知道她去哪里了。"

　　长脸、下巴上有痣的那个警察盯着他："你可得老实交代啊。现在，凯蒂人找不到了，你是她的男朋友，你们发生了争吵，所以，她失踪了，这与你有直接的关系。我们已经搜查了你的屋子，发现了她留下的指纹。当然，这指纹可能是过去留下的。"

　　牟宗思感到很憋屈："我……我怎么说呢，我怎么……这怎么可能是我……"他忽然明白了，假如凯蒂遇到了不测，那么，他肯定是最大的嫌疑人。现在，当务之急，就是找到凯蒂。但是，凯蒂跑到哪里去了呢？

不知道。谁都不知道。

那两个人问完了话，圆脸的说："最近不要离开北京，我们可能随时找你核实一些情况，她是美国公民，这是一件大事。而且，她的失踪非常神秘。我们启动了各种调查手段，没有发现她乘坐飞机、高铁、长途客车离开北京的任何讯息，在任何一家酒店，也没有她的登记入住记录，所以，我们正在全力找她。你是证人，也是怀疑对象。我们找你的事你先保密，这对你也好，你也要帮助我们，提供有效的线索。"

牟宗思很焦急地看着他们："一定要帮助找到她啊，我只能依靠你们了！我现在很后悔，吵什么架啊，为那点屁事。真的很不值得。可是，我确实不知道她到哪里去了啊。"

下巴上有痣的刑警盯着他看，一直在和他对视。那个警察似乎能读懂他的心思。他想看看牟宗思的眼神里有什么蛛丝马迹。他看了他快二十秒了，这一刻的时间很长，牟宗思也没有含糊。然后，他们走了。

牟宗思回到了家里，发现家里的确有被翻过的痕迹。警察太厉害了，就这么不动声色地进来搜查他，又立即能够找到他。可是，他们还是没有凯蒂的信息。这是怎么回事？牟宗思躺在床上，百思不得其解。或者，凯蒂不是一般人，是一个间谍？他们找她，是抓美国间谍？他的脑子里翻滚着各种的想象，不知道到底凯蒂发生了什么。

他随手翻着那本从凯蒂家里拿来的英文版的鲁米诗集，感觉到凯蒂在某页有个折痕，就翻到了那一页，他看到了一首诗：

破晓的微风有秘密要告诉你

不要回去睡觉。

你必须开口要求你真正渴望得到的东西。

不要回去睡觉。

人们在两个世界接壤的那道门槛

穿过来穿过去。

那门是圆的，而且开着。

不要回去睡觉。

牟宗思读着这首诗，感觉到凯蒂的失踪的确是匪夷所思，万般神秘的了。而且，万能的帝都警察启动了调查模式，民航、火车、旅馆信息里都没有凯蒂的信息，这说明她还在北京。但她在哪里呢？站在房间里，他朝着那灯火通明的北京城的夜景望去，万家灯火里，凯蒂已然消失不见，如同这雾霾中的人。

过了一天，那两个警察又来找他了，详细询问了他和凯蒂的交往，记录了他说的话，然后告诉他，凯蒂还是失踪的状态，他们警告他要老实讲，不要隐瞒。尤其是，凯蒂在北京，还交往了哪些人？喜欢去哪些地方？喜欢郊游或者喜欢爬山去郊区不？

喜欢逛商店不？告诉他，他的嫌疑人身份，现在是跑不掉的。

牟宗思就仔细地回忆着，他感觉凯蒂很多事都不喜欢，她很宅，除了外出工作，就喜欢待在公寓里听音乐，喝中药，调理月经。当然，他没有告诉他们，她喝中药是为了调理月经。美国女人的月经也常常有不准的时候，这事让他感到过好奇，他原先觉得美国女性的妇女病和中国的不一样。但现在，她消失了。

他们走了。但在牟宗思的心理上形成了压力。因为，他隐隐地觉得，凯蒂的失踪，和他有些关系，又没有关系。要是他们不吵架，凯蒂还会失踪吗？不会，因为他就在她身边，抱着她，她哪里也不回去。可是，现在，她不见了，因为，她和他吵架了。为了埃及，为了北非和中东，为了阿拉伯，去他妈的吧，这些乱七八糟的，还我凯蒂！

他觉得凯蒂也不会是间谍，即使现在有警察在奋力地寻找她。毕竟她是一个美国人，在北京失踪了，这就是一件重要的事了。

牟宗思想破了脑袋，都不知道她去了哪里。就这么又过了一天，他走在街上，不知道怎么的，总是觉得有人在跟踪他。不管他在干什么，似乎有人有车子在追踪他，但他又无法确定这一点。只要他下了课，回到了家里才没事。一旦他出来，走在街上，去商店买东西，他会四下看看，那些靠近他的人，若无其事经过他身边的人，都很可疑，都是跟踪他的，都是在怀疑他的。或者，他们就是便衣。

有一天晚上，他出来溜达，从团结湖公园穿越出来，觉得身后有一个人在不紧不慢地跟着他。他加快脚步，那个人也加快脚步，他放慢脚步，那个人也放慢了走路的速度。他就向长虹桥的方向走。走到了松子料理店门口，猛一回头，对在他身后跟着的那个人大喊："你要干什么！我不是嫌疑人！"

这时，他看见了一个脚步蹒跚的老太太的非常惊愕的脸。弄错了，人家就是脚步蹒跚，没有跟踪他的意思。他一脸歉疚，赶紧跑了。

白天，上课的时候他也经常走神。有时候讲课讲着讲着，声音就低下去了。或者，内心有些莫名其妙的激愤，就升高了音调，大声地在课堂上讲话，甚至模仿李阳的疯狂英语在嘶吼。

他自己都不知道他怎么了。他怎么这么脆弱。因为谁都不知道其实他是多么的爱凯蒂，多么希望她没有事，多么希望有她的消息，多么希望，和她在一起。

第六天，他下了课，一个人坐地铁回家。回到了自己的居住地楼下，看见了那辆他曾经见过两次的白色现代伊兰特轿车。那两个警察在车里。

他走近了，示威性地站住了，刚要发飙，车门打开了，两个人面色凝重地出来，看着他。下巴上长痣的那个警察说："凯蒂找到了。她被劫持了。现在在医院里。她安全了。和你无关。走，到你的屋里，我给你仔细说。"

牟宗思忽然感到了放松，但又感到了紧张和情绪失控，他呆立了半天才动弹。回到牟宗思的房间里，两个警察坐下来，慢慢地喝茶，然后，告诉了他整个情况：

六天前，凯蒂和他吵架之后，把他赶走了。两个小时之后，她也出来了。可能是去买东西，她打车去了西四环边的金源时代广场。在那里，她买了某种化妆品，但在傍晚的时候，被一个人用湿毛巾——上面有乙醚类的麻醉药——捂住嘴，瞬间麻醉后绑架到车内。绑架她的人是一个罪犯，现在已经死亡。那是一个刑满释放犯，曾经因偷盗、抢劫和非法持枪被判刑。他刚刚从狱中出来不久，就伺机策划了这起绑架案。

"可是，他为什么要绑架凯蒂呢？凯蒂又没有钱，和他又没有冤仇，为什么要绑架她？"他很激愤地问。

"事出有因，多年前，抛弃这家伙的一个女友，就是一个高个子、喜欢将头发染成金色的女子。他出狱之后，在平谷承包了一处果园，在果园里挖了一个地窖，就开始专门朝染金发的高个子姑娘下手了。凯蒂是他绑架的第五个姑娘。前面的四个，都在那个果园的地窖里，被折磨、强暴之后，被杀害了。"

牟宗思感到自己的呼吸都不顺畅了。这太可怕了。警察脱口而出的每个字都很平淡和平常，但是加在凯蒂身上，就是最大的灾难。

"你要是去了那个地窖，你看见的，就是地狱。我们不能告诉你太多的细节。因为，媒体也不会知道也不能报道，因为，罪犯太变态，太残酷了。告诉你，他把每个姑娘都剥皮了，然后碎尸，保留了一些尸体的器官，放在一些大瓶子里，用溶液泡着。凯蒂是第五个他绑架的金发姑娘。这个罪犯发现自己绑架了一个美国人，心态上有些复杂。凯蒂非常勇敢，看来她很镇定，就和他周旋了几天。他折磨她，强暴她，她继续周旋，不去激怒他。在他最后还是决定要杀死她的时候，她想办法最终挣脱了——她用他的杀人斧头，砍死了他，割开绳索，跑了出来，跑出了那个地狱一样的地窖。好了，我就告诉你这些。她现在在医院里，比较平静，她现在肯定非常需要你。"

警察说完，给他一张纸，上面是凯蒂住院的地址和床号。

两个警察走了，忽然，牟宗思流出了眼泪。人，有时候生活在大城市里会遭遇无妄之灾，会忽然陷入绝境。凯蒂就是这样，她真倒霉，她根本想不到，是她的高个子和一头金发惹的祸，她偶然成了一个变态杀人狂的目标。她被俘获了，她受尽了侮辱，但是，她那么勇敢，她最终在周旋之后砍死了他，逃了出来。

这简直是一部小说的情节，可是，这却是真实的，就发生在他的生活里。他哭了，一边哭，一边开始熬制骨头汤，他要把骨头汤熬好，明天一早端着去医院看凯蒂，看望那个活着的、他的天使。

凯蒂后来康复了，半年多之后，牟宗思和她结婚了。又过了一年，凯蒂回到了美国，生下了一个女孩儿，那是他们俩的孩子。他们的感情很好，谁也不再去触碰那段可怕的记忆，但正因为有了那段记忆，他们的关系变得牢不可破了。

又过了一年，他们带着孩子回到了北京。这是一个春天，在玉渊潭公园里，带着两岁的女儿赏樱，他们一家三口很快乐。这天晚上，他们来到了入迷餐厅吃伊朗饭，入迷餐厅的生意还是那么好，他们找到了座位，坐下来，牟宗思拿出来鲁米的诗集，翻到了一首诗：

我们有一大桶葡萄酒，却没有杯子

棒极了。
每天清晨，我们两颊飞红一次，
每天夜晚，我们两颊再飞红一次。

他们说我们没有明天。他们说得对。
棒极了。

"今天棒极了。是不是，亲爱的？"牟宗思说，他看着凯蒂，伸过手去，拉住她的手。她在点菜，看菜单，还要照顾女儿，不经意地，只是用手指回应着他的温存。

蒸　锅

一

在一家生活用品商店里，李娜娜站在厨具货架旁边，拿起了产自德国的蒸锅，与日本产的电饭煲在一起仔细地比较。对于厨具，她喜欢德国货和日本货，虽然这两个国家在二战中分别败给了苏俄和中国，但德国人的精细和严谨，日本人的认真和精巧，几十年来出产的生活用品还是最值得信赖。

比方说这蒸锅吧，设计得精到，与中国人简单、方便的美学原则和实用原则不一样，就这么一个蒸锅，能够蒸煮任何食物，而且，安全可靠，十分复杂，多层，可分层蒸煮不同的东西。蒸锅的产品说明书也很厚，基本到了李娜娜看不懂的地步了。

李娜娜一边翻看说明书，一边不由得就有些恼火了，一个蒸锅，至于嘛，何必呢，差不多就行了，弄得我都看不懂，这还是锅吗？她觉得有点小恼火，就去看日本产的电饭煲。说起来，上一次去日本，她带回来的，除了一个电饭煲，就是一个马桶圈。现在，中国人去国外，在有些国家有钱都没的可买，比如去日本，过去还经常能带回来各种电子产品，现在，除了买个电饭煲和马桶圈，再买点面膜和一些小糕点，真不知道还能买什么。中国什么东西都有了，质量也不错。去欧洲也是，也就是法国和英国的名牌服装、化妆品，德国的厨具，意大利的皮货时装，俄罗斯的琥珀和伏特加，别的，就真没有什么可买的了。

李娜娜一边琢磨着日本产电饭煲，一边还在想着那个她其实已经很中意的蒸锅。上次从日本买回来一个使用起来十分复杂，能够喷水、加温、自动清洗带香味除臭的马桶圈，可邻居马上告诉她，这马桶圈就是浙江人生产的，是贴牌拿到日本去卖的，她就很气愤了，下决心出国什么都不买。因为家里已经有好几个电饭煲了，她还是决定买下来那个德国产的蒸锅，虽然说明书也很复杂，用的语言像是外星人说的，回家再好好地研究吧。她付了款，拿了那个蒸锅就回家了。

的确，李娜娜与别的女人不一样的地方在于，她最引以为豪的，就是她对各种厨具的在行，因为，她很喜欢做饭。

她的妈妈很早就告诉过她，要想管住一个男人的心，先要管住他的胃。所以，她是从小就喜欢看妈妈在厨房里忙活做饭，跟母亲学会了做饭。

李娜娜的妈妈是一位中学老师，爸爸是医生。父亲名叫李安全，所以，他总是觉得很多东西都不安全，都不放心。他对很多吃的用的东西就很挑剔，总是觉得什么东西都不干净，上面都带着病菌，甚至还带着病毒，都需要消毒。所以，李娜娜的爸爸最喜欢的，就是给家里的东西消毒，他有轻微的洁癖，对所有买来的东西都要先消毒，不消毒的东西，是不吃的也不用的。

老爸李安全虽然有轻微洁癖这个小毛病，但李娜娜的妈妈并不在意，而是娇惯着自己的丈夫，让他随性子来，爱给什么东西消毒，就去消毒，反正这世界既是宏观的，也是微观的，有人就是能看到微观世界里的细菌和病毒，那怎么办？就消毒呗。而且，她也从来不要求他会做饭做家务。

说起来，李娜娜的老爸对洗衣做饭不管不顾，但他有一个绝活：会修理家电和家庭用具，家里任何出问题的电器和日常用具，什么洗衣机、电冰箱、电视机、烤箱、升降式晾衣架、整体厨房、抽水马桶，他都会修理，一旦有情况发生，诸如洗衣机不转了，电冰箱流水了，烤箱不工作了，衣架卡住了，马桶堵塞了，抽油烟机需要清洗了，李娜娜的爸爸都是手到擒来，很快就弄明白问题出在哪里，也就很快给整好了。

这是李娜娜的妈妈对自己老公最满意的地方。的确，嫁给了一个医生，平时家里人有个头疼脑热的，都能够对付了，这年头，身体的健康、养生和安全保障，都是家庭的头等大事，比柴米油盐还重要。

李娜娜的爸爸对食品安全的担心和防范，也到了匪夷所思的地步。因为有些人良心坏了，为了钱，为了东西有卖相，他们敢往食品里添加会损害健康的东西。李安全就利用业余时间编制了一本小册子，将媒体报道的那些黑心人搞的各种不法手段和鉴别办法都汇编起来，比如，为什么硫黄熏银耳又白又好看但有毒，鳝鱼吃避孕药鳝鱼会又肥又大，如何制作假鸡蛋，地沟油的鉴别，假葡萄酒如何用碱面子来鉴别，以及农药残留的有毒蔬菜如何清洗，植物膨大剂草莓如何鉴别，水果上的农药残留清洗办法，等等。这个小册子让全家人都感到匪夷所思，现在有些人的良心真的是让狗吃了，他们这么害别人，他们自己就不会遭报应吗？他们自己就不会吃到有毒食物吗？

李安全在家里弄了一个小型检验检测室，李娜娜的妈妈把什么食材拿回来，包括米、面、油、菜、蛋、奶、肉这些基本的食材，李安全都要仔细地用检测仪器进行检验，根据检测结果，他能分析出这些食材有没有问题。

李娜娜觉得自己的老爸李安全真是一个奇葩。有一句老话，叫作"不干不净，吃了没有病"，可老爸必须吃干净的东西才可以，这一点，和喜欢做饭的老妈搭配在一起，真的是绝配。所以，老爸和老妈的感情非常好，从来都不吵架。李娜娜是家里的独女，可父母亲也没怎么把她当作宝贝来养，而是让她从小就自由生长，除了注意她的人身安全和饮食安全，其他的，包括上大学学什么专业、毕业干什么、对象找哪个，一概不管，就由着她来，就这么李娜娜研究生毕业了，短暂地处过几个男朋友，都分手了。后来一个人自由自在惯了，突然发现自己这个"80后"姑娘竟然还单身，这才有些慌乱了。

李娜娜是1983年出生的，今年已经三十二岁了，长相算是漂亮，身材也很好，却还没有成家，有点着急。她发现，自己周围的一些"80后"女孩子，本来一个个都说不结婚晚结婚不要孩子的，转眼几年之后再一看，闺密们一个个都食言了。她们不仅结了婚还赶快要了孩子，每天想的都是老公孩子家庭父母的，日子大都过得很滋润，即使是家里的打打闹闹，也是情趣盎然，都还没到离婚的那一步。

李娜娜就有些心有不甘，心情慌乱，想着要赶紧嫁掉自己了。过去，"80后"这个概念还时髦过一阵子，但很快，"80后"这个概念就过时了，而且，每个"80后"的情况都是不一样的，大都市的、省城的、特区的、中小城市的、县城的、乡镇的、山村的、边疆地区的，这些地方出来的"80后"，难道都一样？肯定不一样，那些动不动代表"80后"说话的，都是胡说八道。而且，这"80后"现在还分成了"85前"和"85后"，"85后"指的是1985年之后出生的，他们感觉自己比"85前"又小了几岁，就觉得自己有撒娇的资本和理由了，不知羞耻地大叫我是"85后"！我要再潇洒七八年！你真还以为自己能潇洒七八年？人人都会老，只是没到时候罢了。

于是，经过朋友的介绍，她认识了银行职员吴文桥。两个人第一次见面，是在商业中心大悦城楼上的绿茶餐厅。绿茶餐厅里人非常多，叫号排队的人就有几十位。好在吴文桥发挥了银行职员的那种凡事想得精细到位的优点，早早就订了座位，已经在那里等了她半个小时了。

李娜娜记得，那一天，绿茶餐厅里人声鼎沸，到处是就餐的三三两两的朋友恋人同事伙伴，在亲切交谈。绿茶餐厅的菜肴又便宜又好吃，小资、白领、市民都喜欢，所以顾客盈门。吴文桥戴着眼镜，穿着银行的工作西服，很是干练，李娜娜一看，就觉得这个男人踏实可靠。这第一次见面，李娜娜对吴文桥印象比较好。

吃完了饭，李娜娜为了展示自己对厨具的精通，特地带吴文桥去了附近的一家家居用品商店转了转，专门到了厨房用品部，让吴文桥猜一些厨具的用途。

她先拿起来一个搅蛋器，问他："你说，这是什么？"

吴文桥显然是学金融出身的，不怎么做饭，专业不对口，有点发窘："我猜，是笊篱。"

李娜娜哈哈笑了："这是搅蛋器，吴同学。那这个呢？"她拿着更加看不出来那是什么的一个东西问他。

吴文桥这下子崩溃了："我看，这是一个瓶子——装盐的？"

"不是，是胡椒粉碎器。"她很得意地笑了。

那天，她带着银行职员吴文桥，在厨具部走了一个小时，详细地给他讲解那些锅碗瓢盆生活用品的妙用。吴文桥这才发现，时代的变迁已经让传统的厨具发生了巨大变化，就说这锅碗瓢盆吧，不光是形状变得五花八门，用处也变得附加了很多功能。很多厨具的功能更加细分了，光是锅，就有蒸锅、炒锅、煎锅、炸锅，质地也很复杂了，钢的、铁的、陶瓷的、合金的、铝的、土陶的，形状大大小小，圆的、方的、六边形的、平底的、浅口的、深口的、重的、轻的，什么样的锅都有。碗也是，铁碗、铜碗、瓷碗、铝碗、玻璃碗、木碗，瓢和勺的种类更加丰富，形状多到了几乎认不出来了，盆子分大盆、小盆、塑料盆，盆子的功能细分就更加讲究了。至于其他厨具，像是一些新开发出来的小家电厨具，现在的品种已经到了让吴文桥目瞪口呆、瞠目结舌的地步了。

"我是个不会做饭的男人，我不认得这些玩意儿。看来啊，人们为了吃好饭，做好饭，将厨具弄到这个地步，我是大开眼界了。"吴文桥赞叹。他对李娜娜对厨具的喜爱和熟悉的程度，也非常惊讶。一开始，他觉得李娜娜是在展现她的生活能力，料理家庭尤其是能够管好一个男人的肠胃的能力，但他发现，李娜娜是由衷地喜爱这些厨具。

确实，李娜娜在这个方面展现出了非常惊人的眼力，她详细研究每种厨具的用途，对新的厨具很敏感，每一次有新厨具来了，她都买回去试验试验，做饭做菜，看看这些厨具的功能和效果到底怎么样。

"什么不粘锅啦，电饭煲啦，我买了各个国家出产的来试验。我发现，日本的电饭煲的确是好。就说那蒸出来的大米饭，一颗颗的大米，晶莹剔透，都能站起来，口感也非常好。国产的电饭煲，蒸米饭大米就是站不起来。德国的厨房刀具和各类锅碗瓢盆，制作精良，材质也好，很多都很有创意。我爸妈每次出国玩，我都给他们一些画册，让他们去商店直接让售货员找到买回来。"李娜娜抓着一柄德国陶瓷刀，得意地说，"像有些德国产的刀具，十年不用磨，照样非常锋利，这把刀切肉，那是没的说。"

吴文桥看到她挥舞着一把刀，感到很紧张。银行职员最怕有人挥舞刀具了。"德……德……德国的制造业是没的说的，"他结巴了，"日本的也是，次之。看来啊，这厨具也代表了一个国家的工业和社会发展的水平。"吴文桥总结道。

"可不是嘛，有什么样的厨具，就有什么样的生活。你觉得呢？"李娜娜得意地看着吴文桥，吴文桥张口结舌，接不上话，心里稍微有些烦躁了。

二

那次在绿茶餐厅见了一面之后，李娜娜看上吴文桥了，就经常给吴文桥打电话，发短信，表现得很热络。

吴文桥就礼貌地回一下，也没有表现出特别热情。实际上，他对李娜娜对厨具的热爱感到了一些不解和厌烦，他觉得，那些东西，总归是厨具吧，厨具是干什么的？是做饭用的。做饭干什么？人要吃，对不对？可是，吃，不就是将饭菜吃到肚子里，然后把那些食物转化为能量和热量，保持一个人肉体的臭皮囊存活下去吗？这再会做饭，可是精神世界很贫乏，又有什么用？他对吃饭向来没有什么特别的要求，好的坏的，口味轻的重的，无所谓，吃饱了就行了。

这个吴文桥，虽然是学金融的，每天都在支行上班，正点上班正点下班，可他心里还有着一个别人不知道的精神世界。那就是他对戏剧的迷恋。他喜欢各种戏剧，话剧、歌剧、舞剧，他都喜欢，这些年在北京，只要下了班，一周他要看三场戏剧。一年就是一百多场。大戏剧小戏剧，什么戏他都看，工资有不少都花在这个方面了。刚好，北京是舞台剧演出最发达的地方，几乎每天晚上都有戏剧演出，国家大剧院、长安戏院、天桥剧场、首都剧场以及很多在小胡同里的小剧场，他都光顾，而且，他一直是一个人去看的，也不觉得孤独寂寞，实在是身边没有有这个爱好的女孩子。

吴文桥对李娜娜没有展现出对精神世界的追求而失望，他不知道李娜娜对厨具之外的任何精神世界有追求而困惑。难道，一个女人的世界能够全部被厨具占领吗？他觉得这是匪夷所思的。

他问她："那你除了喜欢厨具，喜欢做饭，还喜欢做什么？"

"读书啊。"李娜娜说。

吴文桥心里感到有些安慰了："那，你读什么书呢？"

"菜谱啊，还有讲饮食文化的书。现在，这方面的书出了很多，还有画册，各种美食画册。再就是介绍厨具的说明书，可费解了，需要认真研读。我就爱读这些书。"

啊，绕来绕去还是做饭，做饭，厨具，厨具。吴文桥哭笑不得了，他就慢慢地冷落李娜娜了。他觉得，李娜娜不是他要找的那种女人。

他很希望能找到一个女孩儿，也和他一样对戏剧感兴趣。

其实，这样的女孩儿很多，剧场里每天都有很多，可他很害羞，不会去主动搭讪。那么，银行里面就没有喜欢喜剧的女孩了吗？肯定也有，但是他平时很少和银行的同事交流，也不愿意说出自己的这个爱好，他认为这是自己的私生活，他保密得很好。他也知道，银行的单身同事，其实各有各的爱好。他就知道，有一个男同事，白天上班好好的，到了晚上，有时候喜欢去那些专门供白领放松的会所里玩SM性游戏，比如制服诱惑、丝袜诱惑之类的性游戏，听任姑娘穿着高跟鞋在他身上踩来踩去。听说，还有更变态的人，去网上买月经水喝——网上什么东西都有的卖，只要你想要。或者，去同性恋酒吧厮混的，去夜店嗨皮的，什么人都有。但那都是个人的生活，属于私人生活领域，无可厚非。至于单身女同事，他估计大部分都喜欢逛商场买衣服，琢磨化妆品，美容美发，吃美食。如此说来，像李娜娜一样喜欢厨具到了十分精通地步的女人，在女人里也是奇葩，也是少见的。

但人的精神生活是非常重要的，吴文桥想。只有戏剧能够满足他日常生活之外的精神追求。他过着银行职员那种精细、枯燥、刚性、僵化和程式化的生活，每天都与金钱数字打交道，到了晚上，那一场场的戏剧演出，将他带到了一个非凡的世界里，这个世界就是人类的无比丰富的情感和命运的世界，是那么丰富、多元、壮丽和美丽，即使是毁灭、痛苦、黑暗，也都显示了一种迷人的人性。看戏使得吴文桥的日常生活得到了提升，进入一种想象的空间里，满足了他对精神生活匮乏的那种梦想。就是这么，他白天在银行工作，晚上在剧场隐现，过着一种分裂的，物质和精神分裂的双重生活。

在认识李娜娜之前，他在朝阳区的九剧场看一出舞剧的时候，对一出舞剧的一个女演员产生了浓厚兴趣。那是一出由几个片段构成的叙事类现代舞剧。一共有六个演员参加演出，三男三女，个头也是由高到矮，错落有致。整场演出是一个半小时，分为五段，有长有短，每一段都由这六个男女演员演出，主题就是表达演员对于现代社会的感受，至于叙事性的内容，似乎是现代城市生活里面的某种变形、隐喻和夸张式的呈现。

九剧场是一个很小的剧场，有三层楼，常常是每一层都有戏剧演出。他在三层的小剧里看这出舞剧。这出舞剧比较抽象，舞台上，演员们闪展腾挪，或者静立如同僵尸，翻滚如石碾，跳跃如梅花鹿。男演员裸着上身，女演员穿着一种很薄的肤色的紧身衣，就像是裸体一般。这使他发现，女舞蹈演员都是瘦子，身上没有多余的赘肉，即使乳房都是小巧到了不影响舞蹈动作的。紧身衣下，她们小腹部的小丘状隆起很明显，弯腰的时候，可以看到阴部的马蹄状勒痕。他们所用的道具很有特点，以各种柔软的幕布为装饰，比如雨衣、雨伞、丝绸窗帘、黑色垃圾袋、圆形的桶，演员们在这些雨衣、丝绸窗帘、黑色垃圾袋的限制下，做出各种肢体动作，似乎又想竭力突破这些限制，将舞蹈、想象、生命的奔腾和挫折、梦想，以人体的某种激越的爆发来呈现。

吴文桥看呆了。他喜欢上了三个女演员中间的不高不矮的那个。她很瘦，胸部很小，但腿又粗又长，腿部的爆发力很强大。她的肢体非常柔软，软到可以从自己的腿下面钻出脑袋来冲着你笑。关键是她的眼睛，非常大，他坐在小剧场最后一排，拿着一个小型的望远镜看她，能够看到她那双离奇的大眼睛。怎么比喻呢，比赫本的大眼睛，或者干脆是某种动物——大眼睛猴的眼睛都要大。她这眼睛里的光，是那种有些病弱感的迷茫。是的，就是一种迷茫感，非常空茫，不见物，也不见人，什么都看不见。在她这双眼睛里，世界就是一片云里雾里的空茫感，虚无缥缈，没有来处，也没有归途。她在那里舞蹈，她的眼神就是这么空茫。

吴文桥被她的眼睛里的这感觉给攫住了。他的心怦怦跳，把目光锁定在她身上，就是为了看她表演。她的表演，都是用身体在呈现情绪，也叙事，但叙事的内容很隐晦，他搞不明白一个女人的体内怎么能爆发这么多的力量，表达出这么丰富的情绪。她或静或动，都非常有力，但又柔软到了极点。

等到演出结束了，观众的掌声也消停了，大家散去了，他没有走，他留下来一定要认识那个姑娘。那个姑娘正坐在前排一个座位上喘气，要知道，舞蹈是非常需要体力的，即使每天跳，也是很耗费体能的，所以演出结束了，她很疲乏。

"我想认识你。"他走过去，给了她一张纸条，"我的电话。我是你的粉丝，我太喜欢你的舞蹈了。"

她仰脸看他，脸色苍白，那是体力透支的表现，但她接过了纸条，看了看，她的笑很灿烂。他注意到，这一刻，她眼睛里的空茫没有了，不过，还是有灰色的云霓。"我会给你打电话。"

她果然给他打了电话，他们俩开始交往了。她叫肖美婷，毕业于舞蹈学院，在南方一个学校教舞蹈，后来，她辞职了，一个人来到了北京，参加各种演出。她吸引他的，就是她的艺术家的生活方式，那种通过身体释放情绪的感觉。

现在，他们认识了，她碰巧还没有男朋友，他也没有女朋友，这使他们的交往显得很自然。她比他大一岁，不过她似乎并不成熟，像个孩子，但他感觉很好，她的精神世界吸引了他，让他感到了她是一个非凡的女人，能够帮助他脱离凡俗生活的女人，他对认识她感到很兴奋——他有了一个舞蹈演员女朋友。

三

李娜娜发现吴文桥似乎对她不感兴趣，她也不明就里，主动约了他几次，他就老是推托，说自己要加班，她似乎明白他起码是不待见她，就不再给他短信了。但她还是感到难以忘怀，不知道他为什么冷落她。她喜欢他身上的那种精确、认真和有条理的气质。再说了，她喜欢他那种瘦瘦高高的样子，表情略带点不屑的嘲讽。这种男孩不算很有安全感，但值得信赖。

有一天傍晚，她开车经过金台路，在路口等红绿灯的时候，忽然发现旁边一家餐厅靠窗户的座位上，吴文桥正和一个姑娘坐在一起，有说有笑地吃饭。乍一看，那个姑娘没有她李娜娜漂亮和丰满，但他们却很亲热。

她明白了，人家早就有人了，发了半天呆才踩动油门，悲愤地离开了那里。

第二天，她按捺不住自己的情绪，给他打了电话："我看见你和一个姑娘坐在一起吃饭。你根本就没有加班。你觉得我有什么缺点是你无法容忍的？我就不如那个姑娘吗？"

吴文桥沉默了一下，说："精神生活。我觉得，你太喜欢那些厨具了。女人没有精神生活，是可怕的。你明白吗？"

李娜娜生气地挂了电话。精神生活！不吃饱饭，吃好饭，能够有什么精神生活！傻瓜！这人真是蠢蛋！她感到自己受到了轻慢和羞辱，觉得这个银行职员实在是有些匪夷所思，不可理喻，一个银行职员，在追求着自己的精神生活？这让她百思不得其解。那个女孩子，莫非是艺术家？是演员、乐手、歌手、画家、小提琴手？她在脑海里搜寻着那个姑娘带给她的印象，可那印象太模糊，实在是无法与艺术家对上号。

但他说的话，也触动了她，让她有所思考。精神生活是什么？她查阅了汉语词典，"精神生活，指的是与人的意识、思维、情感和意志有关的生活。与物质生活对应"。她想了想，精神生活所对应的物质生活，就是和厨具有关的生活啊，也就是说，她喜欢并且精通的厨具和厨房，刚好是物质生活的东西，是与精神生活对立的！原来，她整天在追求着物欲的享受，享受着口腹之欢，而他，一个银行职员，白天和数字与金钱打交道，晚上人家有着自己的追求，说不定参加了什么艺术家群落，在那里画画写诗唱歌当演员呢。

吴文桥，他不喜欢厨具，这些东西是她的最爱，他要他的精神生活。看来，他是吃饱了，他是没有饿着。一个吃饱饭的人，想的一定比饿肚子的人要多。可是，她想，我也吃饱了啊，我无非是喜欢更多的精美食物，食不厌精，菜不厌烩，这做饭也是一门艺术呢，他怎么就不欣赏做饭的艺术，以及做饭之所以做得好的工具——厨具呢？这个人，他是狭窄的有偏差的。

她很生气，觉得受到了委屈。反过来，李娜娜又问自己，那她有没有精神生活呢？她想到了这一点，就有些拿不准了。精神生活，狭义地理解，主要指的是一种与文学和艺术有关的生活，她想，自己这方面很欠缺。

她觉得自己起码应该补补课。她喜欢音乐，爱看音乐会，但后来觉得交响乐实在太冗长，歌剧是不好好说话，把说话变成唱，一句话能唱十分钟，她这急性子就有些受不了，后来就不常去了。她在想，我是不是应该捡起对音乐的爱好，多去几次音乐会呢？

老爸老妈本来不着急，但他们的街坊邻居同事的孩子都结婚了，生孩子了，他们就越来越着急了，就四下托人，要他们给自己的女儿介绍男朋友。眼下，有三个人选：一位是北京一个部委机关的处长；一位是自己开网络公司创业有成的经济学博士生；还有一位，条件差一点，是一个乐团的乐手，他离了婚，还带着一个十四岁的儿子。

这李娜娜听到父母介绍前面两个人的时候，没有什么反应。等介绍到第三个男人，就是那个带着一个孩子的乐手时，精神一振："这个乐手好，我想见这个人。"

父母亲觉得很惊讶，因为，那个乐手比她大十五岁，还带着一个男孩子，等于她和他在一起的话，就要当后妈了。父亲的眼睛都睁大了，说："这男的，年纪最大，还有一个刚刚进入青春期的儿子呢，你可想好了。"

倒是母亲比较豁达："哎呀，见一见，又不是立马就结婚成家，怕什么？你想见谁就见谁，你去见人我就高兴了。"

李娜娜的父母亲都不知道，她没有兴趣见前面两个经济条件不错的男人，是因为她受到了吴文桥说的那些话的刺激，就是她没有精神生活的追求。她对那个乐团的乐手表现出了兴趣，因为他是搞音乐的，而她曾经喜欢音乐。

李娜娜一定要见见这个乐手，大家都不拦着。见就见呗，难道相亲这年头还会有啥稀罕的？

他们约在绿茶餐厅见面了。她一定要把绿茶餐厅当作打胜仗的地方，潜意识里也是这样想的。这个乐手叫杨承宗，是一位拉大提琴的专业琴手，在专业上很有名。他也弹古琴，人很瘦，很儒雅的样子，就是稍微显得比较冷峻。

第一眼很重要，这第一眼看着他，她感觉他有些冷硬。这种感觉让她有些不舒服，这是一点直觉。她不大喜欢男人过于冷峻，冷峻的男人总是十分自我和自恋，不顾及他人。

这顿饭似乎是她吃过的说话最少的饭，李娜娜发现杨承宗不爱说话，她不问，他就不说话。她问什么，他答什么，她问了几句他儿子的情况，他的回答也很简洁。后来，杨承宗取出来一个电脑平板，插上耳机插线，让她听听他拉的大提琴。

这大提琴可是沉郁辉煌的，那声音一响起来，就拉动了李娜娜的心弦。那种如泣如诉是多么哀怨、忧郁、激昂、飞翔，是多么低沉、高亢、婉转、生动，让她感到了一种精神上的酣畅淋漓。她忽然觉得，音乐细胞在她体内复活了。

她看着他，说："我喜欢你拉的大提琴。"

杨承宗难得地笑了。

虽然他不爱说话，让她觉得需要严阵以待，有点儿小紧张，但后来他们交往起来，逐渐也开始让她感觉放松了。

他带着她去听一些音乐会，这些音乐会大都是交响音乐会，即使李娜娜听不太懂，她现在也认为这是"精神生活"，是自己最缺乏的，就特别用心地去听。他有时候给她讲解，有时候就让她自己看节目单，那节目单上什么都说了。一开始，在剧场里，她听着听着，神思缥缈起来，很容易打瞌睡，因为完全不知道有些交响乐在表达什么，或者说，那交响乐要表达的，是她现在没有兴趣了解的。比如，贝多芬的《命运交响曲》，那么悲壮激越，她听懂了，可她觉得，有那个必要吗？这不是歇斯底里吗？现在中国的太平盛世，人人都能获得安宁的发展，自我的寻求，不是很好吗？真是吃饱了撑的，无病呻吟。直到一些模仿暴风雨的声音炸雷一样响起来，才会惊醒她。有的交响乐，比如巴赫的那些带有宗教情怀的交响乐曲，有些晦涩，好在她还喜欢问，杨承宗就回答她，交响乐队的构成，为什么是这么一个结构，哪种乐器起着什么作用，演奏的曲目是谁的，等等，显示了一点耐心。很快，有灵性的李娜娜就懂得了不少音乐知识。

杨承宗平时拉大提琴，但是在家里，他最喜欢弹的，却是古琴。在居所里，他有一个专门弹奏古琴的琴室。屋子里都是明式的仿古家具，每到这个时候，他都穿上对襟的中式衣服，盘腿坐在一个黑色的檀木案几边，案几上有一架古琴。他焚香，净手，静默，让她在一边喝茶，静候，然后，他弹古琴。

李娜娜注意到，那古琴的形制很好看，长条状，但有对称的半月的缺边，琴弦不多，看不清是六根还是七根，她仔细看，应该是七根。这种弹奏古琴的场面，在历代的中国文人家里是常见的，李娜娜感觉到了这一气氛的沉静和清雅。她就觉得很美好。

杨承宗弹古琴的时候，非常沉醉。这一刻，沉香在小铜炉里升起袅袅的烟气，缥缈在空气里，散发着时间的芬芳和古雅。茶，是古树茶，喝起来感觉沉郁、丰厚，深红色的茶不仅润喉，还能让李娜娜感到内心沉稳。然后，就是古琴的乐声，简洁，有空白，如松如风，如泉水叮咚，如坐禅人的诵读。

李娜娜一听，就特别喜欢古琴。杨承宗弹奏完一曲，她报以掌声。他说："这古琴的乐声，是中国乐器里最古雅沉郁的声音了，这种感觉，你一听，就知道是中国文化的一种表达和一种境界。那是什么境界呢？如同禅者在松树下听风，和大自然融为一体，如同哲人在帮助我们思考和在与自我对话。在今天这个浮躁的社会里，我们更需要听一听内心的声音，这古琴，就能够帮助我们去聆听内心的声音。"

李娜娜问："是啊，这古琴是好听。其他的中国乐器，就没有这么有高古的表现力。"

杨承宗说："其他的中国乐器，比如二胡、琵琶、古筝、箜篌等，各有各的表现力。后来，很多中国乐器发展得更加复杂，有的适合在宫廷里演奏，到了唐宋明清这些朝代更是如此，因为宫廷里需要歌舞升平的演出，需要合奏，很多中国乐器的功能就发挥出来了。只有这古琴自诞生以来，独独成了文人雅士的最爱，是中国文人孤傲的精神折射。现在，社会上重新流行弹古琴，不是没有原因的，有些人在大都市里，也想找到古代雅士的那种精神高古和孤寂感。"

他这么告诉她的，她都听懂了。所以，在杨承宗弹古琴的时候，她觉得，他是那么神奇，那么有魅力，那么动人。这样一个男人，给她带来的那种感觉，就是精神生活的感觉了吧？现在，她感觉自己也有精神生活了。

四

李娜娜很喜欢一幅古画的情景：画面上，一个古代文人雅士，穿着长衫走在前面，在他的身后，走着一个斜抱古琴的琴童。

现在，对于杨承宗来说，她就想做一个怀抱古琴的琴童，跟在他的后面。李娜娜也暂时把她对厨具的热爱放到了一边，开始琢磨起古琴来了。杨承宗告诉她，这琴童也不是好当的，抱琴的姿势都是讲究的，一种是琴首冲上，斜抱着，琴底朝内，琴面朝外，琴尾朝后，这是古代的抱法。明代之后，抱琴的姿势变成了琴底朝外，琴尾冲前，琴首在后。李娜娜就更喜欢明代以后的人抱琴的方法，这么抱着感觉更牢靠，琴不容易掉地上。

她还专门到能制作出最好的古琴的地方——扬州，去给杨承宗买了一把古琴。然后，在那里，给自己定制了白色丝绸做的汉服女袍，这汉服袍子很宽大，斜襟的，系上腰带，袍子也覆盖了脚面，显得如同仙人一样衣袂飘飘。

杨承宗对她送给他一把伯牙式古琴非常高兴，喜欢得不得了，连续多天，给她演奏一些古雅的曲子。比如，道家喜欢的一些表达对想象的神仙境界的曲子《凭虚驭风》《渺焉六合》《志在冲溟》《神游太清》《长啸空碧》，听听这曲子名，都知道那是高古、出世、缥缈得不得了。杨承宗也给她弹《渔歌》，如《洞庭烟雨》《楚湘烟波》《天阔月朗》《渔人晚唱》《寒江撒网》《山高水长》，让她感觉自己就是那个渔女，在一叶扁舟上怅望远方。

"弹古琴，有琴声十六法之说。即轻、松、脆、滑、高、洁、清、虚、幽、奇、古、澹、中、和、疾、徐。十六个字，就是古琴乐声的总结和描述。而且，古琴和鹤，古琴和松树，古琴和剑，都有一种呼应的关系，我弹古琴，有人练剑，那就好了，就能互相辉映了，你看，剑胆琴心这四个字，说的就是文武相互呼应之道。你能舞剑就好了。"杨承宗给李娜娜说。

李娜娜觉得他的建议可行，何况，她还从扬州买了那种衣袂飘飘的丝绸衣服，穿上舞剑，舞蹈加剑法，那再配上古琴，完全是珠联璧合、琴瑟相鸣的节奏啊。于是，她就拜师在公园里学习剑法，有一个专门教授剑法的老师，办了一个剑法训练班。现在的大都市里，只要你想学个东西，那就一定有这方面的培训班。

李娜娜感觉一把宝剑在手，特别有一种不爱红装爱武装的英姿飒爽。她练习剑法很快就入门了。一个月过去了，她就能够给杨承宗弹古琴的时候，伴舞、伴剑了。他们这么一搭配，有时候杨承宗业余带一些学生挣外快，在给那些古琴学习班讲课弹琴的时候，李娜娜就在一边舞剑，古琴与剑法一静一动，一男一女，都穿白衣服，音乐和剑，这两者加起来，让喜欢古琴的人更加动容了。

李娜娜和杨承宗交往了两个多月，发现了他很多优点。比如，在他冷峻的外表下面，有着四十多岁中年男人的稳重和踏实、细致和体贴。于是，不顾父母亲的反对，她就毅然搬到他家里，和他同居了。不喜欢杨承宗的她老爸李安全忧心忡忡："哎呀，女儿啊，你要注意安全，你这是与虎谋皮与狼为伴啊，你哪里了解男人啊。"他这是为女儿晚上被那个成熟男人折腾在隐隐地表达担忧呢。她妈妈表示了沉默。毕竟，女儿那么大了，想怎么生活，都是她的选择。

婚前同居很必要，当一个男人和一个女人每天都生活在一起，那在各个方面都会测试彼此的适应程度。这一点十分重要的。当然，古代媒妁之言的那种婚姻，结婚前有时候新郎新娘都没有见过面，结婚了在一起照样也是生儿育女，日子过得红火。

住在一起后，每天相处，那就不是弹琴和练剑的浪漫了。几个月过去，李娜娜就发现，杨承宗的内心实际上很孤僻。他的内心有一个区域，似乎是任何人都进不去的，连她也无法靠近。他平时比较沉默寡言，就像他长得比较冷峻一样，身上总有些棱角，让她感觉硌得慌。平时，他还不让着她，很多事情一定要按照他的主意来，否则他就不高兴，有时候还得她去哄他。

一开始两个人因为古琴和舞剑所营造的那种浪漫和新鲜感很快过去了。后来，有一天杨承宗在琴房里弹古琴，她在厨房里炒菜，炒菜嘛，自然会有油烟，自然会有声响。青菜和热油一接触，嗞啦一声，在她看来那是最好听的声音之一，可是他正在弹奏古琴，忽然很恼怒地跑到厨房里来："你炒菜的声音能不能小一点！而且，油烟味儿那么大，我在弹琴！"

她一听，也是火冒三丈："你疯了！炒菜当然会有声音，有油烟也很正常，你还要不要吃饭了？！你就不食人间烟火？你去吃你的古琴吧！"她关了煤气炉，解下围裙，一怒之下要出门。

杨承宗可能感觉到自己有些冒失，觉得她说得在理，毕竟，吃饭的事才是最大的事，你练琴啥时候练不行啊？非得人家做饭炒菜的时候吗？他就赶紧拉住她，让她休息一会儿。但也不怎么哄她，气得她一个人坐在那里运气。

这样的事情发生过几起之后，这就让她心里有些失落，不知道自己是不是找错人了。这艺术家在生活中的状态完全是另外一个模样。

她还遇到了一个最大的难题，就是杨承宗的那个十四岁的儿子。那个满脸粉刺的家伙刚刚上初中，也刚刚进入青春期，身体上的性征在变化，比如，眼睛喜欢瞄漂亮姑娘的胸脯了，像一个老鼠那样的喉结在下巴下面滚动，胡子也开始有了，一层浅黄色绒毛出现在嘴唇上。而且，这家伙非常反叛，和他父亲杨承宗经常顶嘴吵架。爸爸让他往东，他就往西，爸爸让他干这个，他就干那个。他是逃学、抽烟、喝酒，什么都干，所以和他父亲顶撞了很多次。家里有这么一个反叛的少年、青春期的孙悟空，那是很难对付的。

李娜娜没有当母亲的经验，她不知道如何应对一个对她充满了敌意的男孩，和他处得很不自在。

而且，他并不怎么喜欢李娜娜，尽管李娜娜一直在讨好他，给他买他喜欢的、想要的东西。可是，每次他从自己的亲妈那里探视回来，对她的态度就更加冷漠，想来肯定都是那个亲妈给他上了不少眼药，教唆自己儿子不要搭理这年轻貌美的后妈。虽然是杨承宗带着这个儿子，但每个星期，孩子的母亲都要将孩子接过去住几天。孩子的母亲是一个著名的古筝演奏家，李娜娜就觉得奇怪了，这大提琴手和古琴演奏家，怎么就不能和古筝演奏家愉快而和谐相处呢？

根据李娜娜的观察，杨承宗的性格是一个大问题。他的孤僻、骄傲、疏于家务、沉默、怪癖，都影响了夫妻关系和他与孩子的关系。而这孩子和他的父母亲一样，都是个性突出，非常的自我，让李娜娜产生了很大的疑惑：是不是艺术家都是有棱角的、自我和无比自恋的人啊？

终于有一天，她正在洗澡，忽然感觉不对劲儿，感觉有人在偷看她。她猛地打开浴室玻璃门，发现杨承宗的那个满脸粉刺的儿子正把脸贴在浴室的玻璃门上，在偷看她。而她此时是完全裸体的，后妈或者爸爸的女朋友的裸体被偷看了！这个事情很严重，她火了，猛地拉开浴室门，大声说："你这么小，就学得这么坏，好，现在，我让你看个够！"然后，她把浴巾一扔，扔到了那个惊呆了的坏小子身上，自己完全裸露了，双乳丰盈暴跳，如同生气的小白兔，小腹葱郁黑毛倒伏，让小坏蛋看得是张口结舌，目瞪口呆。

这时，杨承宗刚好从书房里出来，看到了这一幕，一怒之下，暴揍了一顿儿子。儿子被打得鼻青脸肿，但很顽强，他就是不哭，得空就逃出了家门。

见到儿子被打跑了，杨承宗气呼呼地坐下来，忽然，他回过神，开始责备起李娜娜来："你也是，你把浴巾扔到他身上干吗？你这分明是让他看你的裸体，这下子他不是看得更清楚了嘛！"

李娜娜不知道他会这么说，感觉非常委屈，也很愤怒。她不明白他怎么能这么说她，好像这一切都成了她的错。而她实际上才是真正的受害者，才是最应该被安慰的。他坐在那里气愤异常，丝毫不顾及她的感受，而她的心忽然就凉了。

她穿好了衣服，想了想，觉得还是先回母亲那里好，就回去了。而他竟然也没有追上来拦住她。

五

吴文桥和肖美婷认识了两个月之后，他们同居了。她租住在东五环边的一个小区里，这里很安静。房子是很小巧的一居室。吴文桥的父母亲住在南城陶然亭一带，他自己的一套房子也在父母亲附近不远的右安门一带。但肖美婷害怕被干扰，希望他住得离他父母不要太近，因为她现在还不想见他的父母亲。

吴文桥和肖美婷一共同居了三个月，这三个月，吴文桥才感觉到了一个艺术女神、女艺术家带给他的具体感受。肖美婷不仅帮助他理解自己的艺术追求，还将他带入那些戏剧演出中，有时候让他客串一个小角色，反正都是小剧场演出，观众也不会留意，一个业余演员在跑龙套。他演得很卖力，不过并不出彩，虽然是过了一把瘾。

和一个女人同居，是吴文桥以前没有过的体验。首先是肖美婷有中等程度的洁癖，她的洁癖要比李娜娜的爸爸洁癖严重。她对吴文桥生活中的任何一个细节，都要从洁净上要求，比如，吃任何一种水果，她都要将水果的外皮仔细地用酒精棉擦一遍。被酒精棉擦过的水果有一种奇怪的味道，让吴文桥吃着感觉很恶心。但他忍住了。她对灰尘也非常敏感，几乎每天都要用吸尘器将屋子吸一遍。她说，她能看见床单上、枕头上的很多螨虫在蠕动（这不是瞎掰嘛，他觉得那完全是她的一种想象，因为人的视力是看不见螨虫的），一定要不断地吸尘，白天还把被子、床单拿出去在阳台上让太阳晒，让紫外线杀死那些小东西。这一点，他觉得也很好，洁净的家居环境有利于身体健康。

她对他的指甲生长的速度很在意，总是要剪掉刚刚长出来的指甲。"你的指甲划伤我了！"她总是在那里大惊小怪地尖叫。好吧，他想，既然你的身体那么容易被划伤，我就剪掉我的指甲。

她对他的鼻毛的长短很在意，只要他的鼻毛长出了鼻孔一点点，她都要亲自下手，用鼻毛剪给他剪掉，后来，还专门买了一个鼻毛夹，给他实施鼻毛拔除术，让他哎哟哎哟地叫，因为，那鼻毛拔起来实在太疼了。此外，阴毛也是，她也给他修剪得既不扎人，也没有变成吓人的青龙，这一点，倒也罢了。现在早就过了毛发受之于父母、不能剪除的年代了，随便你剪吧。

还有，她对他身上的气味十分在意，她绝不去吃任何烧烤，因为吃完了会有一身的烧烤味儿，需要很久才消散。有一次，他与朋友们在外面吃了一顿烧烤，结果她鼻子一闻，就是不让他进门，让他回南城去睡了，因为，"你这身上的气味，即使洗澡了我也能闻着，睡不着觉"。他只好回父母那边去了。

她经常在家里训练舞蹈。这个时候是他绝对不能出声的。他可以在旁边看着，但是不能说话。她戴着耳机听着伴奏音乐，一边赤脚在地毯、沙发、客厅和卧室那么点地方来回地闪展腾挪，动如风静如钟，忽如白鸽飞上天，忽如大雁落了地，就看见她一头长发甩过来甩过去，耳朵上戴着两个白色的耳机，不出声，但那耳机在他看来很像是冬天很多姑娘戴的取暖大耳罩，模样滑稽。

所以，这么一个长发披肩，经常看不见脸的姑娘在屋子里、在他身边飞来跳去的，鬼魅异常，如同幽灵一样。起初他还很好奇，也很欣赏，但有时候半夜睡得好好的，她忽然起来想到一些编舞的细节了，就开始跳舞了，把睡梦中的他惊醒了，大叫"鬼！鬼！"让她恼怒不已，也让他羞愧不已。于是，本来是在家里闲时复习或者揣摩舞蹈技艺的时候，恰恰后来成了折磨吴文桥神经的事。

肖美婷的情绪非常不稳定。等到两个人同居了，他才知道了女人的情绪真的是天上的云，会瞬间变化。她的情绪每天都在变化，生理期尤其如此。当然，生理期来月经的时候，每天根据月经来的量的大小，她情绪的变化也非常不一样。她情绪坏的时候会默想，会呆坐，不说话不理人，一整天都是这样，看着窗外想心事。吴文桥怎么在身边哄她，她就是不说话，装哑巴。或者忽然就崩溃了，就会大叫、尖叫，会哭泣，会揪他、打他、踹他，半真半假，可也不是一点都不疼，还是疼的，但他基本还能忍受。

最吓人的，是在两个人同居到两个月的时候，肖美婷终于告诉他，她有轻度的抑郁症，一旦她想跳楼，跑到阳台上的时候，那就是真的要跳楼，如果他不拉住她，她可能就跳下去了。

她说了这个事的第二天，就来了这么一出，把吴文桥给吓坏了，他赶紧从后面抱住了已经爬上了阳台护栏、小半个身子都在外面的肖美婷。吴文桥从来没有见过这样的姑娘，他知道她是真的想跳楼，假如他不抱住她，她就跳下去了，这样他怎么都说不清了，会成为一个千古罪人，会被她的亲戚讨伐一辈子。

玩自杀还不是最惊悚的，最惊悚的，是有一天晚上，他忽然感觉自己的身体有了反应，不知道被什么春梦激起了性欲望，就搬过来还在熟睡的肖美婷，把她压在身下，进入了她。从梦中惊扰的肖美婷忽然大声尖叫起来："啊！滚开！滚开！流氓！强奸犯！坏人！滚开！流氓！强奸犯！"开始猛地抓挠他的脸和头发，捶打他，将他踢到了床下。然后，她躲在床角掩面大哭不止。

他觉得委屈、愤怒，因为一开始同居的时候，半夜起性时，他控制不住，他们曾经这样过，他翻身就压住她，结果都很好，她也没有这么大的反应，怎么这一次反应这么强烈？他揪住了自己的头发，躲到了一边的沙发上睡了半天。黎明的时候，他感觉到自己被惊扰了，有一张嘴在吮吸、亲吻他，一直到他射了为止。然后，她温柔地和他偎依在一起，亲吻他的耳朵根和眼睛，算是给他一个安慰和补偿。

后来，她终于告诉他她为什么那么大的反应——在初中三年级，她的继父就性侵了她，就是趁着她睡觉的时候，这成了她心里最隐秘的不安和抑郁的来源。一直到高中二年级她才将这个事情告诉了妈妈，导致了继父的被捕和母亲的再次离婚。这个事情是她最大的心理阴影，她现在都告诉他了。

吴文桥渐渐地明白了，眼前的这个舞蹈艺术家的精神状态很不稳定的原因了。人的成长史，要比他们平时的表现更为复杂。每个人都是如此，在大地上生存，每个人都有一个隐秘的心理死角，一个无法道与别人的成长的挫折面。因此，吴文桥以为找到了自己的缪斯，可恰恰是这个缪斯，在毁坏着所有他关于艺术家的想象。

后来，等到她歇斯底里发作，又一次要跳楼的时候，他抱住了她。她伏在他的肩头痛哭，既埋怨他似乎应该更加爱她，也觉得有些对不起他，因为只有她才知道自己的歇斯底里是多么无法控制。

但这一次吴文桥没有犹豫，当天，他就离开了她，再也没有回去了，他感觉已经受够了这个女艺术家。

肖美婷几次给他打电话，他索性就不再接听。看着熟悉的电话号码一直在自己的手机上闪烁，他感觉这是一个陷阱，只要他一接听，就会再度掉进去。他最终控制住了自己，不再去想她了。

六

他和肖美婷分手了，他的戏剧梦也破碎了。他躲着肖美婷，即使她哀求他回去，到她身边，每天给他打电话纠缠他，甚至威胁要跳楼自杀，可他表现得很冷静，也很礼貌，他也不会回去了。他害怕了。他发现，精神生活有时候距离精神病也很近。当肖美婷在他的眼前展现出精神的复杂和残缺的一面时，他感到了无所适从的紧张，发现那是一个他无法把握的局面，无法把握的人。

吴文桥没有想到，喜欢艺术和喜欢一个女艺术家，这两者之间的差距有那么大。不再与肖美婷联系，断绝了和她的关系，这使他感到很受挫折。因为，虽然是结束了一段恋情，但这打破了他的一个梦想，那就是，要和一个艺术家生活在一起。他明白艺术家可能在面对日常生活的时候，有着更多的难题。他感到了郁闷和情绪低落。整整过了一个多月，吴文桥才从一种受伤的颓丧情绪中走出来。

他重新回到循规蹈矩的生活里，白天上班，在那些和金钱有关的数字里盘旋，到了晚上，也不出去看演出了。其实，表面贫乏的日常生活，还是有它自己的魅力的，这魅力就是平淡无奇的平静和平和。

李娜娜和杨承宗分开之后，也经过了一段反复期。这期间，杨承宗试图修好与她的关系，还打算邀请她去扬州，专门去拜访一个制作古琴的大师。他给她把机票都订好了，但在最后一刻，李娜娜打电话给他："我不去了。我觉得，我和你无法修复关系。无法修复。"

杨承宗感到很崩溃："为什么？就因为我儿子偷看了你的身体？"

李娜娜觉得有些哭笑不得："不是，是因为你，我问你。弦断了，你怎么接起来？那声音还是过去的声音吗？不会是过去的琴声了。具体说来，是你的灵魂丧失了吸引力。"

杨承宗更加不解了："你还能看见我的灵魂？"

李娜娜说："是的。你的灵魂是一团雾气迷蒙的灌木丛，枝杈横生，你自己都走不出来。你对你自己都缺乏把握。"

又过了一个月，有一天，吴文桥忽然觉得他应该去家具商店的厨具部看看。他想去买个蒸锅，买那种最好的蒸锅，因为他的父母亲最喜欢吃的就是各类蒸菜，比如，腊三蒸、蒸槐花、蒸猪肉炖粉条的大包子等。

他到了家居用品部的厨具部，在那里他看到了一个很好的蒸锅，是德国产的，精细、复杂，能够蒸煮很多东西。

"这个蒸锅的确不错，功能特别多。"一个女孩子的声音在他的一旁响起，他转身，看到了李娜娜。真是不是冤家不聚头啊，他咧嘴笑了。

那天，他们不仅买了蒸锅，还回去一起做了饭。后来，他们俩同居了，结婚了，他们一起都非常喜欢厨具了——重要的，是他喜欢上了厨具，和在厨房做菜。

当然，还有精神生活，他们带着双方的父母，一起去看戏剧演出，听音乐会和交响乐会，并继续逛家居用品商店的厨具部。

吴文桥买了一把古琴，想今后学习弹奏。他还学会演奏一件乐器——埙。埙是一种简单但古老的乐器，用陶土烧制，吹起来有一种苍凉、高亢和悠远激昂的声音。这一时候，李娜娜就在一旁舞剑，她舞剑的姿势潇洒，衣袂飘然，宛如公孙大娘再现，他们，吴文桥和李娜娜一静一动，有文有武，有精神有物质，这两个方面本来就不冲突。

开　盘

　　现在的大学校园，已经喧闹得放不下一张书桌了，黄家荣感叹道。在教研室里翻看邮件箱，他发现收到了庞天书寄来的一张烫金的邀请函，打开来，是邀请他去参加庞天书的一个新楼盘的开盘仪式。

　　就在这个时候，黄家荣的好朋友，京华财经大学教授陈强给他打来了电话："庞天书的邀请函，你收到了吧？"

　　"收到了，我不想凑热闹。"

　　"那家伙最会搞事情了，每一次新盘开张，他都要举行一个别开生面的开盘仪式，这一次，我估计也是热闹非凡。所以，最好去看一看。我知道，你不喜欢这样的热闹，但这就是今天的行情，你要从故纸堆里探出脑袋，四下看一看这个喧嚣的世界，这对你那苍老的心境很有好处。我估计开盘会上会有很多有意思的人来，你一定要来。把你喜欢的那个女的，那个杨琳，也带来。兴许在开盘这样的热闹场所，她会和你忽然就有感觉了，你就可以和她突飞猛进了。"

　　"好吧，你去我也去。"黄家荣说。他向窗外望去，似乎看到了季节的车轮在不断地向夏天挺进，炎热的天气即将来到。但即使天气越来越炎热，可他和杨琳的关系的进展却并不尽如人意，依旧是不冷不热的，如同早晚寒凉的三四月的天气。结过一次婚的杨琳似乎对爱情、婚姻和男人都非常警惕，但又有些向往和渴望。她就在这样的矛盾拉扯之下，有些疑惧地和他交往着。当然，她的那种感觉都是她花心的前夫带给她的。

关于杨琳的第一次婚姻，黄家荣从来没有详细问过她，他觉得，那些她过去的生活他也没有什么兴趣去过问。不过，好像前一段的婚姻让她很受伤害。据说，她的前夫经常对她施以暴力，所以，他们婚姻不到一年就结束了。黄家荣就奇怪了，像杨琳这么温柔、体贴的女子，男人怎么能舍得动拳头呢？这杨琳的眼睛也是长到脚后跟上了，眼瞎了？还是本来就是一个傻子，找了这么一个喜欢打女人的货？

黄家荣想起来陈强对他说过的话："那些受过婚姻挫折的女人，就像地洞里的老鼠一样害怕光线，害怕陌生人，害怕男人给她示好。她不会轻易相信男人了。当然，也许是你的耐心不够，你还需要时间。"他立即给杨琳打了一个电话，告诉她，他要带她去参加那个楼盘的开盘仪式。

"去参加楼盘开盘仪式？那个场合是不是太闹腾了？我害怕人多的地方啊，不大想去，"杨琳的电话里声音有些犹豫，"再说，我去，合适吗？"

"合适啊，他们都知道我在追你嘛。再说了，庞天书夫妇你也见过，也算是认识的朋友了。这样的场合闹就闹一点，你就当看风景吧。庞天书搞的活动特别热闹、有趣，还有点疯狂，的确是一道风景，什么样的人都有，都会来，都能够搞到他的活动里当演员。也许，你崇拜的那个什么佛学大师可能也会来呢。"

她不再犹豫了："那好吧，我去。咱俩在校门口碰头。啊，告诉你一件事，你带的那个研究生沈临帖，他把揭发同学高新疆抄袭论文的材料，发在网上的论坛里了，闹得沸沸扬扬。学校教务处的人没找你？"

黄家荣心里一沉，这个沈临帖，怎么这么干？应该让老师来处理，怎么能公布到网上去呢？"我再三叮咛沈临帖不要弄到网上去。这个事即使是确凿的，最好也是内部处理。他再公布在网上，那就不好办了。我要赶紧告诉马院长。"黄家荣知道，自己的研究生沈临帖是个执拗的人，他这么把揭露高新疆论文抄袭的证据公布出来，对高新疆打击很大。高新疆是他的师兄，也是黄家荣的学生，马上就要毕业了，现在正在联系工作，如果他的论文抄袭，这个事一定会给高新疆带来麻烦，影响他的前途。怎么办？要是内部处理就好办了，这样的震动会小很多。但是，现在，在学校的网络论坛上都公布了，就有些难办了。

黄家荣仿佛看见在一片平静的湖泊中，一个巨大的涟漪正在迅速地扩大，像漩涡一样将一些沉浮的树叶和渣滓全部裹挟进去，搅动成更大的漩涡。这件小事情会牵扯出什么样的风暴还很难判断。但现在的局面是各种矛盾交织在一起，一个很小的火星往往会引发其他地方的一场大火。黄家荣心情郁闷，他觉得似乎会有一场麻烦到来，但那是什么样的麻烦，现在还很难说。他有些心事重重，拨通了人文学院马院长的电话。

庞天书的地产公司开发的那个新楼盘，位于北京最繁华的国际商务中心区里。那个地区如今由玻璃幕墙建筑所构成，是一片晶莹的玻璃城和水晶城。这些年，高楼大厦不断地耸立起来，一幢比一幢高大巍峨，鳞次栉比，从最高五百多米的中信广场到一百多米高的国贸大厦，形成了奇特的都市山峰和峡谷，通体都闪耀着物质时代的傲慢、高冷与华贵的刺芒。那些全球跨国公司、银行证券、保险业旗舰、大型国有垄断企业，还有传媒业巨头如中央电视台，以及各类地产、多媒体和新型网络公司，所有在这个时代能叱咤风云、有巨大影响力的怪兽公司和机构都盘踞在这里。在这个寸土寸金的地方，谁要是能够拿到一块地皮，谁就铁定发大财。而时代的骄子们，一定有地产商的席位。他们在这里厮杀拼搏，钩心斗角，躲着明枪暗箭，你来我往，最终是官商利益均沾。在城市里复杂的人际关系中，在蜘蛛网一样的利益格局里，各样的社会成员都在寻求自己的最大利益。在一个转变的大时代里，谁能够占据一个巨大利益链条中的上游，谁就铁定赢了。

黄家荣听陈强教授说，在这个区域拿地是很困难的，过去都是协议出让土地的使用权，里面的猫腻很多，贪污腐败、行贿受贿是房地产开发过程中的一个常态，各个环节，有权的和有钱的在玩猫捉老鼠或者合作共赢的游戏，最终是买房人接单。陈强告诉黄家荣，但地产商庞天书从来不搞行贿受贿那一套，所以，等庞天书拿到这里的地皮的时候，那地皮都被倒了十多手了，价格已经很高了。但到了庞天书的手里，盖起来的房子，仍能够赚大钱。

庞天书的地产新楼盘，远看像是一片水晶体组成的丛林。从近处看，又刚好分布在一条古代运河旁边。那条运河，是京杭大运河的一部分。黄家荣记得，在20世纪90年代，这条运河几乎成了一条臭水沟，污染非常严重，水华蔓延，水的颜色有时候是黑的，有时候又是乳白色的，甚至还会变成绿色和紫色，散发着难闻的臭气。此外，那条河里还经常浮现出人的尸体——各种凶杀和自杀，自然地要找一条河流作为行动场所。后来，这条散发着臭气的河水，就成了市政府进行城市污染治理的重点区域。当年北京举办奥运会使这条运河的命运有所改变，大量投入的改造治理运河的资金，改变了运河的面貌。河水的构成虽然可疑，但已经不怎么黑了，也没有再变成恐怖的乳白色，而是发蓝、发绿了，有些透亮了，可以看见河底了。而且，治安环境好转，死人也很少浮现在水面了。在运河边上，一条新的快速公路和绿化带，将二环到四环的道路全部连接起来。到了晚上，沿岸灯火通明，新出现的酒吧茶馆热闹非凡，有些像南京秦淮河的纸醉金迷的风景了。

在这条运河的边上，庞天书开发的那片庞大的、水晶丛林一样的楼盘在短短一年左右就耸立起来了。而十年前，这里还是一片破败的老企业的厂房，据说，那些厂房倒是德国包豪斯学院影响下的北京旧工业建筑的代表作。但是，时代不一样了，传统制造业占据的地方如今全都变成了现代商业、金融业、传媒业和网络经济的地盘。衰落的国有企业的老厂房都被拆迁、推平和改造了，像机床厂、木材厂、纺织厂、轴承厂、酿酒厂什么的，都衰落了，不见了。现在，老厂子通过土地置换和买卖，把自己置换到郊区去了，十多年的时间里，在这些老厂房的地址上，崛起的就是这些新的写字楼群和高级公寓建筑群。

在这片公寓里居住的是新出现的中产阶级和新贵们，他们是一些新兴行业的从业人员，白领、金领、职业经理人、中小老板和传媒从业者，以及艺术家。艺术家也发财了！当艺术变成了一门很好的生意之后，很多在20世纪80年代还像流浪狗一样在郊区混日子，被警察驱赶和监视的艺术家，到今天都成了迅速暴富的人。如今，他们的工作室虽然依旧盘踞在郊区——在那里，他们盖了可以在里面装下一个火车头和几节车厢那么大的工作室，用来做巨大的装置艺术和画巨大的画，可是，他们也愿意在商务中心区买公寓居住，因为这里可以看到这座城市的新的制高点——中央商务区的亮丽景色，于是，他们就买了庞天书开发的房子。

黄家荣开车带着杨琳，在国贸桥的立交桥上盘旋而下。他看见了二百零八米高的京广中心、二百三十米高的中央电视台、二百四十八米的银泰中心、二百七十米高的寰球金融大厦、三百三十米的国际贸易中心三号楼，以及五百米的中信广场所构成的中央商务区核心区的巍然风景，附近不断崛起的高楼大厦有的正在施工中，电火花在高空喷洒。每天，那些钢架结构的楼厦就像是一种巨大的菌类一样在向上长。那些建筑大都是训练有素的民工们的劳作，当然是建筑师的设计，可是外地的民工们通过每一根钢筋、每一块水泥，实现了建筑师对城市的塑造。他们像蚂蚁一样吃苦耐劳，换取的是微不足道的工钱。和开发商比，建筑工人的收入太低，应该把他们的工资翻三倍。黄家荣想。

"那边，新开业了一家商场，叫新光世界，听说里面卖的都是欧美的顶级名牌，所有的大牌子都有。哪天我带你去看看？"黄家荣对杨琳说。车子已经转到了立交桥下。

"我不喜欢奢华的东西，你知道的。再说，到那种商场里面，光线啊，气味啊，服务员的表情啊，都容易让我头晕，再看到价格标签高得实在离谱，我就会崩溃，所以我肯定不回去。"

黄家荣说："的确，品牌价值早就大于实际价格了。买名牌不过是买一个心理——这个东西我消费得起，你行吗？就是这种商业社会的潜在比富心理，决定了奢侈品的价格高得吓人。可眼下，中国是奢侈品销售额全球第三的大市场了。我倒是挺喜欢逛商场的，我就是想看看，了解商场里卖的都是些什么东西，人们为什么制造这些东西，为什么要买这些东西。因为，商场里的东西，都是为了满足人的欲望和生活要求才有的，从这些东西上可以看到现在人们的审美趋向和他们的生活追求。"

"相比那些大商店，我更喜欢小商店，就是那种很小的店面，但是，东西又非常别致的小店。比如，最近，我就特别喜欢隆福寺街一家很小的皮草店，那里面的小皮具，钱包、手包、皮带、背包什么的，东西都是毛茸茸的，都非常可爱。哎呀，我是喜欢得不得了。而且，店员是几个围着围裙的男生，他们的头发染成了各种颜色，穿着牛仔裤，干练俊朗，服务态度很好，跑前跑后的，很殷勤。我就是很享受那种被服务的感觉。"

黄家荣说："我反对人穿戴皮草。使用各种动物皮制作的东西我都不喜欢。我就喜欢穿棉布做的衣服。国内要有反对穿皮草的动物保护运动去上街游行，或者表演对动物的屠杀，搞裸体抗议，我一定参加。"

她笑了，侧面端详着黄家荣："你裸体去参加哈？就你？我看，你还是穿上衣服比较好看。你有点发福了，长了不少赘肉了。你算是一个比较结实的小胖子，裸体肯定不好看。我总觉得，那些反对穿皮草的人都很虚伪，我看到西方国家这些人搞游行示威的镜头，就想，你有本事，最好连红肉和家禽也不要吃，都像僧侣那样出家得了。都是一些噱头。从古到今，兽皮都是人类衣着的组成部分，动物肉都是人类存活下去获得脂肪、热量和蛋白质的最重要来源。"

黄家荣争辩道："现在的棉花产量和化纤制品足够人类穿了。我在澳大利亚讲学的时候，发现他们的一些法律条文规定得非常细致。比如，他们的法律就禁止生吃动物肉，所有的牛、羊、猪等大型动物的宰杀都必须电击，通过电击，让这些动物瞬间死亡，减少它们的痛苦。这很好啊。生吃龙虾在澳洲也是违法的，要在冰箱里把龙虾冻死后，才可以食用。这是人道对待动物的方式。人类应该对一些把全部生命都贡献给人类的动物，施行人道主义措施，这当然不是虚伪的，而是人自身的文明进步。可即使如此，我在一个屠宰场看到排队走向电击台的牛，它们在流眼泪。牛是很有灵性的，它们知道自己正在走向死亡。有一个词叫'杀猪般的号叫'，形容的就是杀猪时猪的惨叫。什么时候屠宰场里没有了'杀猪般的号叫'，就好了。"

她看了黄家荣一眼："你呀，就是一个书呆子。美国电影《血钻》看过没？"

"没有。是讲非洲的钻石产业的吧？我能猜出来。"黄家荣不爱看电影。

"是啊。那部电影，讲的就是血腥的非洲钻石的交易链条。钻石的开采、争夺、交易与最后的销售。当璀璨、华贵的钻石戴在了女人的手上、被佩戴在她们的胸前和身体上，给她们增添华贵与美丽的同时，她们不会知道这一颗颗钻石的后面都是由一个个血腥的死亡故事构成，由一条条人命做代价，死亡和鲜血就隐藏在钻石的光芒里。所以，我特别讨厌黄金和钻石。"

"好啊，那太好了，我不用买钻石戒指了，也不用买金项链了。省钱了！扯远了，对了，咱们可是来看开盘的，"黄家荣把车拐入新楼盘的大门，在自动机器上取了一张计时磁卡，"现在是全球化时代，大国要把地球上的资源都席卷和消耗一空。早晚人类会为自己的贪欲付出代价。但比如，日本人爱吃鲸鱼，韩国人爱吃狗肉，广东有人喜欢吃老鼠和猫，我们应该怎么看？是反对呢，还是应该尊重人家的风俗习惯？"

"哎呀，脑袋疼，这些问题——停车场在那边，今天的人，可真多。"她指着前面说。

黄家荣把车开到了这个玻璃丛林楼盘的停车场，停车、拉手刹、熄火，下了车，用电子感应锁锁好车门，他们立即感觉到楼盘里到处都弥漫着一股节日气氛。看来，庞天书的确很会造气氛，他是一个天才地产商。短短两年的时间，这么一大片水晶一样的建筑群就落成了，商业配套也完善了，几千户业主就全面入住了，每幢公寓的底层商铺连接起来构成了一条条人气很旺的商业街，街上分布的，都是杨琳喜欢的那种小店。他看到杨琳似乎有些高兴了。今天晚上，要举行一个商业银街开街的盛大仪式。庞天书把这个楼盘打造成了一个既能够安家又能在家里工作，同时，还能方便购物的新社区，集合了办公、商业和生活于一体。

　　黄家荣和杨琳站在露天停车场门口，等待和陈强会合。陈强教授很快出现了，他的装扮让黄家荣吃了一惊：他穿了一身白，皮鞋、袜子、衬衣、西装，全身装扮都是白色的，独独扎了一条鲜红的领带，这样的装扮，很夸张和时髦。这打扮使他更像是一个演艺界人士，或者是电视娱乐节目的主持人，实在不像是一个经济学家、著名教授。他的太太曾莉也来了，还好，她的穿着比较保守，颜色偏暗，是一套职业女装。她养的那一对橘黄色的宠物玉鸟，也没有出现在她的肩膀上。看来，她出门的时候，那两只可爱的宠物鸟是不跟着一起出门的。

　　杨琳把嘴唇凑到了黄家荣的耳朵边，悄声说："曾莉要是把她那条宠物黄金大蟒蛇带来，这个派对就更热闹了。要是那两只宠物也停在她的肩膀上，蟒蛇缠在陈强的身上，那他们俩，绝对是今天晚上最酷的一对儿。"

黄家荣也笑了："很可惜啊，他们没有带宠物来。"他有些遗憾，但也松了口气。他们上前和陈强教授夫妇握手，他的大手很有力量，曾莉的手很柔软。

陈强笑着说："我还担心你们不来了呢。这种场面太热闹，你们会碰见很多在电视上和报纸上出现的人物，平时，你们在学校里很难看到这么热闹的场面。这也是眼下的一个时尚风景，来看看，挺好的。杨琳，你很漂亮啊，可是，你的脸色有些苍白。"

"我晕车。他开车太快，把我弄晕了。"

他点点头，几个人一起向开盘仪式的现场走去。杨琳和曾莉两个女人手挽手假装很亲热地说话，黄家荣和陈强在后面走着。陈强问黄家荣："你上过杨琳没有？你看，她的身材，这么细长，像搞短跑的，盆骨也小。要征服一个女人的心，必须要通过她的阴道，这是你们的作家张爱玲说的，你要抓紧征服她的心啊。"

"她不那么容易上手。离婚之后，她似乎有些冷淡了。"黄家荣语焉不详地说。这也是他的心病。

"关键看你能不能点燃她的欲念之火。我看呀，她走路的姿势说明，她其实是一个欲望很强烈的女人，关键看你能不能让她打开自己。赶紧吧，兄弟！"

黄家荣笑了笑，耸了耸肩膀，扶了一下眼镜，表示听天由命吧。此时，是人流如织，人海喧腾，在他们前方，有一条铺好的红地毯通向一栋大厦的大门。那里即将举行一个超豪华的派对。整个社区的商业街的开街仪式，就在那里举行。

黄家荣知道，陈强经常参加这样的活动，春天一过，北京的活动就多起来了，黄家荣从新闻上得知，陈强不久前参加了在居庸关长城上搞的一个意大利时装品牌FENDI的特别时装表演。他告诉黄家荣，那个活动仪式感很强：居庸关长城的几个城垛上旌旗招展猎猎作响，在晚上被璀璨的大射灯的灯火所照耀，映衬在夜幕之下，长城和远山的剪影互相呼应，非常美丽。意大利时装秀开始了，美丽的现代性感模特走场在古老的长城上。"那种感觉，很古怪，也很美妙。"黄家荣知道前天陈强又去十渡风景区参加了"路易威登"的新品推广会，照样也是欧洲时装模特来到了北京，在北京郊区十渡的山水间秀场子，目的就是卖奢侈品，提高中国新贵们对欧洲奢侈品的认知度。而每次出席这样的发布会，作为嘉宾，陈强都可以拿到不菲的出场费。

他们和无数红男绿女擦肩而过，黄家荣看到很多年轻人打扮得花枝招展或者妖里妖气，时髦新潮或者古怪异常，在玻璃般透明的社区楼厦之间来回穿梭。音乐声嘈杂喧闹，人人都变成了和白天不一样的生物，一时间黄家荣都怀疑自己是不是来到了某个地外星球——在这个星球上，人更加地符号化、面具化、时尚化、妖魔化、怪异化，装饰是最重要的手段，人们依靠各种装扮把自己隐藏在面具和服装、化妆的后面，让你看不到他们分裂的内心和虚无的灵魂。

陈强担心冷落了妻子曾莉，就上前挽住她的手。杨琳看到了，就退到黄家荣身边，挽着他的胳膊一起朝前走。忽然，她的眼睛睁大了，好像看见了什么奇怪的东西，吃惊地说："你看，那是什么东西？"

黄家荣顺着她的手指示的方向望去，看见了一个很怪的东西：一个巨大的圆球，大概有一个洗手间那么大，被三角铁架举在半空。圆球的外表是玻璃做的，半透明，表面用树枝不完全地装饰起来了，离地面约二十米。有一个软梯通上去。很多人围在下面朝上面观望，在那里指指点点，大声喊叫。

"里面还有人！"杨琳又说。黄家荣很吃惊，看了半天，凝神贯注，终于看见了，在被树枝掩映的玻璃球里面，有一个人影在晃动。他慢慢地看清楚了，那还是一个女人，她穿着一身紧身衣，在做着各种瑜伽动作。

陈强停下来说："哈哈，这是庞天书为了营造气氛的一个创意策划。里面那个女孩，是一个行为艺术家，庞天书请她来在圆球里做一个叫作'闭关'的行为艺术。她要在里面待一个月呢。从今天开始，一个月不出来，要一直等到这个商业街完全热闹起来，她才能结束自己的行为艺术。"

"那她吃饭、睡觉、上厕所，都在那个半透明的东西里面？"黄家荣感到有些诧异和激动了。一个妙龄美女在众目睽睽之下，将自己的私生活展现给大家，这需要什么样的精神状态？他想靠近看看，但是陈强拉着他向举行派对的地方拐过去。他说："咱们先去那边吧，活动就要开始了。当然了，按照合约，一个月之内她上厕所、睡觉、吃饭都要在玻璃球里。下面也会送饭上去的。如厕工具是非常先进的，据说是神舟太空飞船上使用的。别人可以攀爬那个梯子去和她说话，但是不能进入圆球。"陈强补充说。

他们走过去了，黄家荣转身看了看，那个半空中的玻璃圆球里，那个穿紧身衣的女子在活动。她的身躯很柔软，像学过柔术一般在翻转灵活的身体，形成各种奇特的造型。忽然，有个男人沿着软体在向上爬，旁边有人在尖叫和呼喊。那个男人爬上去要干什么？黄家荣还想看看发生了什么，但他们现在已经走上了红地毯，有漂亮的礼仪小姐和西装革履的高大的礼仪先生笑容可掬地一直把他们引导到了嘉宾区。

那是写字楼一层的一间很阔大的大堂，他们进去之后，发现这里已经聚集了几百人，大堂里还搭建了一个很大的T型台，看来，是稍后的模特走台表演和歌手演唱用的。而且，冷餐酒会已经开始了。人头攒动当中，嘉宾云集，这些嘉宾看来很多互相都很熟悉，他们三三两两地聚集在一起说笑着，一些端着饮料、葡萄酒、啤酒和各色点心、水果盘的男侍者穿着黑色的扎蝴蝶结的西装，女侍者则穿着开衩很高的旗袍，在人群里穿梭走动，你可以随意地从他们端着的盘子里拿取饮料和食品，顺便打量这些俊男和美女。

这个时候，的确，黄家荣和杨琳的眼睛都睁大了，他们看到了这个城市的很多名流，都聚集在了这里。陈强说的没有错，庞天书太有号召力了，他竟然可以把各色不搭界的人都邀请到这里一勺烩。看看他们是些什么人吧：中央电视台名嘴、著名节目主持人白颜培和潘婷婷，他们真人看上去比电视上要老要疲惫，可能是素面不化妆的原因吧。他们是这个大派对的特邀主持人。黄家荣还看见了电影导演江左思和江右想，这俩是一对双胞胎，他们一直在北京的影坛上混着，过去是地下电影的倡导者，现在，拍了不少能在电影院放映的商业电影，叫什么《囧笑笑》《颜值男》《我爱菊花》《内爆爱》《匆匆那吻》之类名字听着就特别可疑可怕可笑，但大受脑残观众喜爱，票房往往能过好几亿，真是让人崩溃。

杨琳看见了模特马美丽、韩虹，她们代言的减肥食品整天在电视上播映，让杨琳觉得又狐疑又可信；她还看见了舞蹈家、变性人银雨，她穿着一身银色的紧身衣，也许是为了故意要把自己变性人的曼妙身材显露出来，期望大家赞许她的变性成功；她还看见了著名女作家许楠，这才是一个真正的美女兼才女型的作家，新近刚从纽约回来，她把自己的小说《裸舞者》改编成电影和歌剧在好莱坞和百老汇上映上演了，她多才多艺，还是一个钢琴家和瓦当收藏家，收藏的汉代瓦当的品质、数量，据说，在国内都算第一；她的前夫、作曲家唐登也来了，正在不避前嫌地和她说话呢，看来，他们的关系现在处理得很好，唐登现在是音乐学院作曲系的主任，他把民间的一些音乐元素和约翰·凯奇的后现代音乐结合在一起，创造出来全新的音乐，令美国佬大吃一惊，也让国人瞠目结舌。

还看见了谁？黄家荣看见了几个白发苍苍的经济学家和退休的部长副部长，同陈强站着说话，这些人是制定经济政策有力的幕后推手；他还看见了在博鳌论坛上出现的一些企业老总，尤其是几个很有名的地产业的老总。有一阵子，黄家荣在报纸上总看到这些地产业巨头互相攻击与争吵，在谈论到底谁应该为贫富分化太严重负责任，到底中国的房子是盖给富人的，还是盖给穷人的，或者是盖给连存在都存疑的中产阶级的，北京的房子价格高了还是低了，是不是只有房地产才可以救中国，房地产到底有没有泡沫，等等，吵得不可开交，脸红脖子粗的，剑拔弩张，但是现在，在黄家荣的眼前，他们又十分融洽地、好像什么都没有发生那样聚在一起，和庞天书、陈强有说有笑的。这让黄家荣目瞪口呆：也许他们演的，本来就是一出出的双簧？黄家荣还看见了著名乒乓球运动员盖崎，她可是奥运会的冠军，和她说话的全都是体育界的名人国手们，都来了，啊，有跳水冠军高璐璐、柔道冠军陈沫、女子击剑冠军花向容、男子举重冠军路刚，运动员互相很熟悉，扎堆儿聊天，然后引来了很多姑娘小伙子围着让他们签名。

"真的是名流云集啊，这是要干什么的节奏呢？"杨琳在黄家荣的耳朵边小声说，"挡住我，那几个运动员里有认识我的。"她躲在了我的身后。

黄家荣才想起来她的前夫是一个电视台体育评论员。"怎么，你感觉不太好？"黄家荣看到她脸色不好，担心地说。

"有些头晕，心跳也不规则。人太多，空气太复杂，还有干冰的味道呛人。"她躲在他的肩膀后面说。

这个时候，他又看见了画家张环，看来，他刚从巴黎回来了。这个家伙一向喜欢极端，他近年做的艺术可谓是"残酷艺术"，都是在向自己身体能忍受的极限挑战。据说，在美国，有一张他签名的限量版照片，要五千美元，这个家伙现在发财了！跟在他后面的，是他的女朋友龙玲珑，她穿着喜庆的团花对襟褂子，笑容可掬。她也是一个艺术家，主要搞视频艺术；黄家荣还看见了美术评论家冯国先，他是专门搞"文革"美术史研究的，他在很多美术类杂志上看到他的评论文章，据说，画家请他写一篇要支付给他十万元的稿费。但他看上去面色很不好，也许是病了吧；他还看见了画家张小坡，依旧留着他那个著名的光头在人群里晃动，和其他的艺术家说话，表情有些百无聊赖、无所谓和处乱不惊的空虚感。他的东西被称为"玩闹现实主义"，所画的人物都是在傻笑、发呆和打哈欠，体现着这个时代的边缘人的疏离、慵懒、痴呆和无所适从的精神状态。

黄家荣还看见了话剧导演黄谋和他的朋友、小说家冯樘在一起，现在，他们正在搞一出叫作《人人都可以当主演》的环境戏剧，这种戏，属于他们搞的那种全民戏剧，他们喊出来的口号就是，"戏剧要到民间去，要到人民中去"。于是，黄谋带着他的话剧班子——实际上，在黄家荣看来，就是一班疯子，在街头、在学校、在工矿企业里演出，而且，把群众和观众现场发动起来，让群众可以随时加入剧情里，成为戏剧中的角色，在他们的戏剧里表演。演员也经常冲到观众席里，变成分不清是什么人的状态，这完全是一种戏剧的卡拉OK了。不过，他的这种戏剧探索，的确很有趣。

黄家荣一转脸，看见了畅销书作家南怀仁教授，围着他的，是打着射灯和扛着摄像机的电视台记者，正在现场采访他。他曾经在电视上大讲汉代历史，将汉代的政治纷争以评书的方式说给观众听，获得了巨大成功，于是，他的书也在图书市场上大领风骚，一路横扫所有的历史作家和教授们，成为学术明星化和大众化的开路先锋。他穿着淡色的对襟的褂子，摇着蒲扇，一派羽扇纶巾的模样，十分潇洒，活脱脱像是诸葛孔明再世的气势。

这时，黄家荣感觉到身边的杨琳脸上有不适的表情，是不是她觉得，他和她在一起，让那几个认识她前夫的著名运动员看见了不好？或者，她的前夫也在人群中出现了？她似乎在躲避着谁。黄家荣这么想着，忽然，他又看见了一个相貌很伟岸的老人走过来了。他额头凸起，眼睛很大，不怒自威，在他的身边，簇拥着十多个年轻人，他们簇拥着他的感觉是谨小慎微、低三下四、畏畏缩缩的，别人一看就觉得他是一个大师。

黄家荣认得这个人，他就是著名的画家方人竟，此人早年在上海的国画界就名气很大，善于画人物、花鸟和老虎，在日本追捧他的人特别多，作品价格奇高，可是，最近，他丑闻缠身，因为有报纸揭露他在"文化大革命"的时候是造反派，殴打过自己的中学美术老师，致使美术老师变成了植物人，于是，他遭到了围剿和谴责。如今他也是白发苍苍了。时间过去四十多年了，他一概否定这些指控。但别人提出人证物证，谴责他回避此事。那么，现在，他出现在这里，他还记得过去殴打老师的情景吗？他的心里到底是怎么看待这个事情的？他会忏悔吗？他会暗自抱有歉意吗？还是像现在他在媒体上表现的那样，怒发冲冠，认为是美术界有人在搞他。不过，他提出来一个非常好的观点，那就是，如果非要他忏悔，那么每个经历过"文革"的人都应该忏悔，很多人心里都有鬼，都应该忏悔。

黄家荣知道，如今美术界也是一个名利场，是个大的是非圈子，分成各种流派、群体、圈子甚至是帮派，这个方人竟平时就很傲慢，不理会那些"瘪三"，才招来这么多的攻击。黄家荣听说他在北京郊区有一处种植了一万朵荷花的大院子，他还养了很多凶狠的藏獒，藏獒也是他最近画的题材。上一次在陈强家吃饭，黄家荣记得庞天书说，他要在这个社区里盖一座当代美术馆，那么，这个方人竟大师，就是他想邀请的美术馆艺术顾问。

黄家荣还看见了一个著名的社交女人马三美，她是在云南泸沽湖边上的一个少数民族母系氏族社会里长大的姑娘，那个母系氏族一直盛行走婚。于是，她从那个深山老林里面走了出来，开始成为那个走婚民族的代言人，后来她越走越远，足迹遍布全球，在很多国家行走过，和不少国家的男青年也都走婚过，一路走婚，也一路写了一本本的自传，在市场上非常受欢迎。她性感苗条，身材绝佳，屁股很大，看来，走婚不仅没有毁坏她的身体，还让她非常滋润，阴阳调和，身体更像被不断翻耕和培育的成熟和美好土地，走路一飘一摇，非常有韵味，脸上有两个鲜亮的酒窝，简直能装下所有垂涎她的人的口水。

黄家荣那一天还看见了谁？他在人群中挤着，他看见的人多了，有认识的、不认识的，有在电视上经常露面脸很熟悉的，也有新闻曾经爆得很响亮但是前段时间销声匿迹的，总之，这个大派对，的确是济济一堂，到处都是名流、大师、大官、大款、大腕、小鲜肉、高颜值，什么都是大的，就是没有新鲜的，没有旧的和不时尚的。大家都挤在一个大厅里，说笑，聊天，互相问候寒暄，不管是虚情假意还是真心实意。

忽然间，一阵干冰的白色雾气飘了起来，轰然巨响、节奏明快的音乐爆炸了，男女主持人华丽登场，他们上台了，然后，他们宣布，整个开街仪式大派对开始了。T台上的美女靓仔开始走秀了！一阵美女和帅哥的令人眼花缭乱的霓裳风暴过去之后，是庞天书和几个能够代表他这个街区的商人走上台，进行了整个开街仪式的剪彩活动。主持人在倒计时，等待他一剪子下去，场面顿时欢腾了，到处都飘浮着气球，香槟酒瓶砰砰爆开了，大家骚动了，开始胡乱走动，因为整个的街区里所有的店铺在这个时候全部打亮了灯光，大厅所有的客人们被主持人指挥着转身向后，走到了大门口，此时，黄家荣惊呆了，他看见，刚才还黑乎乎的那些楼房的底层商铺，现在，一下子全部明亮起来，橱窗都非常亮堂，一条整齐的、多元的、全面的商业街出现在了所有人的眼前，一条适合社区人生活的街道魔术般地出现了，他看见了餐馆、服装店、点心店、便利店、书店、小吃店、邮局、银行网点、超市、钟表店、化妆品专卖店、发廊、鞋店、皮具店、烟酒店、家用小电器店、彩票销售点、音像店、体育用品商店、妇女用品商店、珠宝首饰店、手机店、花店，他看到了凡是涉及了人们生活的各个方面的商店，都有，都出现了！

"要造出一条人气很旺的商业街来，要不然，你的社区就没有生气。这个创意，就是我给他出的。因为，现在盖楼，不能只是盖死气沉沉的大楼，而是要让整个社区都活起来，充满商业社会的生气和活力。人们住进来干吗？是要生活的，是要感觉到方便的，要不然人家买你的房子做什么？"陈强得意地说。

黄家荣点头，承认他的这个点子很好。啊，那些橱窗特别明亮的商店，立即把他们全部人的目光给吸引过去了，他们都走进去了。黄家荣还看见，街那边原先拉着的警戒线，在嘉宾们离开大厅，来到开阔的场地时，立即松开了，正在整个社区外面街道上等待的少男少女们，那些追求时尚和热闹的男女，被允许进来了，他们都蜂拥进来了。人数之多真是让他们眼花缭乱，头晕目眩。一下子，有几万人，顷刻之间就布满了所有社区里的街道和商店里，大家好像都要在这里抢购、闲逛和溜达一样。这真是疯狂的一个晚上啊。

"哎呀呀，我的头有点晕，我头疼，这么多人，我先回去了。"杨琳告诉他，她的柳叶眉蹙成一团，似乎的确头疼了。黄家荣挽着她在人流中被裹挟着前进，他知道她不喜欢人多的地方，她看来是真的难受了，这么喧闹的场合，也许真有些不适合她。

就在这一刻，一个高大的男人，穿着黑色的西装，脸上还有点横肉，眼睛睁得很大，出现在他们的面前，他看着黄家荣，问杨琳："他是谁？"

杨琳看了一眼黄家荣，刚要说话，黄家荣已经猜到这个人就是那个对杨琳施以家庭暴力的电视台体育节目主持人，她的前夫了。"你是谁?"黄家荣很生气地反问。

"我?我是想揍你的人。"那家伙说完,就一拳打过来,砸在了黄家荣的肩膀上,黄家荣感到很疼,但对方又一拳过来了。黄家荣过去练过拳击,此时他反应过来了,闪身挪开步子,开始反击。他一拳又一拳,都打在对手的脸上,胸部和肋部,他们是高手过招,但很快就分出了胜负:黄家荣几个勾拳,打中了对手的肚子,那个庞然大物倒在了地上。黄家荣气坏了,他恨这个殴打女人、殴打前妻杨琳的男人,如今跑到这个场所来找不自在,他继续揍他,打得那个家伙在地上嚎叫。周围没有什么人注意他们,黄家荣打得正欢,忽然,他看到杨琳脱下了一只高跟鞋,扑过来迅疾地猛然在他的脑袋上砸了一下,一下把他打晕了,然后,她推开黄家荣,竟然去搀扶那个倒地挨揍的家伙,她的前夫!

这一刻的变故陡起,简直让黄家荣呆住了。他一摸头,头上有血渗出来了,她的鞋跟可真硬,他站在那里无法行动。陈强挤开人,过来拉住他,他们都看见杨琳迅速把前夫扶起来,一瘸一拐地向出口走去,然后进到一辆开过来的汽车里,走了。

黄家荣摸着脑袋,完全不理解这事儿怎么成了这样。"她把他送走了。"他说。

陈强阴郁地说:"我看见了。"

"她还打破了我的脑袋。"他的声音很悲催。

"我知道,我送你回去吧。"陈强教授说,他的目光还在寻找不见了的妻子曾莉。这一幕就在这样的夜晚发生了。这么热闹的夜晚，让所有的人忘乎所以，也让黄家荣重新认识了自己，认识了女人。他说："不用你送，我自己回去。妈的，我还指望我和她的关系能在今天有所进展呢。"他的脑袋还在流血。

"看来，她不是你的菜。女人有时候的确是不可理喻的。我也总是搞不清楚她们。"陈强在安慰我。

"就这个女人，这个杨琳比较不可理喻吧。其他女人还好吧，"黄家荣安慰自己，"你看我是不是很可笑？算了，你去找曾莉吧，我自己回去。"

"好吧，不要生气。去诊所看看脑袋——回去好好休息。"陈强很遗憾地说。四周欢闹的人群散开，人们都分散在楼盘的街区里，在追逐着自己的欢乐。陈强也有些魂不守舍，他的老婆曾莉没影了。

黄家荣冲他果断地摆手，向大街走去，一瞬间，就消失在各类光影的闪烁中。

陈强站在那里，感到了一丝特别的失落。他讷讷自语："这个开盘，弄得，真是，真是匪夷所思啊。"

闭 关

要在今天做一个闭关的人是很难的。到处都是噪声，是喧哗和吵闹，是唯恐你没有注意到的聒噪声。李成听说有些当代隐士，隐藏在名山大川之中，但他从来都没有亲眼看见一个。每次到了深藏于那些有灵气的大山里的寺庙，他看到的却是庸俗不堪的被金钱腐蚀的现象和只求现世报的庸俗信众。

因此，当他听说某个社区里出现了一个在玻璃球里面闭关的艺术家，还是很兴奋的。那个社区距离他住的小区不远，可以步行过去。那个社区刚刚建成，楼厦很别致，在那个玻璃般透明的社区楼厦之间来回穿梭，李成和无数红男绿女擦肩而过，年轻人打扮得时髦新潮或者古怪异常，个个都变成了和白天不一样的生物，他一时间怀疑自己是否到达了某个地外星球，在这个星球上，人更加地符号化和面具化，所有的东西都是装饰物，人们依靠各种装扮把自己彻底地隐藏在那些面具和化妆品的后面，让你看不到他们分裂的内心和虚无的灵魂。然后，李成就看见了一个很怪的东西：一个巨大的圆球，大概有一个普通洗手间那么大的圆球，被三脚架高举在半空，圆球的外表是玻璃做的，半透明，

257

表面用树枝不完全地装饰起来了，离地面有大约二十米高。还有一个软梯直接通上去。很多人围在下面朝里面观望，在那里议论纷纷，指指点点，或者不时地喊叫。

里面还有人。李成很吃惊，在被树枝所掩映的玻璃球里面，的确有一个人影在晃动。而且，他慢慢地看清楚了，那还是一个女人，她穿着一身红色的衣服，在里面做着各种瑜伽动作。据说，里面那个女孩，是一个行为艺术家，她在圆球里面做一个作品，叫作《闭关》。她要在里面待一个月。据说，按照合约，一个月之内她上厕所、睡觉、吃饭，都要在玻璃球里。当然，下面也会送饭上去的，尤其是如厕工具，是非常先进的，据说是神舟太空船上使用的那种，可以将粪便处理得无色无味。她必须在里面待一个月不出来。别人可以攀爬那个梯子去和她说话，但是不能进入圆球。

一个妙龄女子在众目睽睽之下，将自己的私生活展现在大家的眼皮子底下，名为《闭关》实际上很是奇怪和招摇，李成想。他站在远处，看见了此时那个半空中的玻璃圆球里面，穿红色衣服的女子在倒立。她的身躯很柔软，好像学过柔术一般，在翻转灵活的身体，形成各种奇特的造型。不知道为什么，他忽然对这个女艺术家产生了浓厚的兴趣。玻璃圆球孤零零地飘浮在半空，人们散开了，他一个人向那个玻璃圆球走过去。他现在觉得，在喧闹的、亮丽的社区里，在水晶一样林立的社区大厦里，在这个古怪的由三股扭曲的钢筋所形成的手掌托起来的玻璃圆球里，艺术家是非常孤单和寂寞的，也很受冷落和轻视。

他决定靠近那个玻璃圆球。他走过去，来到了圆球的下面，看见那个穿红色衣服的女行为艺术家还在玻璃圆球里倒立和扭动身躯，她继续在伸展自己柔软的身形，做出一些美妙的动作。在一些树枝掩映中，李成看不清楚她的面孔，可是，他觉得他和这个女行为艺术家之间有一点神秘的联系。

　　他犹豫了一下，就沿着看来是平时给她送饭的那个软梯爬了上去。爬到了半空，他向四周望过去，哎呀，的确，四周全部是欢乐的海洋，是购物狂组成的海洋，人们把整个社区都给填满了。到处是人头攒动，到处都是霓虹灯闪耀，大家都在追逐自己渴求的东西，就是具体的物质，那些闪闪发光的物质其实填不满他们的欲望。而这个在玻璃圆球里面的艺术家，她追求的是什么？他爬了上去，梯子太软，乱晃着，李成一度有些担心自己要掉下来，可是还好，他没有掉下来。他距离她很近了，看见她现在盘腿坐在里面，在打坐了。

　　他说："嗨！你好！"

　　她从沉迷状态里出来："你好，可是，我不认识你。你是谁？你似乎不是他们安排给我送饭的那个人。那么，你上来干什么呢？"

　　"我想认识你啊。如果可能，我愿意上来陪着你说话。"李成说。

　　她把脸探过来，我们在互相端详。这是一个长相很特别的姑娘，脸有些消瘦，有些棱角，可以说长得很俏丽，但又有些冷艳。要是说她漂亮她又算不上，但你要是说她不漂亮，那么你一定说的是瞎话，说明你走眼了。总之，这是一个很有味道的、很特别的女孩子。她还有某种古怪的魅力能让男人想入非非。

听到李成如此回答，她似乎有些失望："他们不会让你进来。再说，你长得太平常了。我喜欢脸上长满了络腮胡子的男人，你要是这样一个男人，我倒是愿意和你说话聊天。"

李成笑了，看来，她很直率，他就喜欢直率的女人。他有点喜欢她了，他是那种依靠直觉判断事物的人，他的直觉告诉他，他很喜欢她，他觉得她和其他的女孩子不一样。即使她用那种凉飕飕的目光看着他，他也觉得她可以成为他的朋友。

"让我的脸上长毛胡子，那比让我登天还难。姑娘，我不过是想和你说说话。我倒是想进来和你待着，外面那么热闹，他们都在逛街购物，没有人关心你，你在这里多么寂寞。我现在能进来吗？"

"不行，根据我和地产商签订的协议，未经他们的允许，任何人不能进来。否则我这个作品就失败了。但我在这里面已经待了几天了，我的确有些寂寞了。"她的眼睛骨碌碌地转着，"我可以给他们打一个电话，问问他们能不能同意你上来。你是干什么的？"

"你就说我是一个男行为艺术家好了。"

"好吧。"她拨响了电话。

然后，李成就揪住软梯，在半空中等待消息，风吹动软梯，他在上面晃动。这个夜晚的确很奇妙，他不知道哪首诗的意境可以描绘出来。他听见她急促地和一个人在说话，意思是她觉得在合同上有一点是模糊的，那就是应该由她来决定任何突发的事件，比如，眼下一个男人就要求进来，这个事情应该由她来决定，而不是他们。

对方似乎没有立即答应，她就威胁说："要是你们不尊重我的权利，破坏我这个艺术品的各种可能性和发展的随机性，我现在就走了！我不干了！让这个玻璃圆球成为空的，明天，很多报纸上就有新闻可以看了。"她恶狠狠地说。然后朝下面的李成挤眼睛，"那个男艺术家现在就在外面的软梯上，他非要进来，我也很想和他说话。"

"不许他进来，绝对不允许！这样你这件作品就没有意义了。"李成都听见了电话里的那个声音这么说。

"那我明天就消失了，你别再找我做艺术了！"

"那好吧。你随便吧……就按照你的想法来吧。"对方似乎妥协了。

"这才对，因为，我的行为艺术作品需要别人的参与。"然后，她挂断了电话。

"没有问题了？我真的要进来了！"李成往上面爬。

"你先别进来，你进来，我就脱衣服了！"她发狠了。

李成想，难道我怕一个女人脱衣服？女人脱衣服和穿衣服都很正常，有什么奇怪的呢。但是他停住了，没有硬往里面钻。"好，我停下来。我想问你一个问题，你待在这里面，是为了报酬吗？"

"这是我和地产商共同策划的一个行为艺术，目的就是吸引人的眼球，表达我，一个女人对居住和消费空间的理解。现在房子都很贵，很难销售，我一个女子在这几平方米的空间里生活一个月，是表达我对城市空间的理解和对人们追求更大房子的提醒。当然，我会得到报酬。我要钱，因为我下一个行为艺术作品很需要钱，我的下一件作品很难做——我要去包扎一栋这座城市的老旧居民楼，有五层高，光是买那种特殊的帆布，就要很多钱。"

李成喜欢听她的声音，她说话声音里有一种磁音儿，很动听，很清亮，很迷人。忽然，风大了，将软梯吹得来回晃荡，李成有些紧张："我要掉下去了，你还是让我上来吧。"

"不行。我刚才虽然说我有允许别人上来的权利，过去他们明确我的这个权利，但是我有了这个权利后，就决定不要你上来了。我感到了你的危险。"她狡黠地对他说。

李成笑了。"难道你担心我会性骚扰你吗？就在这众目睽睽之下？"

她也笑了。"说不定，总之，我觉得你很危险。"她停顿了一下，还没有下决心让他进来，"哎，你听说过'抱抱族'行动吗？告诉你，我就是这个运动的发起人之一。"

李成听说过抱抱族及其行动，简单地说，这些"抱抱族"，就是一帮子几十个人在街上走得好好的，忽然，他们互相拥抱了，一动不动，互不撒手，路人路过的时候会觉得诧异、古怪，就停下来看他们在干什么。渐渐地，有的人会模仿他们，也拥抱起来了。互相拥抱的人就越来越多，看来，人和人拥抱有时候是会传染的，结果，一时间，到处都是互相拥抱的人。拥抱在一起的人逐渐将流动的街道变成了拥抱在一起的静止的人的雕塑群。这种感觉诡异而奇妙。之后，在大家还沉浸在拥抱的喜悦和安宁感里的时候，这些拥抱的发起人忽然叫嚣着，在大家惊愕当中松开各自的怀抱，一路狂奔，消失在人群中。然后，大家也都松开了拥抱的对象，继续前行。

那个场面非常奇特，有一天，李成在王府井商业街上就曾经见过抱抱族在行动。他们还抱住陌生人，让人家感到错愕，不过也有些兴奋。这是一些让人很不适应的家伙。李成想，在大城市里，人活着活着就活出毛病来了，就像前一段时间，城市里还出现了快闪族一样，这帮子快闪族，会忽然出现在一个陌生人面前，跪下来当场就给人家送花，一帮子人给一个人送花，在人家吃惊、发呆、发傻，把花接过来还不明白到底是怎么一回事的时候，他们就一哄而散，不见了，消失在茫茫人海中了，只有当事人还神情错愕地手拿鲜花，不知道是惊还是喜，是高兴还是发愁，那些快闪族就全都不见了。

李成知道，在大城市里，怪人怪事、有趣的事、难以预测的事总是很多，比如，最近，有一个叫"恢复汉服"的行动又时兴了。恢复汉服，就是一些人，男男女女的，穿着汉唐宋明的衣服，或者是有这些朝代的元素的衣服，出现在公众场所吸引眼球。那汉服穿在身上哩哩啦啦的，很宽大，不是很利索，身上的零碎、飘带比较多，有点男人穿裙子、女人穿袍子的味道，那就叫作汉服——这些穿汉服的人出现在大街上，顿时让大家目瞪口呆。他们还约定好在某个日子里，集体前往北京袁崇焕的墓地，祭奠这个被冤杀的明朝将军，举行恢复汉服的仪式。有一天，李成就在地铁里碰到一个穿汉服的女人。据说，她出现得很频繁，因为她就是开服装店的，生意不好之后，突发奇想，干脆将自己的服装店改造成了卖汉服的服装店，她是设计师兼裁剪师，还兼广告人的角色，前店后厂，这么开张运营了。她在地铁里穿着汉服出现，散发小广告，广告上写得义正词严，说的全是如何恢复我中华优秀传统文化、宣扬传统服饰之类的话，其实，就是为了给自己的服装店做广告。李成看她在地铁里穿着汉服，像一个从古代穿越而来的女人，旁若无人，神情自然，那宽大的汉服引得大家围观、议论乃至与她拍照合影留念。

想到了这里，李成的思绪收回来，抓紧了软梯。"抱抱族，就是在公共场合胡乱拥抱的家伙们，我知道你们这些人，我见过你们做的事，原来，你就是始作俑者！"李成说，他看到她很失望，因为他的确不喜欢抱抱族，"再说了，怎么可以随便去拥抱别人呢？人和人从认识到能够相互拥抱，总是需要一个过程吧？说起来，抱抱族和快闪族一样，都是无聊透顶！"

她不同意李成的看法："快闪族才是一帮子吃饱了饭没事情干的家伙，和抱抱族是不一样的，我们抱抱族，是考虑到如今社会上人们人情淡漠，大家彼此很少拥抱，另外，中国人即使亲人之间，也都很少拥抱，所以，我们才号召大家彼此拥抱，去体验一种前所未有的亲近感，而且还是在众目睽睽的公众场所，打破拥抱的羞涩感。"

忽然，李成的电话响了，那是他老婆对他的呼唤。他对着仍旧在玻璃圆球里面的女艺术家说："抱歉，美女艺术家，我要走了。可是，我下次来就非要和你待在里面不出来，一整天都不出来，行不行？"

她笑了："那我等着你了。下次我会让你进来。我的这个作品可以接受突如其来的意外事件，比如，一个男人要闯入我的空间。我现在有这个权利了。他们允许了。"

但人一旦忙起来，会忘记一些可有可无的事——比如进入那个女艺术家的半空球体当中去，的确是无关紧要的，李成就给忘记了，直到那个作品结束他都没有再去那个小区看看。某一天，在办公室里忙完手头的事情，李成关闭了电脑，胡乱地拿起一张报纸看。一条新闻引起了他的注意。报纸上有一条标语式的标题："去观看闭关的女人！"报纸上说，现在，那个喜欢表演自己私生活的女艺术家，眼下又投身于一个新的作品了。这个作品的策划人仍旧是一个地产商人，而闭关的系列行为艺术，也是为了促销一个新楼盘。那个楼盘是在三里屯核心区打造的地产项目，一共由八幢三十八层高的公寓组成，外形像盘旋成莲花上升的植物。公寓的底层商铺是二十四小时营业的商业和娱乐设施。眼下，其中三幢公寓已经拔地而起，就要开盘销售了。

李成读到，这一次，那个女行为艺术家的作品，就是在其中一栋公寓的某个空房间里住一个月，不能出来，作品的名称叫作《闭关的女人》，在她闭关的这一个月里，在楼盘小区的入口处，也就是靠近街边的"银座商厦"的楼顶上，安装了一个巨大的液晶显示屏幕，可以显示她在屋子里的所有活动——在那间她待着的屋子里，很多地方都安装了摄像头，可以窥探到她的大部分活动。行人在路过这个街区的时候，一天二十四小时都可以看见屋子里的她如何活动，包括她是如何展示她那月经期的鲜血淋漓的卫生巾的。报上说，这个行为艺术作品一推出来，就引起了市民的极大关注。有人几乎为之着迷了，二十四小时不间断地在观看她的活动，喜欢她在那里大秀真人。而她，也的确是不避讳任何人，无论是睡觉、走动、看书、画画，她都能无视摄像头的存在，仿佛根本就没有人在窥探她一样。她在屋子里我行我素，旁若无人，她想做什么就做什么，根本不在乎人们在通过屏幕看她。

如此的真人秀，的确也是匪夷所思了。这个行为艺术作品吸引了很多人的眼球。李成知道三里屯是北京最早的酒吧聚集之地，也是时尚信息汇聚的地方，现在那里建了一系列的新型商业建筑，人流如潮。所以，这个视频作品一出笼，就引发了媒体和时尚青年们的热烈关注和讨论，"去看闭关的女人！"成了一句流行口号了，于是这个地产项目就又火爆了起来。

仔细揣摩，这个行为艺术作品十分奇妙，它首先满足了现代都市人的窥视欲：一个女人二十四小时都暴露在公众的视野范围之内，她的吃喝拉撒都在屏幕上显示出来，这个创意实在是大胆异常异想天开啊。在一个封闭的空房间里居住着，一个月不出门，也正是李成所羡慕的生活。他看到新闻之后，都想和她在一起搞这个活动了，但他知道他没有将自己整天暴露在大庭广众之下的勇气。因为，他的内心实际上是懦弱的，是不愿意也没有胆量让别人观看的。在大都市里，各种怪事五花八门层出不穷，其中，自然也包括这样的行为艺术家及其作品的出现。对于发生在城市里的任何匪夷所思的奇迹，根本就不要惊奇。李成宽慰自己没有去和她接近。

其实，这也没有什么奇怪的，要知道，欧美国家的一些电视台已经搞过这样的真人秀节目了，但是，他们往往是一个完整的电视节目，出现在这样的真人秀节目里的人很多，男男女女，大家都在一个狭小的空间里集中生活一段时间，他们也是二十四小时被观看，二十四小时被电视观众所消费，电视台把这样的节目作为带动广告的新创意，获得了巨大的成功。电视上，这些人住在一起，他们本来是陌生的，现在开始在大家的关注下交往，他们的关系迅速重新组合，不断变化，他们的新关系和老关系的破裂，就带给了大家无限的乐趣和谈资。因为生活是不断变化的，这些人不是职业演员，他们就是生活中的普通人，芸芸众生，可就是因为他们是最为普通的人，他们的生活被别的普通人观看，被更多和他们没有分别的人观看，实际上，大家看的就是他们自己的生活，或者他们可能的生活。是他们的自我投射到屏幕上，大家看到的都是自己。所以大家才十分兴奋。李成想，在一个上帝已经死了的年代里，人们已经矮化成小爬虫了，低级下流，人变成了自恋到极点的小东西，人变成了只是崇拜自己、膜拜自己、喜欢自己的小东西。这，就是真人秀的实质。也许，这还是整个人类的普遍处境——一切神圣和稳固的东西都在瓦解和烟消云散，一切巨大的东西都在变得渺小，没有伟大的人物了，没有神圣的事物了，也没有了巨大的纪念碑和伟大的战役，没有了伟大的爱情和永恒的信念，人们都开始蝇营狗苟，都矮小成了侏儒，窥视别人，表演自己，又被别人消费。

这天晚上，李成来到了三里屯酒吧一条街，他看到太古广场的商业街上，那个叫作巴黎春天的楼盘项目，在银座商厦的三楼上，的确有一块巨大的电子显示屏幕。于是，李成就坐在街对面的一家露天酒吧里，要了三瓶科罗娜啤酒，一边喝着啤酒、吃着奶油爆米花，一边注视着大屏幕，观看她的活动。有很长的时间，他感到索然寡味，因为他看见的画面是她躺在床上睡觉，没有任何动静，她的房间里非常沉寂而安静。这个时候，根本就不是睡觉的时间，她怎么开始睡觉了？李成揣摩，可能是她已经到了随心所欲的状态，想吃就吃、想睡就睡吧。李成喝着啤酒，一边开始浮想联翩：这个时候如果她睡着了，她会做什么样的梦？有颜色吗？她会记得我吗？

大概等了一个小时，啤酒喝完了，李成感觉困了，刚想离开，却看见屏幕上原先静止的她现在动起来了，她开始活动了。可以看出来，这一觉她睡得不错。她梳洗了一番，就开始在屋子里放音乐，开始在客厅里跳舞了。一开始，她跳的是节奏激烈的迪斯科，接着，还有霹雳舞，以及西班牙的弗拉门戈舞、拉丁舞，然后是火热的肚皮舞，最后还有南太平洋的草裙舞，等等，天知道她是从哪里学的这么多的舞蹈。她的舞蹈带有表演和挑逗的意味，这引来了大批的观众，大家都聚集在街边，看她在跳舞，并且不断地爆发掌声、口哨和尖叫。

李成站在那里感觉很开心，但是，他又有些担忧。看到她被观看，被消费，被窥视，不知道为什么，他的心情总是开朗不起来。她表演给人看她的生活，这里面也许有一个隐喻。这个隐喻是什么？是人的私密的生活如今已经从根本上就无法私密了吗？要知道，在这个城市的任何公共空间里，那些宾馆大堂的走廊、医院、电梯、地铁、广场、商场、街道口，到处都安装了摄像头。一旦你出现在这些空间里，你就会被摄像。而你随身携带的手机，就是你的全球定位系统，即使你不开机，相关部门要是想找到你在哪里，也是很容易办到的。一种我们看不见的电子控制系统，我们看不见的互联网络将我们的生活完全笼罩其中。她是不是要表达对这一状态的提醒、批判和展示的意思呢？

忽然，李成看到她在抖动肚皮，对着屋子里一面巨大的镜子在搔首弄姿。他笑了，很多观看的人也笑了。可他们笑什么呢？难道，他们不是在笑他们自己吗？当每个人都进入自己的私生活的空间里，在一个封闭私密的地方，比如待在家里的时候，人们会做出什么事情来？会不会手淫？会不会光着身子在屋子里走来走去？会不会拔自己的鼻毛，刮自己的阴毛？当然会了，这是人人在私密空间里都可能干的事情。

现在，李成看她跳舞，看她逐渐地宁静下来。他看到她将腿完全盘起来，看见她把柔软的腰肢向后弯下来，脑袋又从自己的腿下面伸出来。他看见她可以将自己的腿缠绕在她的肩膀上，仿佛自己的腿早已经不是腿，而是某种特别柔软的东西。最后，他看见她像那些印度瑜伽高手那样，飘浮在半空中了。于是，李成和大家一起尖叫起来了。

他看见她在搞怪，在继续逗大家玩。她看不见大家，可是她知道大家都可以看见她。李成看见她做完了瑜伽，休息了一会儿，然后坐在沙发上，在DVD机里放了一张影碟，开始看片子了。虽然她房间里的那个电视屏幕在这个大屏幕上显示得很小，但是李成仍旧可以看清楚，那是一部什么电影。老天爷，她看的是一部法国电影，是一个很激进的女权主义女导演执导的电影，名字叫《地狱解剖》！这是少儿不宜的电影啊，这是赤裸裸的女权主义的电影啊，非常惊悚和火爆的电影。整个电影的故事情节非常简单，演员就是一男一女，男的是同性恋，女的就雇佣他来到海边的一个小屋子，然后，裸体呈现在他的面前，给他呈现女人身体的一切，讲述女人之痛，女人之难，讲述女人的身体与女人的灵魂，女人的月经和女人的梦。男人后来被震撼了，觉得自己作为同性恋是多么自私，多么无耻，于是，两个人亲密了，拥抱了。这部电影是女权主义电影，是对男女深层次关系的一种独特的解剖。从大屏幕上，可以影影绰绰地看见男人和女人的美好身体如何纠缠和排斥，结合和分离，尤其是电影女主角那拉丁女人特有的性感、洁白无瑕的身体美丽异常，像苍白而强烈的火焰，在烧灼着男人们的心。

李成离开三里屯的时候，看见大屏幕上的她仍旧在屋子里看电影，现在，她看的电影变成了昆丁·塔伦蒂诺导演的那部饶舌而冗长的《刑房》。李成四下望去，看到整个的三里屯酒吧区已经灯火通明，所有喜欢夜生活的人都陆续抵达了这里。而她的这个真人秀，在夏日里带给了大家奇妙的、刺激的和丰富的想象，但也很快被街上更喧嚣和热闹的声音给掩盖和遮蔽了。

过了几天，这是一个烦闷的晚上，李成又去看那个闭关的女艺术家，想看看她还在不在三里屯那个楼盘的一间房子里封闭着表演她自己。他开车来到了三里屯酒吧一条街，停车都花了半小时，才找到一个车位。他下了车，走到街上，看到四周是熙熙攘攘的人群，红男绿女们来来往往，眼睛里浮现的都是欲望的追逐和情感的泡沫。李成来到了三里屯北街拐角的一家酒吧，进去之后，坐在三楼露天的位置。他要了汤力水，放眼望出去，他看到那个女行为艺术家的个人私生活还继续在一个巨大的屏幕上播映。但是，李成发现，人们似乎已经对窥探她的生活一点都不感兴趣了。大街上，所有的人都是行色匆匆，没有人像他那样，坐在那面巨大的屏幕的斜对面街角的酒吧里，一边喝汤力水，一边在注意看她。

李成想，现在，已经没有人对一件事情持续地感兴趣，当你不再新鲜，不再能提供给他们新鲜的刺激之后，人们就会把你遗忘。大众是善于遗忘的、庞大的、势利的人群，他们总是追腥逐臭，总是在随波逐流，在浪潮的顶端去追逐那些时代和时尚的泡沫，却不知道泡沫的破灭是随时都在发生的。

但是，我还没有忘记，李成想，他觉得自己和她有一种暗暗的联系。他对她是好奇的，难以忘怀的。其实，这些天，他总想忘记她，可就是无法忘记，他就像被她所牵引一样，总是会回到她表演的现场。这个总是要把自己封闭在一个狭小的空间里的女人，她的世界是怎样的？她什么时候才会对他打开自己封闭的内心？或者，他有没有和她更加接近的机会？

在酒吧里，李成知道了今天是她做这个闭关艺术的最后一天。他坐在露天的座位上，看着大屏幕上她的身影，耐心等待。今天午夜十二点，她就要结束这次为期一个月的闭关艺术活动了。电视画面上，她也在为此做准备，因为她显得很兴奋，穿着好看的睡衣，在屋子里到处乱走，一边走，一边做各种动作，翻跟头，对着摄像头做鬼脸，唱歌，后来就是在镜子跟前认真地画眉毛，试穿衣服，忙得不可开交。她是在准备离开那个封闭的空间了，她被封闭得、被观看得太久了，她是被判了一个月徒刑的"囚犯"，今天，她就要被释放了，她是要为自己庆贺，还是为结束了一个行为艺术作品而感到焦躁和悲哀？不知道，李成想，我真的不知道。

他把视线转移到了三里屯巴黎春天公寓楼群的另一侧。在那边，灯火通明的高空，十几幢高大的公寓楼在黑暗的天空下投下了暗黑的影子，那都是巴黎春天公寓楼的组成部分，全部矗立起来了，在进行紧张的内外装修。这个楼盘，就是那个闭关的女行为艺术家代言或者阐释或者做脚注艺术的楼盘。巴黎春天公寓楼像一群挺拔妖艳的、华贵雍容的、时尚扮酷的女人，像是突然长出来的，矗立在三里屯南街那一大片年初还是空地的地方，很快就使这里变成了繁华的商业区。李成觉得，它们看上去像是一片水晶一样的结晶体建筑群，如同某个梦见外星人的人梦幻中的产物。他有些惊叹地产商的造梦能力了，他们可以用最物质的东西，那些毫无人性的、冰冷的钢筋、水泥、玻璃和其他坚硬的东西，营造出一座座水晶城市，代表着人们对更好的生活的向往。

他看了看表，已经快到午夜十二点了，那么她很快就要出来了。李成想，他可以等她出来一起坐一坐。巴黎春天的开发商和营销人员已经派出了几个漂亮的售楼小姐，她们组成了迎宾小组，在这家酒吧里准备欢迎结束闭关的女艺术家，共同为她庆贺一番。在酒吧里，为了庆祝女艺术家的闭关作品的结束和成功，李成看见香槟、啤酒全都准备好了。他从露天酒吧下到了二楼，在那里，他找到了一个靠近酒保的柜台边的高椅子坐下来，和调酒师聊天。李成对调酒师说，让一个女人在屋子里待一个月，让她尽情地在屋子里表演她自己的生活，还叫别人观看，虽然这是对现代生活的隐喻，但无聊透顶。

调酒师诡秘地告诉他："可我听说，那套房子被女艺术家住了一个月，可没有白住，她在四白落地的墙上画了很多画，每面墙上都是，这些墙画将作为艺术品，在开盘之后被正式拍卖。估计营销商还会大赚一笔。"

"可这毕竟是一套实体的房子，带着墙上的画，就能卖出天价？"李成摇着头。

"这就是一个大创意啊。这就是巴黎春天公寓楼盘地产商的鬼点子了。我听说，有个冤大头，好像是北欧某国的驻华大使，对这套房子中的那些墙画非常感兴趣。他会买下来，作为他的中国当代艺术品收藏的一项。现在，这个女艺术家可火了，她现在已经答应了去做另外一个地产项目的作品——一个地产商获得了西单图书大厦广场的改造和扩建权，这个女艺术家马上要被关到那边新建筑的'地牢'里，继续做'闭关'的行为艺术。"

"继续把她关起来？新作品还叫作'地牢'？"李成很吃惊。

"嗯嗯，图书大厦的新建筑很像是玛雅文明的金字塔，像是从地底下长出来的。所以，她在那里的地下室里的小玻璃金字塔里做闭关艺术作品。我听说这闭关的想法不是她的创意，而是一个地产商，那人才是一个天才。您觉得呢？"

他笑了。"想出这个绝妙好主意的地产商，的确是个天才。"李成说，他看了看表，"啊，女艺术家快出来了，已经到十二点了。"

调酒师说："她现在应该走过来了。迎宾小姐会引导她到这里。你酒量怎么样？为了庆祝闭关结束，今天酒吧全部免单，你要不要来个一醉方休？"

李成耸了耸肩膀："我今天开车了，不能喝酒啊。算了，还是喝点吧，把车子扔在那里算了。"他们又等了几分钟，然后听见有人在门口鼓掌了，接着，穿着红裙子的迎宾小姐将女艺术家引领了过来。大家都站起来，香槟酒也砰地打开了，蓬勃的泡沫洒向了女艺术家，她笑着也不躲避，大家都起身，挨个和她拥抱，人人都很兴奋，都像抱抱族那样乱抱，大家都感到莫名其妙的兴奋，祝贺她完成了这样一个行为艺术作品。她看到李成也在现场，多少有些诧异，她依稀记得他，然后马上显得很高兴。他们之间似乎有某种约定和默契。这种感觉就是一个男人和一个女人如果有可能发生更亲密的关系的话，彼此之间就会有的一种微妙的感觉。

此时，大家欢呼着，开始了庆贺，彼此碰杯，酒杯中荡漾着啤酒、威士忌等各种饮料的涟漪与泡沫。大家互相寒暄，捉对交谈，互相恭维和拉扯一些闲话。这个时候，酒吧里又挤进来很多人，有电视台的记者、报社的记者、时尚杂志的记者来采访她，大家以她为中心，足足闹了一个多小时，酒吧里的人才开始变少了。

最后，轮到李成和她说话了。他走过去，靠近她，看到她显得有些疲倦，神色有些倦怠。不过，她还是那么俏丽，瓜子形的脸上有些冷艳，嘴角带着一丝隐含的嘲讽。他不知道她是在嘲讽着自己，还是嘲讽那些关注她的人。她喝着一杯血红玛丽，坐在他的对面，看着李成，笑了。但她不知道要说什么，就一直在看着他，沉默着。

李成先开口了："累坏了吧？在里面寂寞吗？你电话也不能打一个，只能自己和自己说话，一个月的时间里，没有人和你交流，你只能在里面搞涂鸦，你的感觉到底怎么样？"

"感觉其实很不好。我本来有严重的孤独症，当没有人和我说话的时候，我就强迫自己和自己说话。我发现，我现在更喜欢被关闭起来。"

"一开始，人们很关心你在里面怎么样生活，他们看见你在跳舞、走动和作画。不知道你画了一些什么东西在墙上？"

"告诉你，我在随便画，想到什么，就画什么。既然我不能和任何人说话，连手机都没有，那么，我还有做梦的时间。我睡觉的时候总是梦见一些东西，我就把那些东西画下来。我画的都是我的梦。"

"那你梦见的都是些什么？"

"我的梦很奇怪，五花八门的。有一次，我梦见自己是汉代一个王子的婢女，跟随他去敦煌，在那里的千佛洞里陪伴他去一边做爱，一边思考天象。我还梦见我在拉丁美洲的玛雅王朝里作为一个献祭品被献祭给太阳，刽子手用一把石刀割开了我的喉咙和胸腔，挖出我的心，但我体验到的不是痛苦，而是欢欣。我还梦见，我就是玛丽莲·梦露，是一个男人强奸了我，还杀害了我。我又梦见我变成了粉红椋鸟，在新疆和东南亚之间来回穿梭，最后被猎人射击打死。我梦见的东西，每天都不一样，都很悲剧。后来，我梦见我在物质和非物质之间、在人和动物之间，在植物、矿物、水、空气之间来回转换形态，我变成了可变形的万物。我后来把我梦中的这些东西，场景、形态、人物、动作，全部都画在了墙壁上。所以有个大使收藏家看到了我的那些墙画的视频，完全惊呆了。"

"非常有意思。我已经很久没有做这么有趣的梦了。"李成很叹服。

"那你又在忙什么呢？"她和他碰杯，眯着眼，乳沟很深地探过来。

李成一时不知道怎么回答她。"瞎忙乱忙，吃饭睡觉，拉屎撒尿，读书写书，说话办事。"他轻描淡写地说。

她笑了起来："你这四字真经倒很有趣。但是我感觉，你最近很劳心。我希望你放松一点，比如，有机会去山洞里面壁一天，静修一下。"她果然很敏锐。

"面壁？我还是和你一起闭关比较好。"

"咱们俩？孤男寡女的，闭关会出事。不知道你听说没有，我马上又要闭关了。地产商的另外一个项目要启动了。一个著名的建筑设计师设计了以玛雅金字塔为原型的广场建筑。我要被封闭在那个金字塔的地下一座倒立的小玻璃金字塔里，在一个月的时间里，我要像画鼻烟壶的内画那样，在玻璃金字塔里面作画。"

"这个创意很好。可你又要被封闭在一个空间里了。在这种地牢里，你是不是觉得你自己被商业化完全操纵了？"

她狡黠地笑了："我们都逃脱不了商业的魔掌，不过，我在利用资本的力量完成我自己的一个个作品。在城市里生活，难道我们每个人不是都在一个个狭小的空间里被锁闭着？表面上看，很多人是自由的，可以出入这个城市的大部分地方，没有人去阻拦你。但是，仔细察看，人际关系、工作关系、社会习俗、道德约束和法律规定，到处都是无形的网在规定着我们，到处都是无形的狭小空间在将我们每一个人囚禁。我就是这样理解当代生活的，所以，我表达被囚禁、被闭锁的状态，是在呈现现代都市人的被隐形闭锁的真实情况。"

"你是以寓言的方式在做艺术。"

"是的，我在闭锁的空间里作画，又是对这种闭锁的反抗。只有艺术和想象能够反抗闭锁和不自由。我释放我的梦，唯有通过梦境和画笔，唯有通过艺术创造，才可以破开那所有无形的空间、无形的枷锁，获得真正的自由。"

李成似乎恍然大悟了，原来，她巧妙地利用了地产商的推广计划来实现自己的艺术理念。他说："英国剧作家品特的戏剧作品也是这样，他的戏大部分都是在一个房间里进行的，揭示的都是人日常生活的危机，用他几乎没有逻辑的对话和情节、用他戏剧中的大量沉默和停顿，强行打开了被压迫者的封闭的房间——这是诺贝尔文学奖评委的评价。你们是殊途同归了。"

她有点害羞："品特是大师，我哪里能和他比。"

那天晚上，她让他送她回家的时候，已经是凌晨两点多了，可是，北京的夜晚很多地方都还是霓虹灯在闪烁。在车上，她感觉累了，竟然睡着了。李成开车一路北行，送她回家。他能感觉到她散发的迷人气息，这让他激动。她像一只疲惫的猫一样蜷缩在副驾驶的位子上，歪过身子，显得楚楚可怜。他胡思乱想着，努力地集中精力开车。她的家在昌平郊区的艺术家村落里，在那里，她买了一个农家院作为工作室。郊区公路上越走灯光越少，当漆黑的山峦出现在他的面前的时候，就到她家门口了。

在一户农家小院门口停了下来，她醒了，下了车，带李成开门进去。

她养的一条大狼狗吠叫着，摇着尾巴扑入了她的怀抱，它对他很敌视。李成要回去，她邀请他："这么晚了，我看，咱们喝会儿茶，然后你就留下过夜吧。"

李成犹豫了一下，心想，她邀请我了，我为什么不留下来呢？他就进了屋子。屋里屋外的空气里都是植物的气息和昆虫的欢唱。

接下来，他们在一起聊天，喝茶。他们感觉彼此的热情和投合的心意在荡漾，他们还在院子里看星星，这个夜晚，月光很依稀，而星光却非常茂盛，他感到今天和所有的夜晚都不一样。累了，两个人进屋各自睡觉。

洗完澡之后，李成躺到床上，听到了星光之下的各种昆虫的叫声，闻到了山林里传来的百草的清新气息，却怎么都睡不着。过了一会儿，一个人影摸进了他的房间。那是美好的姝人，那正是她，那个艺术女妖。李成正在期待着这样的幽会，这样的夜晚的美好的契合，这样的星空下的美妙融合。他们拥抱了，像星光下的河流里交尾的鱼那样，在昆虫的伴奏中，热烈地进行了他们的做爱。他们在清澈的水底一起遨游，在水草之间追逐嬉戏，在星空下一起生产那些透明的鱼卵。

不知道睡了多久，李成醒来了。他发现自己现在睡在一个封闭的房间里。嘴上还有她身体的气味，但是她人不见了。他发现桌子上有一张字条，那是她留下来的：

亲爱的，我去做那件"地牢"作品了。现在，我把你也关闭在这里，希望你和我一起完成一次闭关，我们一个月之后会面。假如我们真的愿意在一起，就要这样分头完成一次闭关的作品。但我要告诉你的是，门锁是纸做的，你随时可以冲破。你会闭关吗？你会在这里一直等我吗？"

他拿着那张字条，心里澎湃着激情。假如他们之间有爱情，那么一个月之后，他们还会在这里相聚。假如不是，他就可以破门而出，打开那个纸门锁，和她相忘于江湖。

他站在那里，面对封锁的房门和窗户，开始了他闭关的第一天。

后　记

这部短篇小说系列，我花了三个月的时间完成了初稿，修改又花了几个月。但这部小说的构思却有好几年。几年的时间里，我反复琢磨，睡不着的时候就在想着小说的题目，反复思考小说的人物如何塑造，小说的情节如何进展。作家就是下蛋的鸡，蛋在鸡的肚子里孕育很长时间，下蛋的时候就是那么一下子，就出来了。

我写这个系列短篇，起先，是题目先涌现出来，然后，一点点地，内容出现了，是小说的题目召唤来的。题目是进入小说的钥匙，没有题目的召唤，故事、人物、场景，甚至是叙事的语调，都不会出现。好了，后来，这些都有了。

从1985年开始写作到如今，我写小说已经超过了三十年。三十年的时间里，我在不同的时期，一共写过一百多篇短篇小说。我往往喜欢把短篇小说写成系列，而且，也到处劝一些写作者，最好把中短篇小说写成有一定联系的系列，这样，出书的时候就比较好，创造一个文学世界的时候，也是很容易看得清。

像我，过去就写过一个关于少年记忆的系列《西北偏北》

十八篇，以及都市意象和异变小说系列《爬着城市玻璃山》，还有《社区人》系列，我用十年的时间一口气写了六十篇。近年又写了一部新历史小说集系列《利玛窦的一封长信》，和这本描绘都市人情感状态的《云计算》。

《云计算》这本集子是我在都市小说题材上的深化，写的是当下光怪陆离的都市情感状态。我是持续打量和书写都市的小说家，我还要在这一场地里继续耕耘，持续前进，我也非常钟爱我这本小说集。在这部小说集中，我有意识地将短篇小说的篇幅写得稍微长了一点，大部分在一万多字，个别的接近两万字。

假如来概括这本小说集里的小说的风貌，我想说，这本小说写的是日常生活中和情感有关的生活，并不完全是写实的，有些言外之意。这样的短篇小说，有着一种肉感，比较丰盈。看多了简约派的骨感，我实在是想追求一点小说的丰满感。